片腕の刑事

竹中篤通

Atsumichi TAKENAKA

原書房

片腕の刑事

登場人物

紀平徳人（きひら・のりと）……………三重県警機動捜査隊の刑事
倉城憲剛（くらしろ・けんご）…………三重県警機動捜査隊の刑事、紀平の相棒
若曽根和則（わかそね・かずのり）……三重県警機動捜査隊の刑事
近藤沙織（こんどう・さおり）…………三重県警機動捜査隊の刑事
溝口正友（みぞぐち・まさとも）………三重県警捜査一課長
鵜飼博文（うかい・ひろふみ）…………三重県警捜査一課の刑事
日沖光士（ひおき・こうじ）……………桑名総合病院整形外科の医師
糸居大輔（いとい・だいすけ）…………桑名総合病院の研修医
前田昌弘（まえだ・まさひろ）…………前田整形外科の院長
竹内佑多（たけうち・ゆうた）…………伊勢国新聞社の記者
倉城典子（くらしろ・のりこ）…………倉城の妻
西野良平（にしの・りょうへい）………ＰＡＬビルの警備員
村松啓介（むらまつ・けいすけ）………トラックドライバー
宮崎茜（みやざき・あかね）……………花屋・花アートの店長
豊川香菜（とよかわ・かな）……………紀平の高校時代の恋人
湯田妙子（ゆだ・たえこ）………………花屋・花福の元店員

CONTENTS

第一章

刑事は密室で殺された

I

十二月二十四日、水曜日、二十時。

右腕を切断された死体がある——と通報が入った。場所は三重県北部に位置する桑名《くわな》市、中央通りの商業ビル、立体駐車場の階段の踊り場だ。

「面倒くさいですね」

紀平徳人《きひらのりと》は、覆面パトカーのクラウンを走らせながら舌打ちした。紀平は三重県警の機動捜査隊に属する刑事で、二十八歳だ。

クラウンの赤色灯が、暗い夜道を不気味に染める。前のタクシーが路肩に停まり、進路を譲ってくれた。

「朝まで待ってから通報してくれりゃあ良いのに。俺が発見者だったら、絶対見て見ぬフリしますよ。死体は動かないですから」

年の瀬が迫ったこの時期、膨大な量の書類仕事が溜まっている。署に戻って処理したい。

「お前、ふざけてるのか？　馬鹿なこと言うな。冗談でも度が過ぎるぞ」

助手席に座る倉城憲剛《くらしろけんご》が紀平を睨み付けた。倉城は四十五歳だが、眉間に刻まれた深い皺のせいで実年齢よりも老けて見える。恐ろしいくらいに真面目な刑事だ。

「でも、今日はクリスマスイブですよ」

「それがどうした？　クリスマスだろうが正月だろうが事件は起きる」

「どうせ、またガセですよ」紀平は鼻から長い息を吐いた。「だって、通報は公衆電話からですよ。しかも、言うだけ言って切りやがった。俺たち警察を揶揄《からか》ってるんですって。スピード違反か何かで赤切符をもらった腹いせに、嫌がらせで一一〇番してるんじゃないですか」

——右腕を切断された死体がある。

この内容の通報は三度目だ。先の二度では告げられた場所に死体はなく、通報者を特定できなかった。今回も同じだろう。

「ガセだと確認できたら、それはそれで良いだろうが。俺たちの仕事は終わりだ。帰りにコーヒーでも奢ってやるよ。最近はコンビニでもうまいコーヒーを淹れてくれる」

「レジで売ってる百円のやつですか？　あんなもん、おいしいんですか？」

「百円だと思って飲むからケチを付けたくなるんだ。ノリタケのカップに注いで、値段を聞かずに飲んでみろ。高級ホテルのコーヒーと一緒の味だ。事件も同じだ。どうせガセだと決めてかかると足をすくわれるぞ」

「結局、仕事の話に戻るんですね」紀平は苦笑いした。「どうせなら、ビールでも飲ませてくださいよ。帰りは代行運転を頼みます」

「お前は――。舐めた口を利きやがって」

倉城は声に怒りを含ませた。だが、微かに明るい色を混じらせている。

昔を知る刑事から、若い頃の倉城は酒豪だったと聞いた。居酒屋に行くと、店主から名刺を渡されるほどの量を、飲んでいたらしい。しかし、今では一滴もアルコールを口にせず、タバコも吸わない。県警一の堅物と呼ばれている。

紀平は、倉城が何を切っ掛けに、いつ酒をやめたか知らない。健康診断で肝機能の悪化でも指摘されたのか。結婚を機に改心したのか。過去に起こした大きな自動車事故が関係しているのか。

紀平は倉城の横顔を盗み見た。眉間に深い皺が刻まれ、険しさを漂わせている。

倉城が酒を飲んで騒ぐ姿など想像できない。それでも、時折、倉城からは無理している様子が伝わってくる。生まれたときから堅物だったわけではなさそうだ。事実、紀平が冗談を言うと倉城は笑顔を見せる。しかし、自分を戒めるように、すぐに笑顔を消し去る。

――到着だ。紀平はブレーキを踏んで減速した。

「サクッと確認して帰りましょう。コンビニのコーヒーが楽しみだ」

「百円だからといって侮るな」倉城が頬を歪める。「ショバ代を引けば、喫茶店のコーヒーも似たような値段だ」

2

白い壁に「ＰＡＬ」と赤い字が書かれている。通称、ＰＡＬビル――五階建ての古いビルだ。中には不動産会社、耳鼻科のクリニック、床屋、飲食店、スナック、時計屋、靴屋が入っている。二十時にも拘らず、窓から灯りが漏れているのは数ヶ所だけだ。立体駐車場は、すでに閉まっている。入口に警備員の詰所があるが、人の姿はない。

紀平は道路脇にクラウンを停めた。

「――機動《機》捜査《捜》隊、紀平、倉城。現着しました。中に入ります」

紀平は無線機に向かって告げた。相手は通信指令室の係官だ。係官のブスッとした短い返事があった。

「こんなところに腕の切断された死体がありますかね」

紀平はシートベルトを外し、伸びをした。

倉城が目付きを尖らせる。

「おい、ちょっとは真面目にやれ。遊びじゃないんだ」

「わかってますよ」

紀平は肩をすくめた。途端、十二月の冷たい風が吹いた。吐いた息が白い。空を見上げると、月に照らされた灰色の雲が流れていた。雪が降りそうだ。

子供の頃、雪が降ると怖かった。大雪で屋根が崩れ、家から出られなくなったら――。

豪雪地帯でもあるまいし。滅多に大雪など降りはしないのに。いや、滅多に降らないからこそ、雪で人は混乱する。何年か前のこの時期、市内で雪が原因の玉突き事故が発生した。人手が足りず、紀平も駆り出されて交通整理をした覚えがある。

紀平は自身が緊張していると気付いた。ホルスターに収めた拳銃が重たい。

「さっきまでの勢いはどうした？　ビビってるのを隠してたのか」

倉城が冷ややかに紀平の顔を覗き込む。

「寒いのが苦手なだけですよ」紀平は手をこすって温めた。「立体駐車場の階段ですよね？　下から順に見て行きますか」

「どの道、このビルにエレベーターはないしな。注意しろよ。犯人がまだ隠れてないとも限らん」

「犯人も死体もありませんよ。待ってるのは百円のコーヒーです」

紀平と倉城は立体駐車場に向かった。重たい扉を開け、階段に入る。

錆びた鉄製の階段は、上る度にカンカンと鳴り響いた。蛍光灯は白と黄色がまちまちで、切れているものもある。階段に人気はなく、埃っぽい臭いが漂っているだけだ。

上まで確認してさっさと帰るか。紀平は前を向いたまま、後ろの倉城に話し掛ける。

「昔、ここのビルにサーティワンアイスクリームが入ってて、子供の頃、よく親に連れてきてもらってました」

紀平はチョコミントが好きだった。父はバニラ、母は抹茶をいつも選んでいた。

父は数学の塾講師だ。母は総合病院――三重北部医療センターに勤務する看護師だった。三重北部医療センターは、ここ――中央通りから歩いて数分の場所にある。父が勤める塾は少し離れた場所にあるが、今も父はそこで働いている。

「そりゃずいぶんと贅沢な子供時代を過ごしたんだな」

倉城が冷たい声を出した。無駄話をするなと言うような態度だ。

紀平は反感を抱きつつも足を動かした。四階まで上がり終え、続けて五階へと向かう。

「ほら、死体なんかあるわけないんですよ。ガセの通報を――」

二人が踊り場まで到着した瞬間、電気が消えた。

「なんだ⁉」

倉城が叫んだ。

紀平と倉城は闇に包まれた。紀平は必死に目を凝らす。だが、何も見えない。

下手に動いて階段から落ちれば、ただじゃ済まない。隣に立つ倉城を突き落とす不安もある。

紀平は腰を落とし、その場に留まった。

直後、カンカンと響く足音を聞き、全身を恐怖に貫かれた。足音の主は倉城ではない。どこか遠くから近付いてくる。

「誰だ!」

倉城が威嚇した。だが、足音の主は無言で近寄ってくる。

どこからだ——。どこから向かってくる。紀平は焦りを殺し、冷静さを保とうとした。

足音は反響し、どこから近付いてくるかわからない。ゆっくりと一定の間隔で鳴り響く足音は、紀平の背筋を寒くした。

「気を付けろ!」倉城が怒鳴り声を上げた。「誰かいるぞ!」

「わかってます!」

紀平は大声で返事した。次の瞬間、肝《きも》が冷える気持ちの悪い感触を得た。床から足が離れ、身体が宙を舞う。やられた、と気付くと同時に、自らを突き飛ばした人物の下半身が見えた。

暗闇の中、白いスニーカーが朧《おぼろ》げに浮き上がる。ズボンの色は暗く、よくわからない。おそらく濃い色のジーパンだ。

顔は——。闇に紛れ、存在すら確認できなかった。だが、口の片端を嫌らしく持ち上げる男の顔が思い浮かんだ。男はフフッと満足そうに息を吐く。

紀平は床に頭を打ち付け、意識を失った。

3

紀平は重たい瞼を持ち上げた。仰向けで寝転んだまま、暗い天井を見上げた。目を瞬《しばたた》き、指先から順にゆっくりと力を入れていく。途中、後頭部と右側の臀部に激痛が走った。思わず呻き声を上げる。

何分くらい気絶していただろうか。パトカーの音が近付いてきている。近くにいた他の機動捜査隊の車両だろう。連絡の取れぬ紀平たちを案じ、駆け付けてきたに違いない。すると、数分か、長くとも十分程度か。

自分を襲った人間がまだ近くにいるかもしれない。紀平は緊張を取り戻した。こんなところで寝転んでいる場合じゃない。急いで立ち上がる。

後頭部と臀部の痛みに再度襲われる。紀平は臀部をさすり、後頭部にそっと掌で触れた。血は付いてこない。ならば、痛みに構う必要はない。

紀平は壁に背を付けた。ジャケットの下に隠したホルスターから拳銃を取り出す。

「倉城さん、いますか」紀平は周囲を見渡す。だいぶ目が慣れてきた。しかし、倉城の姿は見えない。「倉城さん、返事してください！」

　まさか、倉城もやられたのか。紀平は油断していた自分を呪った。奥歯をギリと噛む。倉城の忠告通り、もう少し真面目にやっていたら――。

　下手に動き回るのは危険だ。まずは状況を把握する必要がある。紀平は壁に背を付けたまま、もう一度、今度はゆっくりと周囲を見渡した。安全を確認し、慎重に階段を上る。踊り場が視界に入った途端、衝撃が降りかかった。

　人間が横たわっていた。右腕が肘で切断されており、周囲に血溜まりを作っている。傍らには、凶器であろう防災用の斧が落ちている。注意深く確認すると、壁や天井にも血飛沫が飛んでいた。

　通報は本物だったか――。紀平は自責の念に駆られ、吐き気を催した。だが、直後、全てを忘れ去った。踊り場の死体が呻き声を上げた。しかも動いている。

　まだ生きている！　紀平は残りの階段を駆け上がる。拳銃をホルスターに戻し、横たわる人物の傍に屈んだ。ねっとりとした血を踏んだが、構わなかった。

「警察です！　今、救急隊を――」

　紀平は絶句した。腕を切断され横たわっていたのは、倉城だった。驚きのあまり紀平の頭は真っ白になった。

　倉城は暗い中、苦しそうに顔を歪める。掠れた声を出す。

「すまん、俺が悪いんだ……」

「話さないでください！」

紀平は、肘から先を失った倉城の右腕に触れた。ぬめりのある温かい血が、次から次へと溢れ出てくる。

血が出過ぎている。手で押さえようにも、断面が広すぎる。紀平は、どうすれば良いかわからず、焦りと恐怖で身体を震えさせた。

――バカ野郎が。俺は刑事だ。もっと凄惨な現場にも何度も臨場してきた。これくらいでビビるな。紀平は自らを鼓舞し、ハンカチを倉城の右腕に押し当てた。

よほど痛かったのだろう。倉城が身を捩《よじ》り、絶叫した。

「今、救急車を呼びます！」

紀平は右手でハンカチを押さえたまま、左手を無線機に伸ばした。

だが、倉城が左手で紀平の左手首を掴んだ。

「無駄だ、もう遅い。俺は死ぬ……」

倉城は苦悶を露わにし、口を動かした。

倉城は、腕を切断されているだけではなかった。腹を斧で水平に切られている。ちょうど、臍の辺りか。腹を切られ動きを止められた後、腕を切断されたのかもしれない。

「諦めないでください！」紀平は激烈な後悔に襲われた。「俺、申し訳ありませんでした。俺のせいで――」

倉城は、紀平を握る左手に力を入れた。カッと目を見開き、力強い視線を放つ。

「お前のせいじゃない。俺が悪いんだ」

「倉城さんは悪くありません。俺がもっとちゃんとやってれば良かったんです」

倉城は目の力を弱くし、首を左右に振る。

「お前は良い刑事だ……。他人の心の痛みがわかる、優しい刑事だ。頑張れ」

「そんな……」紀平は涙で視界が揺れた。「最後みたいじゃないですか」

倉城は紀平から手を放し、階段の上を指す。

「奴は上に向かった……。頼む、捕まえてくれ。俺のことは放っておいてくれ、どうせ助からない」

「絶対に助かります！」紀平は倉城を睨み付けた。涙を拭い、無線機に告げる。「機捜、紀平です。至急、救急車を一台、ＰＡＬビルに回してください。倉城さんが犯人に襲われました。腕を切断され、腹を大きく切られています」通信指令室の係官が何か訊き返してきたが、聞き取れなかった。「良いから、早く救急車を寄越してくれ！」

紀平は怒鳴り付けた。直後、階段を駆け上がる音が聞こえてきた。振り向くと、ライトを持った二人の刑事がいた。機捜の仲間——若曽根和則《わかそねかずのり》と近藤沙織《こんどうさおり》だ。

若曽根は倉城と同世代だ。がっしりとした体格で、髪を短く刈り上げている。対する沙織は二十八歳で、紀平と同じだ。肩までで切り揃えた髪は、柔らかく巻かれている。同い年ということともあり、紀平とは採用されたときからの知り合いだ。

二人は表情を凍り付かせた。

説明している余裕はない。紀平は倉城に向き直った。

「すぐに救急隊がやって来ます。もう少しの辛抱です」

倉城は苦し気に首を横に振った。目を閉じたまま口を動かす。

「早く行け、犯人を捕まえろ」

「だけど――」

紀平は、倉城を置いて離れる気にはなれなかった。

「良いから、行け！」

倉城が瞼を持ち上げ、紀平を真っ直ぐに見詰めた。倉城の瞳は、幾度も修羅場を潜ってきた、他者に有無を言わさぬ鋭い光を放つ。

「……わかりました」紀平は頷いて立ち上がった。若曽根と沙織に告げる。「倉城さんの止血を頼みます！」

一瞬、二人は狼狽えた様子を見せた。だが、若曽根は覚悟を決めた様子で表情を引き締めた。続いて沙織も首を縦に振る。

「わかった、任せろ。でも、気を付けろよ」

言いながら、若曽根はジャケットを脱いだ。倉城の傍に屈み、右腕に巻き付けて止血を図る。

沙織はハンカチで倉城の腹部を圧迫する。

紀平は両手の血をズボンで拭い、拳銃を握る。

時間との勝負だ。紀平と倉城が襲われてから、何分経ったかはわからない。だが、犯人はまだそう遠くには行っていないはずだ。絶対に逃がさない。紀平は階段を駆け上がった。

上がった先は、T字に通路が伸びている。右はすぐに行き止まりだ。犯人の行方は左だ。紀平は、左へ向かい掛けて歩を止めた。

右手の壁にブレーカーがある。鍵付きの鉄の扉が、バールか何かで抉じ開けられている。犯人は、ここで待ち構えていたのだろう。紀平と倉城を誘き寄せ、ブレーカーを落として暗闇を作り出し、虚を衝いて襲ったのだ。

紀平は悔しさのあまり歯軋りした。乱暴にブレーカーを上げる。

古い蛍光灯は、点くまでに時間が掛かった。虫の鳴き声のような音を立てて点滅する。

紀平はブレーカーに背を向け、通路の先に目を遣った。正面に鉄製の非常扉がある。犯人は扉の向こうだ。紀平は扉まで走り、ドアノブを捻ろうとした。ところが、鍵が掛かっている。

ドアノブのすぐ上にサムターン——施錠、解錠するためのつまみがある。だが、サムターンはプラスチックカバーで覆われている。非常時にカバーを割って使用するタイプだ。カバーは割られておらず、鍵は掛かったままだ。

「どこに消えたんだ……」

紀平は立ち止まり、混乱した。

——窓か。通路には窓がある。小さいが大人も通れるサイズだ。紀平は窓に近付いた。しかし、クレセント錠が掛かっていた。

犯人はどこに消えたのか。密室だ。

4

救急隊が階段を駆け上がってきた。

「桑名消防です！」

リーダーらしき四十歳前後の隊員が叫んだ。厚手の水色のジャケットを羽織っている。胸元に「塚本」と刺繍が入れられている。

塚本に続き、二人の若い隊員――山口と石島が上がってきた。山口は担架を抱えている。二本の棒の間に布を張った簡易担架だ。

三人とも、N95マスクとヘルメット、ラテックス手袋を装着している。

「県警の紀平です！　こっちです、急いでください！」

紀平は、沙織と代わって倉城の腹部にハンカチを押し当て、怒鳴った。隣では、若曽根が倉城の右腕を圧迫している。だが、傷口は大きく止血はままならない。紀平も若曽根も、血で真っ赤に染まっている。

少し離れた場所には、沙織が恐怖を浮かべて立っている。

数分前から倉城は意識を失っている。

――頼む、頼む、頼む！　何とかしてくれ！　紀平は、縋り付きたい気持ちで三人の救急隊員を眺めた。

塚本が表情に厳しさを走らせる。苦し気に眉を歪めた。だが、すぐに頬の筋肉を引き締めた。短く息を吸い込んだ後、堂々とした態度で命じる。

「石島は上腕の止血を、山口は切断肢の保護をしろ！　急げ、腹は俺が何とかする！　絶対に助けるぞ！」

「はいっ！」

石島と山口は瞳をぎらつかせ、声を揃えた。

「我々に任せてください！」

塚本の指示に従い、紀平と若曽根は倉城から離れた。

隊員たちは迷いなく手を動かしていく。

塚本は倉城のシャツを破って広げ、腹部の傷口を露出させた。傷は深く、幅は十センチを超える。ぱっくりと割れた傷口からは、次々と血が溢れ出てくる。脂肪か内臓かわからない、弾力のありそうな塊が奥に見えている。

塚本は真新しいタオルを取り出し、丸めて傷口に当てた。左手で押し付けたまま、右手でテープを取り出す。倉城にテープを一周させ、腹部にタオルを固定した。

「止血帯、巻きます！」

石島が、倉城の上腕――切断面より五センチほど上に止血帯を巻いた。血圧計のように、マジックテープで固定する帯だ。帯にはロッドが付属している。ロッドを回すにつれて帯がきつく締まり、動脈血を遮断する仕組みだ。

同時に、山口が切断肢を拾い上げる。断面に滅菌ガーゼを貼り付け、ビニール袋に入れて口を縛る。山口はもう一枚、ビニール袋を取り出した。中には氷水が入っている。口を開き、切断肢の入ったビニール袋を放り込み、再び口を縛った。

「切断肢の保護、完了しました！」

山口が報告すると、塚本は担架を床に広げた。

「よし、担架に乗せろ！」

山口が倉城の肩を、石島が両脚を持って浮かせる。すぐさま、塚本が担架を下に滑らせた。

「乗せます！　手、放します！」

山口と石島は声を揃え、倉城を担架に乗せた。山口は、切断肢を収めたビニール袋を倉城の足元に置く。

「持ち上げろ、行くぞ！」

塚本の命令に従い、山口が担架の前側を、石島が後ろ側を持つ。塚本は両手を広げ、倉城に覆い被さるようにして担架の二本の棒を掴んだ。

三人は素早く階段を下りていく。担架は安定しており少しもぐらつかない。

「ここは任せました！　俺は一緒に病院へ向かいます！」

紀平は担架を追いつつ、若曽根と沙織に告げた。

5

救急車のバックドアが開けられている。中を覗き込むと、向かって右手、運転席の後ろにストレッチャーが置かれていた。脇には棚があり、医療機器が所狭しと並んでいる。

「このままで良い、乗せるぞ！」

塚本が叫ぶ。山口と石島は、倉城を乗せた担架をストレッチャーに置いた。頭が救急車の進行方向だ。紀平も乗り込み、ストレッチャーの向かい——助手席の後ろにある長椅子に座った。

塚本がバックドアを閉めた。運転席に移動した山口に、怒鳴り付けるようにして問う。

「搬送先、まだか⁉」

「決まりました！　桑名総合病院です！」

山口はシートベルトを締めながら応じた。皆、殺気立っている。

「急げ、発進させろ！」

塚本が命じると同時に、山口がアクセルを踏んだ。

塚本は倉城の頭側に回り込んだ。右手を倉城の額に添えつつ、左手で顎を持ち上げて頭を後ろに反らせた。頭部後屈顎先挙上法《とうぶこうくつあごさききょじょうほう》だ。塚本は、左手で倉城の顎を支えたまま、右手を上に伸ばした。天井から垂れ下がっている透明なチューブを手にし、倉城の口に突っ込んだ。気道を閉塞する痰や唾液、血液を吸引する。

「モニター、任せたぞ！」

　塚本が鋭く命じた。石島は短い返事をし、素早く手を動かす。

　医療機器が並ぶ棚に、小型の心電図モニターが置かれている。モニターには四色のコードが接続されている。赤、黄、緑の三本は心電図用のコードだ。石島は、コードの先端に取り付けられた電極を倉城の胸に貼り付けた。残る一本は水色で、先端には指を挟むクリップ状の検知器《プローブ》が付いている。動脈血の酸素飽和度と脈拍数を計るパルスオキシメーターだ。

　石島は、プローブを倉城の左中指に装着した。続けて、血圧計を倉城の左腕に巻き付ける。しばらくして、モニターに心電図と呼吸の波形、心拍数、血圧、酸素飽和度が表示された。

「モニター、装着しました！」石島が緊迫感を漲らせて数値を読み上げる。「心拍数《ハートレート》百四十三、血圧七十の四十三、酸素《サチュレーション》九十パーセント。ショックバイタルです！」

　素人目にも危機的な状況だと理解できた。

　紀平は膝の上で拳を握った。汗でぐっしょりと湿っている。迫りくる焦燥感を堪《こら》え、歯を食い縛る。

「ショックパンツだ、急げ！」

塚本が目を血走らせた。

石島が立ち上がり、棚から赤いズボンを取り出した。スキーウェアのようなナイロン製で、臍の上まで腹部を覆う。石島は、倉城に素早くそのズボンを穿かせた。

「加圧します！」

石島は、ショックパンツに繋がっている手動ポンプを握る。石島が手を開閉する度に、ショックパンツが膨らんでいく。中に風船状の空間が設けられているのだろう。

脚と下腹部を圧迫し、動脈血を遮断する仕組みだ。上半身に血を集め、心臓や肺、頭部に血を回す目的か――。

「ここまで来たら圧は気にするな」

塚本が冷徹な瞳で告げた。

初め、紀平は塚本が何を言ったかわからなかった。直後、真意を悟りギョッとした。脚や下腹部は虚血状態にして壊死させても構わない。生きるか死ぬかの瀬戸際だ。下半身を捨てるのは止む無し――。

塚本は倉城の頭を支えていた手を放す。代わって、首の下に折り畳んだタオルを入れて頭部を安定させた。棚から、ボールペン大の筒状のプラスチックケースを取り出す。入っているのは点滴用の留置針《りゅうちしん》だ。

塚本は留置針を持ち、倉城の左前腕に狙いを定めた。硬い表情だが、慣れた手付きで血管に刺す。

　同時進行で、石島が天井のフックにバッグをぶら下げる。透明な液体の入った点滴バッグだ。側面に「乳酸リンゲル液」と印字されている。石島は、バッグに接続されたチューブを塚本に渡す。

「急速輸液、開始する！」塚本は、留置針にチューブを繋げ流量調節器《クレンメ》を全開にした。眉間に皺を刻み、険しい面持ちで心電図モニターを眺める。「これで血圧が上がってくれれば良いんだけどな……」

　塚本の祈りに反応するように、モニターの数字が変わり始めた。七十三、七十四、七十七、七十九――。少しずつだが、収縮期血圧が上がっていく。

　助かるかもしれない――。不安の渦巻いた紀平の心に、微かな希望が生まれた。久しぶりに鼻から長い息を吐く。

「倉城さん……頑張ってください」

　紀平の呼び掛けに倉城は応じない。瞼を下ろし、死人のように頬は青白い。

　到着はまだか。早く病院に着いてくれ！　紀平はフロントガラスの向こうに視線を向けた。途端、電子音が鳴り響いた。

　塚本と石島が、心電図モニターに鋭い視線を注ぐ。釣られて紀平も目を向けた。

　再度、紀平は恐怖のどん底に突き落とされた。呼吸を示す青い波形が平坦になっている。血圧も急落する。あっという間に七十を割り、六十台に落ちた。

「バッグバルブマスクを使え！　高流量酸素を流す！」

塚本は棚からバッグバルブマスクを取り出した。シリコン製のマスクと、ラグビーボールのような形状をした風船で構成された人工呼吸器具だ。

塚本は、バッグバルブマスクを石島へと放り投げる。受け取った石島は、酸素ボンベから伸びるホースを風船に繋ぐ。即座に、塚本が酸素ボンベのダイヤルを回して酸素をマスクに流した。石島はマスクを倉城の顔に押し当て、口と鼻を覆った。風船を手で揉み、肺に強制的に酸素を送り込む。それに合わせ、倉城の胸が上下した。

頼む、頼む、頼む！　助けてくれ！　紀平は手を合わせて祈った。神頼みしか術《すべ》を持たない自分を情けなく感じた。

自然と、紀平の頭に典子《のりこ》――倉城の妻の顔が思い浮かんだ。典子は美容師で、学生時代にはモデルの仕事をしていた美人だ。

二人が知り合った切っ掛けは、一件の殺人未遂事件だった。典子が勤務する美容室の近くで、男が元恋人の女を刺した事件だ。

捜査に加わった倉城は、聞き込みで美容室を訪れ典子と知り合った。それを機に、プライベートで髪を切りに行くようになり、仲良くなって結婚に至った。十年前の話だ。子供は長い間できなかったが、今年の夏にようやくできた。倉城は幸せな家庭を築き、これからも一家を支えていくはずだった。にも拘らず――。

先ほどとは違った電子音が鳴り響いた。紀平は殴られたような衝撃を感じた。心電図の波形が平坦になっている。

「心静止《エイシストール》だ！　心肺蘇生《CPR》開始！　アドレナリンを用意しろ！」塚本は叫び、目をぎらつかせた。中腰になり、両手を重ねて肘を伸ばし、倉城の胸の中央を圧迫する。「一、二、三、四、五、六――」

そのリズムに従ってモニターに心電図の波形が表示される。

意識のない倉城の身体が揺れる。倉城は、いつの間にか瞼を持ち上げていた。紀平と目が合う。色を失った倉城の眼球は作り物のようだった。

肘から先のない右腕が、ストレッチャーから落ちる。断面から、止血し切れなかった血が滴り、床が赤く染まった。

紀平は手に汗を握り、ただひたすら恐怖に耐えた。何かしなければと焦る一方、自分に何ができるかと問い掛けた。答えを見出せぬまま事態は深刻さを増していく。

石島は、厳しい顔付きでバッグバルブマスクを放した。棚から、「アドレナリン」と印字されたシリンジを取り出す。先端のキャップを外し、乳酸リンゲル液を滴下するチューブの三方活栓に接続する。

石島は、塚本とアイコンタクトしてシリンジのピストンを押した。

「アドレナリン、一ミリグラム投与しました！　二十時二十九分です！」

石島は早口で述べ、すぐにバッグバルブマスクを拾い上げた。

「——二十七、二十八、二十九、三十！」

塚本は胸骨圧迫をやめた。

すぐさま、石島がバッグバルブマスクを倉城の口と鼻に押し当て、強制換気する。恐ろしいくらい遅く感じられたが、実際には数秒だったろう。石島はゆっくりと風船を揉み、充分な量の酸素を送り込んだ。二回続けて換気すると、石島はマスクを外した。

「一、二、三、四——」

即座に、塚本が胸骨圧迫を再開した。

三十回、胸骨圧迫をして二回、酸素を送り込む。このサイクルを四回繰り返した後、塚本と石島は手を止めた。

何をしてるのか——。怒りが込み上げてきたが、直後、紀平は気付いた。

心電図モニターの確認だ。塚本と石島は真剣な様子でモニターを見詰めている。紀平も食い入るようにモニターを眺める。

だが、心電図の波形は平坦なままだ。再び不快な電子音が車内に鳴り響く。

「くそっ！」塚本が舌打ちした。「もう一度、アドレナリン投与だ！」

石島が二本目のシリンジを三方活栓に接続し、薬液を注入した。塚本が胸骨圧迫を始める。倉城の身体が揺れ、瀕死の魚のように手足を跳ね上げる。

徐々に死が近付いてきている。いや、すでに倉城は――。

紀平は、首を横に振って嫌な想像を拭《ぬぐ》い去る。代わって頭に浮かんだのは、倉城の幸せな家族の姿だった。

一軒家の庭で、典子が息子の陽太《ようた》を抱いている。倉城はバーベキューの準備をしている。肉を網に載せ火を点けた。ノンアルコールのビールを紙コップに注ぎ、陽太を抱えた典子の口に押し当てる。典子はうまく飲めず、芝生にビールが零れ落ちた。

絵に描いたような幸せな家庭だ。

不意に、紀平の視界が歪んだ。頬を涙が伝った。

「倉城さん、起きてください」

紀平の呼び掛けに倉城は応じない。塚本が必死の形相で胸骨圧迫を続けている。

このまま倉城は、○歳の子供と妻を残して逝ってしまうのか――。紀平は、いても立ってもいられなくなった。

「代わってくれ！　俺がやる！」

紀平は立ち上がり、塚本の横から腕を伸ばした。肩で塚本を押し退け、倉城の胸骨を圧迫する。

「どいてください！」塚本が叱責し、紀平を押し返す。「生死を彷徨ってるんです！」

「何を言ってるんだ!?　何が彷徨ってるだ！」紀平は怒鳴り返した。自分が何に対して怒っているかもわからず、言葉を並べ立てる。「誰がどう見ても、死んでるだろうが。あんたのやり方が悪いんじゃないのか。心臓マッサージくらい、俺だってできる！」

紀平は叫び、倉城の胸骨を圧迫した。

嘘ではない。紀平は、心肺蘇生法、自動体外式除細動器《AED》の使い方、簡単な止血法、窒息の対処法などに関する救命講習会を、一通り受けた。他の多くの刑事も同様だ。
一、二、三、四――。先ほど塚本がやっていたのと同じように、紀平も胸骨を圧迫する。
ところが、塚本に両肩を掴まれ、倉城から引き剥がされた。抵抗しようとしたが、敵わなかった。塚本の身体は鍛え上げられている。紀平は強引に椅子に座らされた。

「黙って引っ込んでてください！　素人が見よう見まねでやってできるものじゃないんだ！」

塚本は怒気に憐憫の色を混ぜ、紀平を睨み付けた。紀平が反論するより早く、倉城に向き直り胸骨圧迫を再開する。

紀平は悔しさに苛《さいな》まれ呻き声を上げた。

6

到着だ。救急車が救急外来の入口の前に停まった。サイレンが消える。

「ストレッチャー、降ろすぞ！」塚本は目をぎらつかせ、バックドアを開放した。「急げ、一刻を争う」

「スロープ、出します！」

石島が、スロープを車内から地面まで伸ばした。

倉城は救急車の進行方向に頭を向けている。塚本が頭側を、石島が足側を持ち、車輪の付いたストレッチャーを、スロープを使って地面に下ろす。すぐに病院の入口へと向かっていく。

紀平もストレッチャーを追い掛けた。運転席から回ってきた山口も合流する。

自動ドアが開いた。塚本と石島は、止まらずにストレッチャーを押して救急救命室《ER》に入る。

手前から奥に向かって、ベッドが四台設けられている。いずれにも患者は寝ていない。全てのベッドを見渡せる位置にテーブルがあり、パソコンが二台置かれている。壁際には、薬品が詰まった棚や冷蔵庫が並んでいる。

紀平たちを出迎えたのは、医師二名と看護師二名だった。皆、真剣な表情をしている。

三十代と思しき医師がリーダーだろう。堂々とした態度で立っている。「救急科　坂下勇毅《さかしたゆうき》」と書かれた名札が胸元に見えた。

もう一人の医師は若く、まだ学生のような顔だ。肩に力を入れ、恐怖の色を露わにしている。名札には「研修医　糸居大輔《いといだいすけ》」と記されている。

研修医が対応できる状況なのか――。紀平は不安を覚えた。

「アドレナリンを二回投与しましたが、心肺停止《CPA》のままです！」

塚本が大声で報告した。

「蘇生の準備、できてます。緊急手術《オペ》チームも待機しています」坂下が応じ、続けてチームを鼓舞する。「ようし、ここからは俺たちの仕事だ。絶対に助けるぞ！」

すぐさま、二人の看護師がストレッチャーを受け取る。どちらも四十歳くらいのベテランだ。

「胸骨圧迫しつつ、ハイブリッド手術室に移送しろ。輸血ルートは移動中に組め」

坂下が指示を飛ばした。

一人の看護師がストレッチャーを押す。同時進行で、もう一人の看護師が点滴スタンドに輸血バッグをぶら下げる。中には赤黒い赤血球濃厚液が入っている。

研修医の糸居は、緊張した様子で看護師の動きを見守っている。

「久々の開胸心臓《心》マッサージ《マ》だ」

坂下が厳しい面持ちで告げた。

開胸心臓マッサージは、胸を切り開き、心臓を直に掴んでマッサージする方法だ。一般的な心臓マッサージ――胸骨圧迫よりも確実に心臓に刺激を与えられる。

ストレッチャーに付いて行こうとした紀平を、坂下が制止する。眼球に力強い光を浮かべている。

「ここからは我々に任せてください。できる限りのことはしますから」

「わかりました、頼みます」

紀平は頭を下げた。

坂下は紀平を安心させるように頷き、ストレッチャーに駆け寄る。途中、振り向いて糸居に告げる。

「この方から、受傷機転を含めた状況を聞いておいてくれ」

「わかりました」糸居は深く頷いて返事する。「カルテにまとめておきます」

「任せた」

坂下は短く告げ、看護師と共にストレッチャーを押していく。

紀平と糸居は立ったまま見送った。ストレッチャーが通路の奥に運ばれていく。途中、ビニール袋に入った腕が床に落ちた。坂下が目で追ったが、拾おうとはしなかった。

ストレッチャーが通路を曲がり、消えた。腕の入ったビニール袋が残された。

紀平は身体の中心に冷たい感触を抱いた。再び恐怖が込み上げてきた。頼む、助けてくれ！

紀平は、ただひたすら祈りを捧げた。

「お願いだ、こんなところで倉城さんが死ぬわけには――」

突如、めまいを覚えた。紀平は自分の息が荒いことに気付いた。頭がぼうっとする。世界がぐらりと揺れる。床が近付いてきた。

「大丈夫ですか⁉」

糸居の驚いた声が聞こえた。紀平は床に倒れ、意識を失った。

7

瞼を持ち上げると、ＬＥＤの埋め込まれた天井が見えた。眩しくて目が痛い。首を横に向け状況を確認する。

左手の中指に水色の装置が付けられていた。救急車で倉城が装着させられていたのと同じ、水色のパルスオキシメーターだ。コードが伸びており、心電図モニターに繋がっている。右腕には血圧計が巻かれ、胸には心電図の電極が付けられている。

その上、左腕に点滴の針まで刺さっている。針に接続されたチューブは、輸液バッグに繋がっている。中身は生理食塩水だ。

すっかり病人扱いか。

血塗れのジャケットは脱がされていた。白いワイシャツに付いた倉城の血は、黒く変色している。

紀平は重たい頭を持ち上げた。パソコンでカルテを書く糸居と目が合った。糸居は椅子から立ち上がり、安心した様子で近付いてきた。

「良かった、目覚めましたね」

「俺は……」声が掠れた。紀平は咳払いして続けた。「どれくらい気絶してた？」

「今はちょうど二十一時《くじ》ですから、十分くらいですね」

十分か。思ったよりは短い。

だが、こんなところで寝ている場合じゃない。倉城の状態が気になる。開胸心臓マッサージは
うまくいったのか。まだ続いているのか――。

「倉城さんはどうなった？」

紀平は起き上がり、ベッドに腰掛けた。心電図の電極を引っ張って剥がす。

「ちょっと、ダメですよ！」

糸居が焦った様子で紀平の腕を掴んだ。

紀平は乱暴に振り払い、パルスオキシメーターと血圧計も外す。

「俺は健康だ。こんなもん、いらん」

「ダメですって。失神されたんですから。心臓や脳の怖い病気かもしれません！」

「何だよ、怖い病気って。素人扱いするな。俺がどんな病気だって言うんだ」

紀平が抗うと、糸居は険しい表情を見せた。

「不整脈、大動脈弁狭窄症、大動脈解離、くも膜下出血――」

一瞬、紀平はドキリとした。

糸居を含め、医者や看護師、救急隊員には伝えていないが、病院に来る前、紀平は頭を床に打って失神した。犯人に突き飛ばされて階段から転落した。

くも膜下出血を起こしている可能性はあるか——。いや、大丈夫だ。出血していれば、もっと激しい頭痛や痙攣などの症状が出るはずだ。

「とにかく、今から頭部のＣＴを撮りますから、ベッドに寝ていてください」糸居は毅然とした態度で述べる。「心臓の超音波検査と心電図検査もさせてもらいます」

「そんなことをしてる暇はない」

紀平は、自身の左腕に刺さっている点滴の針を見た。微かな迷いの後、思い切って針を抜き去った。軽い痛みが走り、床に血が飛び散った。

「何てことするんですか！　痛いでしょう！」

糸居が驚愕の色を浮かべた。丸い絆創膏を紀平に差し出す。

「俺の腕だ、放っておいてくれ」紀平は絆創膏を払いのけた。「そんなことよりも、倉城さんはどうなってるんだ？」

「どうなってるって……」

糸居の瞳に動揺が滲み出た。

「教えてくれ」紀平は苛立った。「開胸心マはうまくいったのか？　今、手術中なんだろ？　蘇生できたのか？」

「いや……」

糸居は目を逸らした。暗い雰囲気を漂わせる。

まさか――。紀平は背筋が寒くなった。

糸居の向こう側に、倉城を運んでいった看護師の姿があった。紀平が目を遣ると、顔を背けた。

紀平は呼吸を忘れ、絶望した。

8

嘘だ。倉城が死ぬはずがない。何かの間違いだ。

紀平は、糸居の制止を振り切り救急救命室《ER》を飛び出した。

通路の奥を、制服姿の医療事務の女性が歩いていた。二十代前半と思しき、化粧の薄い気が弱そうな女性だ。

「おいっ！」紀平は床を蹴って女性に近寄った。「ハイブリッド手術室はどこだ？」

「さ、三階ですけど……」

女性は、怯えた様子でエレベーターを指差した。

「ありがとう、助かった！」

紀平はエレベーターのボタンを押した。

「ダメですって。勝手なことをしないでください！」

糸居が追い掛けてきた。困惑と怒りを綯《な》い交《ま》ぜにし、頬を赤くしている。

「頼む、行かせてくれ」

「無理ですって」

エレベーターは五階から降りてくる。待っている時間が惜しい。紀平は階段に向かった。息を切らし三階まで駆け上がると、ハイブリッド手術室があった。

スライド式のドアが開いている。透明なガラス製だ。ちょうど、医療器材を抱えた看護師が入っていった。一旦、閉まると厄介だ。開けるにはIDカードの類が必要だろう。紀平は急いでドアを目指した。

閉まる直前、紀平は中に滑り込んだ。

正面に、頑丈そうな金属製のドアが二つ並んでいる。その向こうがハイブリッド手術室だ。二部屋あるのだろう。ドアの上のランプが、どちらも点灯している。使用中の意味だろう。

医療器材を抱えた看護師が、ドアを開けて右の手術室に入っていく。手術台には年老いた女性が寝ていた。

倉城がいるのは左の手術室だ。紀平は金属製のドアに飛び付いた。だが、開け方がわからない。取っ手はなく、力尽くでは無理そうだ。よく見ると、壁にカードリーダーが埋め込まれている。

紀平は歯噛みした。やはりIDカードが必要か。

「開けてくれ！」

紀平はドアに拳を叩き付けた。ジンとした痛みが広がったが、構わず叩き続けた。

ドアが開く。手術用の帽子を被った坂下が出てきた。使い捨てのガウンと手袋を丸め、手に持っている。

「あなたは——」

坂下は驚いた様子で紀平を見た。

紀平は坂下を無視し、横を擦り抜けて手術室に入った。手術台に載った倉城が視界に飛び込んできた。

倉城は上半身裸で仰向けにされ、胸の中央を大きく切り開かれている。

医師が持針器を手に、創部を縫合していく。救急救命室《ER》では見なかった若い医師だ。外科系の当直医だろう。

脇に置かれた心電図モニターには、平坦な波形が表示されている。にも拘らず、医師や看護師は少しも急ぐ様子がない。それどころか、医師が皮膚を縫い合わせる傍ら、看護師が血圧計やパルスオキシメーターを外して片付けていく。

諦めるのが早すぎるだろうが——。紀平は激しい怒りに襲われ、全身が震えた。怒鳴り声を上げる。

「おい、何やってるんだ。蘇生しろ！」

ギョッとした様子で、若手の医師と看護師が振り向いた。

坂下が紀平の肩を掴む。困惑と苛立ちの混ざった色を呈している。

「ちょっと、勝手に入らないでください！」

「だったらきちんと説明しろ！」紀平は坂下の手を振り払う。「お前らが、きちんと説明してくれないからだろうが。だから、ここまで来たんだ！」

「説明なら後でしますから。ここは関係者以外は立ち入り禁止です」

「ふざけるな、俺は関係者だ！　今、説明してくれ！」

紀平は感情を爆発させ、床を踏み鳴らした。身体を熱い血が巡る。

坂下は苦痛そうに口元を歪めた後、大きく息を吐いた。感情を消し去り、機械のように告げる。

「説明なんて、しなくてもわかるでしょう。最善は尽くしたが蘇生できなかった。それだけです」

紀平は、坂下の淡白な物言いに激高した。坂下のポーカーフェイスを殴り付けたい衝動に駆られた。拳を握るに留め、感情を押し込める。

「なんだよ、最善って？　病院に着いてからまだ十五分も経っちゃいない。諦めるなよ！」

「これだけトライして無理なら、続けても意味はありません」

「そんなもん、やってみないとわからないだろうが！」

「エビデンスもないのに、不必要に患者さんの身体を傷付ける行為は、たとえ医師でも許されません」

坂下の無表情の中に、微かな憐れみが滲み出た。

これだから素人は――。紀平は坂下の心の声を聞いた。悔しさが全身を駆け巡り、頭に血が上った。

「エビデンスだあ？　偉そうな言い方をしやがって！」

紀平は坂下の胸ぐらを掴んだ。坂下は恐怖を走らせ、身を仰け反らせた。

これ以上はまずい。残っていた自制心が働き、紀平は手を放した。坂下は、安心した様子で短く息を吐いた。警戒した目付きで紀平から離れる。

「あなた、警察官でしょう？　非常識ですよ。オペ室までやって来て喚き散らした挙句、暴力に及ぶなんて。他の患者さんや家族だって、皆、我慢してるんです。私たちだって、助けられなかったのは残念に思ってるんです」

坂下は小さく頭を下げた。

馬鹿にされた気になった。紀平は再度、大声を上げる。

「なんだ、その態度は。目の前の患者を必死になって救うのが、お前らの仕事だろうが。諦めるなよ！」

坂下が不愉快そうに目を細くした。嫌味ったらしく言葉を並べる。

「それなら、犯人を捕まえるのがあなたの仕事でしょう。こんなところで油を売ってないで、この方をこんな目に遭わせた犯人を捕まえてきたらどうです？」

紀平は言葉に詰まった。

「我々に責任転嫁しないでください。この方は、ここに運ばれてきたとき、すでに心肺停止の状態だったんです。世界のどんな最先端の施設でも、ゴッドハンドと呼ばれるような医師でも、蘇生は無理だったでしょう。この方は、あなたの相棒ですか？　もしそうなら、あなたは相棒を守れなかったんですね。自身の失態を棚に上げ、よくも上から目線で我々を非難できますね」

頭が真っ白になった。紀平は屈辱感で身体が震えた。

「違う、俺は……」

「どんな状況だったか知りませんから、ただの想像ですけどね」

度を越したと反省したのか、坂下は声を小さくした。

「こっちです、早く来てください！」

糸居の切迫した声が聞こえた。警備員二人が走ってきた。

9

紀平はエレベーターホールのソファに座った。警備員二人は、紀平が抵抗しないとわかると、黙って去って行った。

紀平は膝に肘を載せ、床を見詰めた。ポツリと呟く。

「責任転嫁か……」

坂下が指摘した通りだ。紀平の失態が招いた惨劇だ。油断せず現場に向かっていれば、倉城が死ぬ事態にはならなかったろう。紀平は奥歯を噛み締めた。

どうやって典子と陽太――倉城の妻と子供に説明すれば良いのか。

冷静になればなるほど、自身のとった言動が幼稚に思えた。紀平は頭を抱え、真新しいクリーム色の床を眺めた。今、自分にできることは何だ。

ふと坂下の声が頭に蘇った。――犯人を捕まえるのがあなたの仕事でしょう。

そうだ、俺にできることは――。紀平は顔を上げ、立ち上がった。スマホを出し、若曽根に電話する。

若曽根が緊張した様子で出た。

「紀平です。倉城さんが亡くなられました」

紀平は意図して端的に述べた。感傷に浸っている暇はない。

若曽根が絶句した。数秒後、声を絞り出す。

「そうか……」

「今から、そちらに向かいます」

「良いのか?」若曽根が驚いた様子で訊ねた。「お前も負傷したんだろう?」

「俺の仕事は犯人を捕まえることですから」

紀平は、はっきりとした語調で応じた。何と言われようと現場に戻るつもりだ。

説得は無駄だと悟ったのかもしれない。若曽根は紀平の選択を否定しなかった。

「わかった、待ってるぞ。倉城さんの件は、俺から上の人間に伝えておく。良いな?」

「お願いします」

紀平は通話を終え、階段に向かった。一階まで降り、出口を目指して早歩きする。途中、後ろから声を掛けられた。糸居だ。

「ちょっと待ってください。どこに行くんですか?」

「犯人を捕まえに行くんだ」

「ダメです。さっきも言いましたけど、紀平さんは失神した後なんですから。もう少し病院にいてください」

糸居は走って紀平の前に出た。両手を広げ、通せんぼする。正義感の強そうな目をしている。まるで子供だ。相手にするのも馬鹿らしい。紀平は脇を擦り抜け、出口に向かう。

「俺の仕事は犯人を捕まえることだ。こんな場所にいつまでもいるわけにはいかない」

「怖い病気——不整脈や、くも膜下出血があるかもしれないんですよ。今は無症状かもしれませんけど、後々、頭痛や動悸が出てくるかもしれません。下手をすれば命にも関わります」

「死んだら、そのときはそのときだ。行かせてくれ」

「勘弁してくださいよ……」

糸居が弱った声を出す。わずかな逡巡の後、紀平の腕を掴んだ。

紀平は、反射的に怒りで全身が熱くなった。乱暴に糸居の手を振り払う。立ち止まり、顔を寄せて怒鳴り付ける。

「何の権限があって俺を病院に留めるんだ！　黙って行かせろ！」

糸居は目を伏せて怯えを走らせた。なおも迷っている様子だったが、小さく頷いた。

「……どうなっても知りませんよ」

「心配するな。俺が自分の意志で病院を出ていくんだ。上司に怒られたら、俺に殴られたとでも言っておけ」

「そんな嘘は吐けません」

根っから真面目なのだろう。温室育ちのお坊ちゃんか。よくもここまで世間擦れせずに生きてこられたな。紀平の中に意地悪な感情が生まれた。

「じゃあ、本当に殴ってやろうか？」

紀平は、拳を握って顔の前に差し出した。糸居は頬を強張らせ、怖気を走らせる。

紀平はフッと息を吐く。拳を広げ、糸居の肩を叩く。

「安心しろ。曲がりなりにも俺は刑事だ。善良な市民を殴ったりはしない」

10

紀平は、病院の向かい側にあるショッピングセンターで、安物の背広一式を購入した。トイレで着替え、血塗れの服はゴミ箱に突っ込んだ。タクシーを拾い、現場のＰＡＬビルに戻った。

一帯は騒然としている。何台ものパトカーや鑑識車両が駐まっており、刑事課や捜査一課の刑事が目付きを尖らせている。

紀平は見張り役の巡査に警察手帳を見せ、規制線の内側に入った。すぐに若曽根と沙織が気付き、駆け寄ってきた。

「何か手掛かりはありましたか？」

紀平が訊ねると、若曽根が小さく頷いた。険しい顔付きで、駐車場の入口にある警備員の詰所を指差す。

「犯人の目星は付いている。西野《にしの》良平《りょうへい》、三十一歳の警備員だ。朝まで勤務のはずだが、十九時以降、行方を晦ませている。緊急配備で検問中だ。すぐに捕まるだろう」

希望的観測では――。紀平はグッと言葉を飲み込んだ。

そんなことは若曽根もわかっているはずだ。だが、仲間を殺された状況下、何の手掛かりもないとは言えないのだろう。

「上がれますかね？」紀平は階段の扉を指す。「もう一度、しっかりと現場を確認しておきたいんですけど」

「無理だろうな」若曽根は渋い表情を見せた。「鑑識の連中が許してくれるはずがない」

残念だが仕方ないか。刑事が現場を荒らすわけにはいかない。

「紀平、お前、何してるんだ？」

威厳のある特徴的な声が聞こえた。

捜査一課長の溝口正友《みぞぐちまさとも》だ。ぎょろりとした爬虫類のような瞳をしており、見る人に恐怖を与える。六十歳を手前にして少し体重が増えた。結果的に体格を良く見せ、より一層、近寄りがたさを放つようになった。

「溝口さんこそ、何をされてるんですか？」

思わず紀平は訊き返した。

通常、捜査一課長は現場に足を運ばない。警察官殺しの事の重大性を示しているということか。

「俺の行動に口を出すな」溝口は冷たく命じた。「紀平、お前は病院に戻れ。お前も犯人に襲われたんだ。きちんと検査を受けてこい」

「気遣いはありがたいですが、平気です。それに、俺は現場に居合わせた人間です。報告する義務があるでしょう」

「何をもって平気と断言できる？　病院で気を失ったんだろ」

溝口は表情を崩さずに指摘した。

あの研修医が――。警察署にでも電話したに違いない。余計な真似をしやがって。クソ真面目にも程がある。紀平は頬の内側を噛んだ。

「さっさと病院に戻れ。報告をするのに現場に留まる必要はない。後で人を遣る」

「誰から聞かれたか知りませんが、俺は大丈夫です」

「馬鹿が。医者が戻って来いと言ってるんだ。どうして無事だと言い切れる？　毎日毎日、病人を相手にしている専門家が、危険な状態だと判断したんだ。刑事に勘があるのと同じで、医者にも勘があるだろう。病院に戻れ」

溝口は淡々と言葉を並べた。

正論ではあるものの、紀平は納得できなかった。自分の行動は自分で決める。

「その必要はありません」

紀平が首を横に振ると、溝口はわざとらしく嘆息した。直後、鋭い眼光を放ち、親指を規制線の外に向ける。

「そうか、なら仕方ないな。捜査から外れてもらう。出て行け」

「はあ？」腹の底から怒りが湧いて出た。「そんなおかしな話がありますか？　俺は現場に居合わせた唯一の人間なんですよ。外す意味がわかりません」

「なら訊くが、犯人を見たのか」

「顔は見てませんが、下半身は見ました。ジーパンと白いスニーカーでした」

「なぜだ？」

溝口は紀平を真っ直ぐに見詰めた。感情の籠らない灰色の眼球をしている。

何を訊かれているかわからず、紀平は問い返す。

「なぜとは？」

「なぜ犯人を目撃したのに捕まえなかった？」

「俺は……。不意打ちを食らわされて、階段から突き落とされたんです」

言い訳しても見苦しいだけだ。正直に答えた。

「つまり、犯人に接触するや否や意識を失ったと？」溝口は嫌らしく片側の頬を吊り上げた。嘲笑うように白い歯を見せる。「倉城が腹を切られ腕を切断されている最中《さなか》、隣で寝ていたってわけか。よくも平気な顔で現場に戻ってこられたな。刑事の恥晒しが」

――何だと。全身の血が沸き立った。

紀平は衝動的に足を踏み出した。溝口に掴み掛かる。だが、若曽根が間に割って入った。紀平の両肩に手を置き、大袈裟に驚いた様子で声を上げる。

「大変だ、頭から血が出てるぞ！　階段から落ちたときに切れたんじゃないのか？　やっぱり、もう一度きちんと調べてもらったほうが良いぞ。俺が病院に連れてってやる。急げ、こっちに来い」

若曽根は、紀平の腕を引いて溝口から遠ざけた。

溝口は冷たい視線を紀平に注いでいたが、興味を失った様子で顔を背けた。すぐに、捜査一課の面々に指示を出し始めた。

「バカ野郎が」若曽根は声を落とす。「捜査一課長に殴り掛かるヤツがいるかよ」

「殴るつもりはありませんでした」

「嘘を吐け。あんな言い方をされて悔しいのはわかるが、ここは我慢しろ。溝口さんだって、本気でお前を捜査から外すつもりはない。お前の協力抜きで犯人を挙げるのは不可能だ。そんなことくらいわかるだろ。不器用だが、溝口さんはお前を心配してくれてるんだ」

「心配無要です」紀平は焦れた気分になった。「俺は平気です」

「平気だと、きちんと病院で証明してくるんだ。そうすれば溝口さんも文句は言わない。それに、この場に居座っても意味はないぜ。鑑識の作業が終わるまで、俺たちはただの邪魔者だ」

紀平は深呼吸を繰り返し、落ち着きを取り戻す。若曽根の言う通りだ。

機材を抱えた鑑識課の面々が、続々と階段を上がっていく。狭い階段に刑事が立ち入る隙はない。

「わかりました。病院に行ってきます」

「一人で大丈夫か？」

若曽根は心配そうに紀平の顔を覗き込んだ。

「もちろんです。病人扱いしないでください」

病院に行くと決まれば早いほうが良い。紀平は若曽根に背を向け、規制線の外に出た。停めたままになっていた覆面パトカーのクラウンに向かう。

歩きながら段取りを考える。

まずは研修医の糸居を見付け出す。その後、脅して頭部ＣＴを撮ってもらい、心臓の超音波検査と心電図検査をしてもらおう。どうせ何も見付からない。無事だという診断書を書かせれば事は済む。

病院に行って検査を受け、糸居に診断書を書かせて戻ってくる。トータルで一時間もあれば充分だ。

紀平はクラウンの運転席に乗り込んだ。ギアをドライブに入れ、発進する。

ところが、突然、助手席のドアが開いた。紀平は慌ててブレーキを踏んだ。開いたドアから、滑り込むようにして一人の男が乗り込んできた。

「お久しぶりです」

男は肩までの長髪を後ろで括っており、無精髭を生やしている。ダークスーツを着ているものの、刑事とは異なる雰囲気を放っている。竹内佑多《たけうちゆうた》、三十歳だ。

二人の関係は長い。十年前、紀平が高校三年生で、竹内が大学二年生のときに知り合った。

「病院までお供しますよ」

竹内はドアを閉め、シートベルトを締めながら告げた。

「うまい言い方ですね。本当は情報を掴みに来ただけでしょう?」

紀平が咎めると、竹内はニヤリと笑った。

「そりゃま、ネタに吸い寄せられるのが記者の性《さが》ですから」

竹内は新聞記者だ。

所属する伊勢国《いせこく》新聞社は、社員数が百名ほどの小規模な新聞社だ。発行数がどれほどかは知らないが、保守的な論調を売りにしており、県内では根強い人気がある。コンビニや駅の売店でも、全国紙と並んで置かれている。

紀平はアクセルを踏み、クラウンを発進させた。前を向いたまま問う。

「それで、何を訊きたいんです?」

「何をって、全部ですよ。通報を受けて現着してから、救急車に乗って病院に行くまでの間の全てです」竹内は皮肉っぽい話し方で続ける。「上層部は何を考えてるんでしょうね? 犯人と対峙した唯一の人物を野放しにしておくなんて」

紀平は深く同意する。溝口に対する怒りが再燃した。

「頭が固いんですよね。立場が上になればなるほど柔軟性を失っていく」

「僕も、病院できちんとした検査を受けたほうが良いとは思いますけどね。しかし、それにしたって、話を聞いてから——あるいは、こうして話を聞きながらってのが普通だと思いますよ」

「上手に自分の行動を正当化しますねえ」

紀平が冗談混じりにチクリと刺すと、竹内は声を上げて笑った。

「西野良平でしたっけ？　警備員を捕まえるために緊急配備なんかしても、金と時間の無駄ですよ。どうせ、仕事を抜け出して夕飯でも食べてるだけでしょう」

「俺も同じ考えです。現場は密室の状況でした」

「密室を作り上げて完全犯罪を目論むような人間が、自分の職場で犯行に及ぶ——。想像できません」

竹内は露骨な冷笑を浮かべた。

賛同しつつも、紀平は身内を庇う。

「さすがに他の捜査員も、西野良平が本命だとは考えていないでしょう。ただ、現場から姿を消したとなれば、調べざるを得ませんから」

「だと良いんですけどね」

竹内は涼しい顔色で窓外を眺めた。

II

道中の車内、紀平は竹内に事件の概要を語った。駐車場にクラウンを駐め、竹内と別れた。竹内はタクシーで現場に戻る様子だ。

紀平は救急受付に移動した。カウンターの内側に事務職員が座っている。三十歳くらいの男性だ。腕組みして眠っている。

わざわざ起こすのも面倒だ。紀平は素通りして救急救命室《ER》に入った。

救急救命室《ER》は閑散としていた。患者はおらず、糸居と看護師が一人いるだけだ。他のスタッフは、仮眠室にでも待機しているのだろう。

糸居はカルテの前に座り、教科書を読んでいる。真剣な顔付きをしているものの、時折、眠たそうに目をぱちぱちさせる。四十歳前後の女性看護師は、忙しなく動き回っている。棚の薬品を数え、バインダーに挟んだ紙に数量を記入している。

紀平が咳払いすると、糸居が顔を上げた。驚いた様子で立ち上がる。

「戻って来られたんですか?」

「いちいち訊くな。見ればわかるだろうが」

紀平は一直線に糸居に向かう。

糸居は表情を強張らせた。看護師も警戒した様子で紀平を眺める。

紀平は糸居の真正面に立った。ポケットに手を入れ、睨み付ける。

「お前、わざわざ警察署に電話して、俺が気絶したと伝えたのか？」

「当然じゃないですか。強引に病院を抜け出したんですから」

糸居は目を逸らしたものの、誤魔化しはしなかった。

紀平は苛立って声を荒らげる。

「ふざけやがって。お前のせいで捜査一課長を殴りそうになったぜ。クビにされたら、どうやって責任をとってくれるんだ」

「何の話ですか？」

糸居は眉間に皺を寄せ、怪訝そうにした。

「第一、患者の病状を無断で第三者に漏らすのはルール違反だろう。個人情報の扱いについて学ばなかったのか？」

「緊急時でしたから。紀平さんの安全のためには必要な対応でした」

糸居は、表情こそ硬いものの堂々と答えた。

その態度が余計に癪《しゃく》に障《さわ》った。

「クソ真面目なヤツだな。お前みたいな人間は出世しないぜ」

「何とでも言ってください。それよりも、せっかく病院に戻って来られたんですから、早く検査をしましょう」

「わかってるのなら話は早い。適当に検査して、異常なしと診断書を書いてくれ。さっさと現場に戻りたいんだ」

「それは無理です」糸居は首を横に振った。「しっかりと時間を掛けて調べさせてください。加えて、救急外来では診断書は出せない決まりです」

紀平の苛々はピークに達した。溝口といい、糸居といい、小心者ばかりだ。なぜそんなにも臆病なのか。

「俺自身が大丈夫だって言ってるんだから——」

「なんだ、紀平じゃないか」

紀平が大声を上げた瞬間、後ろから声が聞こえた。

振り返ると、白衣姿の男が立っていた。身長は一八〇センチを超えており、スラッとしている。

男は涼しい顔色で口を動かす。

「病院で騒いでる刑事がいると聞き付けてやって来たら、まさか知り合いだったとはな。同僚があんな目に遭って大変なのはわかるが、ちょっとは場所を弁《わきま》えろよ」

「日沖《ひおき》先生、この刑事さんと知り合いなんですか？」

糸居がホッとした様子で肩の力を抜く。

「高校の同級生だ」

日沖光士《こうじ》は興味がなさそうに返事した。大きな欠伸をする。

「整形外科医になったと聞いてたが、ここの病院で働いてたのか」

紀平は微かな驚きを込めて述べた。

高校卒業後、日沖は大阪にある大学の医学部に進学した。

「今年の四月からな」日沖は澄まし顔で応じた。「それまでは大学病院にいたよ」

「偶然の再会ですね。高校時代、お二人は仲が良かったんですか?」

糸居が訊ねた。

「どっちかって言うと仲は悪かったな。ほとんどまともに話した覚えがない。なあ?」

日沖は笑って紀平の肩に手を置いた。

「何を言ってるんだ?」紀平は手を払いのける。「日沖が一方的に俺をライバル視してただけだろうが。俺はお前のことなんか、何とも思ってなかった」

「そうだったかな?」

日沖は惚《とぼ》けた様子で首を傾げた。

「忘れたいのならそうしておけ。俺も無理に穿《ほじく》り返す気はない。苦い記憶は、高校時代の甘酸っぱい思い出と共にしまっておけば良い」

「お二人は、どこの高校の出身ですか?」

糸居が、不思議そうに紀平と日沖を眺めた。

「桑名第一高校だ」

紀平が答えると、糸居は意外そうに瞼を持ち上げた。

糸居の反応は当然だ。桑名第一高校は、進学校ではあるものの、皆が皆、死に物狂いになって勉強をするような学校ではない。数年に一人くらい、よくできる生徒がいて、医学部に進学する程度だ。

「日沖先生が刑事さんをライバル視してたっていうのは、本当なんですか?」

糸居が恐る恐る訊ねた。

「訊いてやるなよ」紀平は苦笑する。「俺が黙っててやってるんだから」

「すみません……」

糸居は恐縮した態度で頭を下げた。

隣に立つ日沖の表情は、凪いだ水面のように柔らかい。

日沖をじっと見ている内に、過去の記憶が自然と蘇った。

高校時代、日沖は目立つ存在だった。一年生の春から医学部志望だと公言しており、成績も常に上位に位置していた。その上、サッカー部に所属していた。昼休みに校庭でリフティングしている姿をよく見掛けた。

身長が高く、勉強もよくでき、運動部に所属していた日沖は、女子に人気があった。対する紀平は、パッとしない日々を歩んでいた。学業成績は普通で、遊び半分で柔道部に入っているだけだった。

片や文武両道、もう一方は惰性で高校生活を送るだけ。二人が関わりを持つことはなかった。だが——。

「思わせ振りな発言をしておいて黙るのも悪いから、少しだけ教えてやるよ。実は、俺も医学部を受けたんだ。そういった意味で俺たちはライバル関係にあった」

紀平が告げると、糸居が驚きの色を浮かべた。

「刑事さんも、もともとは医者になりたかったんですか?」

「ずっとなりたかったわけじゃない。俺が医学部に狙いを定めた時期は、三年生の夏休みが明けてからだった」

理由を知らない者たちは、無謀だと笑った。中でも、一番大きな反応を示した人物が日沖だった。

この学校で医学部を受けるのは自分だけだ——。そんな、妙なプライドがあったのかもしれない。日沖は、廊下で擦れ違う度に紀平を睨み付け、舌打ちした。時には、紀平の成績表を盗み見て冷笑した。

だが、紀平は気に留めなかった。目標に一歩ずつ進むだけだった。他人にどう思われようが関係なかった。

「医学部を目指す以前は、何学部を志望されてたんですか？」

「別に、志望なんかなかったさ」紀平は正直に答える。「勉強は嫌いじゃなかったが、受験のためってのが気に食わなかった。漠然と国公立に行ければ良いと考えてたけど、落ちたら別に私立でも構わなかった」

両親は共働きで、兄弟はいない。私立の医学部でもなければ、学費には困らなかった。

「それなのに、急遽、どうして医学部に行こうと考えたんですか？」

「何だったかな……」紀平は少し迷った。「たぶん、金が欲しかったからだと思う。医者になれば楽に金が稼げるからな。適当にＣＴやらＭＲＩやらを撮って、パソコンをカタカタ叩くだけで大金持ちになれるんだ。こんなにも楽な商売はない」

糸居はムッとした様子で表情を硬くした。

隣では、日沖が神妙な面持ちで立っている。見透かされている気分になり、紀平は視線を天井に逃がした。

「だけど、今こうして警察官をされてるということは――」

糸居が粘っこい言い方をした。

紀平は親指を立てて笑う。

「大正解。俺は受験に失敗した。付け焼刃で挑むには、医学部の壁は高すぎたな」

不合格の通知を受け取っても、紀平は落胆しなかった。翌年、再チャレンジすれば受かる自信があった。しかし、紀平は浪人を選ばなかった。

高校三年生の三月――受験結果が発表されてから年度が変わるまでの短い間に、紀平の志望は変わった。刑事を目指す理由ができた。

高卒でも警察官になれるが、刑事になるには大卒のほうが有利と考えた。

紀平は、入学生をまだ募集していた大学を探し、願書を出した。名古屋にある私立の理工学部だった。医学部を目標に勉強していた紀平にとっては、簡単な入学試験だった。難なく合格し、四月から通った。

12

ＣＴ検査の後、紀平はベッドに仰向けになった。

心電図検査だ。冷たい電極を胸に貼られ、安静を命じられる。一分ほど待っていると、プリンターから紙が出てきた。心電図の波形が印刷されている。

日沖が紙に目を走らせる。数秒後、興味を失った様子で糸居に渡した。紙を受け取った糸居は、真剣な目付きで波形を眺める。

「クリスマスイブに仕事なんて大変だな。お前たちの仕事を増やしてる俺が言うのも変な話だがな」

紀平が苦笑すると、糸居は紙を見詰めたまま首を横に振った。

「お気遣いありがとうございます。でも、これも勉強ですから」

「俺は本当は休みだったんだけどな。今日から三連休のはずだった。まさか初日に呼び出されるとは想像してなかったぜ」

日沖は嫌そうに口元を歪めた。超音波診断装置《エコー》の電源を入れる。

超音波診断装置《エコー》は、大型のノートパソコンのような形状をしている。ディスプレイとキーボードで構成されており、扇形の探触子《プローブ》が接続されている。

日沖は探触子《プローブ》にゼリーを塗り、紀平の胸に押し当てた。ひんやりと冷たい。ちょっとの我慢だ。

紀平は訊ねる。

「入院患者が急変でもしたのか?」

日沖はディスプレイを眺めながら探触子《プローブ》を動かした。

ディスプレイに表示された白黒の画像が動く。これが心臓か。一秒に一回のペースで収縮と拡張を繰り返している。

「二日前、俺が主治医となって人工膝関節置換術をしたんだ。患者さんは七十二歳のお婆さんだった。術後経過は良好で、昨日診たときには何ともなかった。ところが、今日の午後になって、急に膝が腫れてきたと大騒ぎした」

「関節を人工物に入れ替えたんだろ? 大掛かりな手術なんだから、膝が腫れるくらい許容範囲なんじゃないのか」

「その通りだ。程度にもよるけどな」

日沖は小さく頷いた。無表情を装っているが、奥底に疲れが隠れている。

医者も刑事も、プライベートの犠牲の上に成り立つ職業だ。紀平は同情し、日沖の気持ちを代弁する。

「湿布でも貼って寝転がってりゃ良いのにな。いくら主治医でも、そんなことでいちいち病院に呼ばれてたら、どれだけ時間があっても足りないぜ。当番の医者はいないのか？」

「もちろんいるさ。湿布を貼るだけってのは雑だけど、点滴で抗生剤と痛み止めを入れとけば良いんだ。それくらい、主治医でなくとも事足りる」

「それなのに、なんでお前が呼ばれたんだ？　当番の医者が新人だったのか？」

「中《あた》らずと雖《いえど》も遠からず、だな。同僚の陰口は言いたくないから言葉は濁しておくよ。けど、医者の仕事なんて大半はこんなもんさ。下らない雑務や事務仕事ばかりだ」

日沖は探触子《プローブ》を紀平の胸に当てたまま、超音波診断装置《エコー》のキーボードを操作する。ディスプレイの画像がカラーに変わる。血流を示しているのか、心臓の内側を赤と青の粒子が駆け巡っていく。

「エコー所見も異常なしだ」

日沖は探触子《プローブ》を紀平の胸から外した。すぐに、糸居がティッシュで紀平の胸のゼリーを拭き取った。

日沖は、超音波診断装置《エコー》の電源を切りながら愚痴をこぼす。

「電話が架かってきたら出ないわけにはいかないし、呼ばれたら駆け付けないわけにはいかない。どうせ無駄足だと高を括りつつも、実際に自分の目で見るまでは確信できないからな。嫌な職業だぜ」

胸の奥が痛んだ。実際に自分の目で見るまでは確信できない――。その通りだ。通報をガセと決め付けず、もっと警戒すべきだった。紀平の油断が倉城の死を招いたと言っても過言ではない。

怖い顔をしていたのかもしれない。糸居が不審そうに紀平の顔を覗き込んだ。

紀平は咳払いして誤魔化した。

「七十二歳のお婆さんは、実際に見てどうだったんだ?」

「元気だったよ。ビックリするくらいにな」日沖は頬の筋肉を緩めた。「確かに膝は少し腫れてた。でも、放っておいても全く問題ないレベルだった。術後で不安なのはわかるけど、訴えが大袈裟なんだよな」

「老人の誇大な主張に騙されて、当番のポンコツ医師が日沖に電話したってわけか」

「何でもかんでも主治医に頼る慣習が、日本の医療業界をダメにしてるんだよな。便秘になったら下剤、熱が出たら解熱剤、痛みが出たら鎮痛剤――。こんなの、機械的にできる対処法だろ?素人でも、自分で薬局で薬を買って飲んでるはずだ。それなのに、入院中というだけで主治医任せにされちまう。欧米じゃ考え難い日本の悪習だ」

熱を帯び饒舌に語る日沖を、糸居がじっと見詰めている。異論があるようにも映るし、同意しているようにも映る。

日沖は興奮した様子で声を大きくする。

「ワークライフバランスを重視した欧米の病院だと、勤務医でも十七時《ごじ》ピタなんだぜ。その上、給料は日本の十倍だ。もちろん、腕が立つ医者だけだがな。薄給で虫けらのように働かされてる俺たちとは別世界の厚遇だよ」力が入り過ぎたと反省したのか、日沖は口角を持ち上げた。「糸居先生には、渡米して一億円プレイヤーになってもらう将来を期待するよ」

「そんな、僕には無理ですよ」

糸居は照れ笑いした。

だが、日沖は真顔で述べる。

「いや、その可能性は充分にあると思うぜ」

糸居は優秀なのか——。紀平は糸居をまじまじと見詰める。

日沖が説明してくれる。

「桑名総合病院は研修医の修行場所として人気が高いんだ。倍率五倍の選抜試験を勝ち抜いた者だけが、ここで研修医として働いている。名古屋駅まで電車で二十分と立地も良いし、設備も充実してる。診療科を問わず症例も豊富だしな。東海地区では有数の研修場所だよ」

「金の卵とは知らず、暴言を吐いて申し訳なかったな」

紀平は頭を下げた。

糸居は恐縮した態度で首を横に振った。

「将来、アメリカに渡ったら、おかしな刑事がいたと思い出して給料の何割かを送金してくれ。

口座番号は後で伝える」

「案外、僕は記憶力が悪いので、当てにしないでください」

糸居は表情を明るく咲かせた。

紀平も頬を綻ばせたが、胸の奥で罪悪感が蜷局《とぐろ》を巻いた。倉城が死んだ夜に笑顔は相応しくない。紀平は仏頂面を作り上げた。

あんなにも真面目で良い警察官はいなかった。それなのになぜ――。紀平は鼻の奥がツンと痛くなった。悔し涙を堪《こら》える。

「同窓会には行くのか？」

日沖が訊ねた。

「そういや、案内の手紙が届いてたな……。いつだったっけ？」

「三日後の二十七日だ」

「絶対に参加は無理だな」思わず紀平は息を吐いた。「三日以内に事件が解決すれば話は別だがな」

「そりゃそうか。膝の痛い婆さんに呼ばれたのとは、わけが違うか」

日沖も苦い笑みを見せた。

紀平はチラと腕時計を見る。二十二時三十分だ。紀平と倉城が現場に駆け付けてから、二時間半も経っている。紀平はベッドから床に降り立った。

「ちょっと、どこに行くんですか？」

糸居が焦りを露わにした。

「決まってるだろ。現場に戻るんだ。検査は終わったんだから、さっさと診断書を書いてくれ」

「だから、救急外来では診断書は書けないんです」糸居は苛立ちを覗かせた。「それに、ＣＴの結果がまだ出てません」

「ＣＴならさっき撮ったじゃないか。異常はなかっただろ？」

「僕と日沖先生が見た限りでは、ですよ。今、画像診断の専門の先生に読影してもらってますから、読影レポートが送られてくるまで待ってください」

糸居は、警戒した目付きで紀平を眺めた。

「どうせ何もありゃしない」

紀平は舌打ちした。大きな溜め息を吐き、ベッドに腰掛ける。

「そうこうしてる内に読影レポートが上がってきたぞ」日沖が電子カルテを操作する。数秒後、余裕を浮かべていた日沖の顔色が変わった。「……紀平、残念だったな」

ドキリとしつつも、紀平は軽口を叩く。

「どうした？　癌でも見付かったか？」

「いや、今のお前にとってはもっと悪いかもな。急性硬膜外血腫の疑いだ。申し訳ないが、帰すわけにはいかなくなった。今から脳神経外科《脳外》の先生に連絡する」

日沖はＰＨＳを手に取った。

「ちょっと待て、お前ら医者はこれだから――」紀平は立ち上がり、ＰＨＳを奪う。「きちんと患者にわかるように説明しろ」

「わかったから興奮するな」

日沖は片眉を持ち上げた。

紀平は、呆れを隠そうともしない日沖に苛立った。腹に力を込め、グッと我慢する。手を伸ばした日沖にＰＨＳを返す。日沖は、プリンターから印刷用紙を一枚取った。パーカーの高級ボールペンで、頭の断面図を描いて説明する。

「頭蓋骨と脳みその間には三層の膜がある。外側から順に、硬膜、くも膜、軟膜だ。急性硬膜外血腫は硬膜と頭蓋骨の間に血が溜まる病態だ」

紀平は紙を受け取った。硬膜と頭蓋骨の間に、局所的に膨らんでいる箇所がある。血腫だろう。

「俺は今、何ともないぜ。危険な状態とは思えんな」

「ルシッド・インターバルですね」

糸居が厳しい面持ちで呟いた。

「小難しい専門用語を使いやがって」

紀平は糸居を睨み付けた。

日沖が丁寧に説明してくれる。

「急性硬膜外血腫では、受傷後、数分から数時間、何の症状もない期間を伴う場合があるんだ。これをルシッド・インターバルと呼ぶ。本人は普段と何ら変わらず、周りも当然気付かない。だが、その後、急激に状態が悪化する。頭痛や吐き気で済めば儲けもんで、悪けりゃ意識不明になって、そのまま心臓が止まっちまう。急性硬膜外血腫の嫌らしいところだな」

紀平の鼓動が大きくなった。意識した途端、脈拍に合わせて後頭部が痛んだ。

――バカが。気のせいだ。俺はまだ死なない。倉城の仇《かたき》を取るまでは、這ってでも生きる必要がある。

紀平の不安を読み取ったのだろう。日沖が笑顔を見せる。

「脅したけど、あくまでも今は急性硬膜外血腫の疑いに過ぎない。安心しろ。脳神経外科《脳外》の先生に連絡するのだって、保険的な意味合いだ」

「つまり、俺は大丈夫なのか？」

「断言はできない。だから、このまま仕事に戻らせるわけにはいかないんだ。無論、監禁はできないから、お前が強引に抜け出そうとすれば、無理に留めはしない。その代わり、調子がおかしくなっても救急車は呼ぶなよ。救急隊に迷惑が掛かる」

日沖は意地悪そうに口元を歪めた。

紀平は苛々を募らせた。床に足を打ち付ける。

「まさか、医者に脅される日が来るとは思わなかったぜ」

「そう怒るなって。時間をおいて何度かCTを撮って、朝まで何ともなければ帰らせてやるからさ。半日の我慢だ」

日沖は平然と言ってのけた。

紀平はゾッとした。こんなところで朝まで油を売り続けたくはない。だが、日沖は本気のようだ。PHSを耳に押し当て、脳神経外科《脳外》の医者を呼び出している。

「クソがっ！」

紀平は歯痒さに耐え切れず叫んだ。

「――聞いたほど重症じゃなさそうだな」

後ろで声がした。聞き覚えのある、男にしては高い声だ。

捜査一課の岩月等《いわつきひとし》だ。岩月は三十一歳とまだ若いが、すでに髪が薄くなっている。目がクリクリとしているせいで、キユーピー人形を連想させる。

隣には鵜飼博文《うかいひろふみ》が立っている。鵜飼は紀平と同じ二十八歳だ。

「体調の悪い紀平は想像できませんけどね」

鵜飼は腕組みし、冷ややかな視線を紀平に注いだ。昔から変わらない、根性の捻じ曲がった顔付きをしている。鵜飼と紀平は同じ小学校の出身で、腐れ縁だ。

「それもそうだな」岩月が神妙な面持ちで顎を引いた。「腹を壊してても焼肉の食べ放題に来る男だ」

「いったいいつの話をしてるんですか」

紀平は反論するのも面倒に感じた。

去年の忘年会のシーズンの話だ。連日の飲み会のせいで、紀平は腹の具合を悪くしていた。じっとしていても腸《はらわた》を絞られるような鈍痛に襲われ、水を飲めばトイレに駆け込んだ。

そんな中、刑事部で企画された忘年会があった。会場は焼肉屋だった。

体調を鑑みれば欠席すべきだった。だが、会費の七千円は支払い済みで、返金の申し出は却下された。散々迷った挙句、紀平は店に足を運んだ。出席すれば、食べないわけにはいかない。結果、肉を焼いている内に腹痛は治まり、他の誰よりも多く食べた。数日間、お粥やゼリー飲料しか口にしていなかった反動だ。

以降、何かにつけてこの話題を持ち出される。

「こんなところに何の用事ですか?」

紀平は辛抱強く訊ねた。

岩月はフッと息を吐いた。

「仕事だよ、仕事。お前は犯人と対峙した唯一の人間だろ。話を聞きに来たんだ」

――そう言えば。後で人を遣る、と溝口が述べていた。

紀平は明るい気分になった。

「助かりました。ちょうど退屈してたところなんです。クソ医者の命令で、朝まで病院に幽閉ですから。何でも訊いてください」

13

十二月二十五日、木曜日、八時三十分。

紀平は無症状のまま朝を迎えた。病院を出て駐車場のクラウンに向かう。

岩月と鵜飼は昨夜の内に帰宅した。型通りの質問を紀平に投げ掛け、ちょっとした雑談をした後、帰っていった。

紀平はクラウンに乗り込んだ。病院の前を走る国道一号線を、桑名警察署へと南下する。運転している内に不満が再燃してきた。本当に、朝まで病院にいる必要があったのか。読影レポートには、確かに「急性硬膜外血腫」と記されていたのか。

紀平を病院に留めるための脅し文句だった可能性は——。無論、そんな嘘を吐いても日沖や糸居には何のメリットもない。

紀平はモヤモヤとした気分になった。

医者と患者の間には、絶大な知識の差がある。医者は、医学部で六年間も教育を受け、膨大な知識を頭に叩き込んで国家試験に合格し、二年間の臨床研修を終えた専門家だ。専門医や認定医の有資格者は、さらに上積みされた専門性を備えている。素人が本やネットで調べた程度では、太刀打ちできない濃度の知識と経験を備えている。

紀平は、むしゃくしゃとした気分のまま警察署に着いた。階段を上り、特別捜査本部が設置された訓示場——講堂へ向かう。

捜査会議はすでに始まっている。紀平はそっとドアを開け、中を覗いた。

訓示場には、二人掛けの事務机が四列に並べられている。大勢の捜査員が腰掛け、難しい顔付きをしている。前方には、捜査員と対面する形で机が一列に並べられている。幹部たちの席だ。刑事部長や捜査一課長、桑名署長が座っている。

「現場から姿を消した西野良平はシロです」

捜査一課の鵜飼が立って報告する。

——当たり前だ。紀平は苛立った。

西野は現場の駐車場で働く警備員だ。昨日から今朝まで勤務する予定だったが、十九時以降、どこかに消えた。もし犯人なら、自分を探してくれと申し出ているようなものだ。

鵜飼も、どこか投げ遣りな態度で口を動かす。

「西野は日常的に仕事を抜け出していた様子です。昨夜は、マッチングアプリで知り合った女性とホテルに行っていたと白状しました。防犯カメラで確認済みです」

「ふざけた野郎だ」捜査一課長の溝口が声を荒らげた。「仕事を放り出して朝までホテルにいたのか？」

「いえ、二十一時前にチェックアウトし、職場に戻ったそうです。ところが、騒然とした現場を見て恐怖し、そのまま家に帰ったと弁明しました」

鵜飼は険しい表情で答えた。

「警備員のくせに気が小さい奴だな。勤務態度も不真面目だし、いい加減な人生を歩んできたんだろう。根性も能力も人望もない、クズのような人間だ。せいぜい、犯罪者にまで転落しないよう願うよ」

溝口は顔を顰め、吐き捨てた。口は悪いが主張は真っ当だ。

紀平は気配を殺し、ドアの隙間を擦り抜けた。そっとドアを閉める。しかし、思いの外大きな音がした。

捜査員と幹部が、一斉に紀平へと視線を注ぐ。紀平は一礼し、黙ったまま空いている席に向かう。だが、溝口に呼び止められた。

「待て、紀平。なぜここにいる？　病院できちんと検査を受けてきたのか？」

「心電図、超音波、ＣＴ、採血――。色んな検査を受けてきましたよ。いずれも異常なしでした。しかも、診察してくれた医者は将来の一億円プレイヤーです」

急性硬膜外血腫は、あくまでも疑いだ。朝まで経過観察し何ともなかった。敢えて告げる必要はないだろう。

「診断書を見せろ」

溝口が険を滲ませた。

こっちは被害者だぞ。なぜこんなにも高圧的な態度を取られるのか。紀平は不快感を押し殺し、説明する。

「救急外来では診断書は出せない、と断られました。専門医が診るわけではなく、当番の医者が交代で診るからでしょうね。誤診の可能性がゼロではありません」

「誤診するような奴でも、医師免許を持ってりゃ一億円も稼げるのか？」溝口が眉間に皺を寄せた。「まあ、良い。検査を受けてきたのなら構わん。鑑識の報告が始まるところだ。席に着け」

溝口は偉そうに顎で示した。

紀平は最後列の右端――近藤沙織の隣に座った。沙織が、ホチキス止めされた捜査資料を一部、渡してくれる。

「資料を見てください。現場の見取り図です。犯人が向かった五階は、いわば密室の状況でした」

鑑識課の泉尾《いずお》遼太郎《りょうたろう》が声を張り上げた。泉尾は元刑事の三十五歳だ。眉毛が濃く、唇は厚い。一昔前の俳優のような印象だ。

「五階には、左右に短い通路が伸びています。向かって右手――見取り図の下側はすぐに行き止まりで、分電盤が設置された壁があるだけです。カバーは施錠されていましたが、バールか何か

見取り図

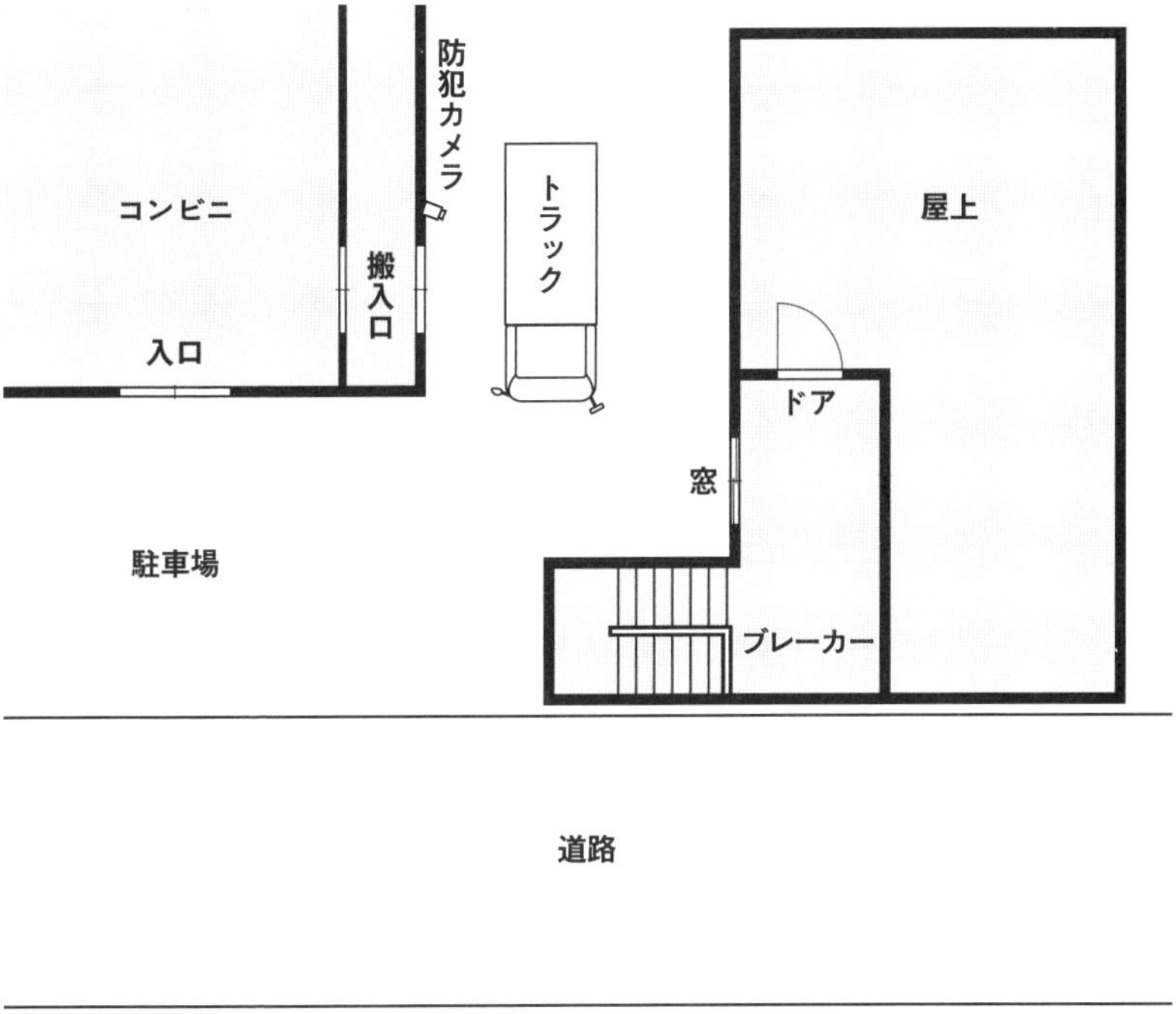

で抉じ開けられていました。次のページを見てください」

泉尾の指示に従い、皆が資料のページを捲る。

分電盤の写真が印刷されていた。クリーム色の板に黒色のブレーカーが埋め込まれた、どこにでもある分電盤だ。血で汚れている。紀平がブレーカーを上げた際に付いた、倉城の血だ。

「分電盤の反対側――見取り図の上側にはドアと窓があります」

泉尾は、再び前のページを指し示した。

「ところが、両方とも鍵が掛かっていた……」

溝口が腕組みし、難しそうに天井を見上げた。

「まずはドアに関してです」

泉尾は別のページを開いて掲げた。ドアの写真が印刷されている。

ドアノブに、べっとりと赤黒い血が付着している。分電盤と同様、倉城の血に塗れた紀平が触った痕跡だ。ドアノブの上には、プラスチックカバーで覆われたサムターンがある。

「事件時、ドアは施錠されていました。施錠、解錠するにはサムターンを操作しなければならず、サムターンを使用するにはカバーを割る必要があります」

「だが、カバーは割られていなかったというわけか」

溝口が眉間の皺を深めた。

「犯人が一旦、カバーを外すなり割るなりした後、修復した可能性は?」

捜査一課の岩月が声を上げた。

「それはない」泉尾は自信あり気に答えた。「カバーが付け替えられた形跡はなかった。それに、仮に鍵を開けて外に出られたとしても、カバーを戻す方法がない」

「カバーを壊して鍵を開け、新しいカバーを貼り付ける。その後、ドアの外に出て鍵を掛ける――。この手順じゃダメなのか？」

岩月が不思議そうに首を傾げた。

紀平も同じ疑問を抱いた。岩月の説が実現可能なら、密室の謎は氷解する。

しかし、泉尾は首を横に振った。

「それは無理だ。ドアの外から鍵は操作できない。鍵穴もないし、サムターンもない。施錠も解錠も、ドアの内側からしかできない構造になっている」

「完全な非常用扉の位置付けか」岩月は納得した様子で頷いた。「ちなみに、ドアを出た先には何があるんだ？」

「ただの屋上だ」

泉尾は新たな写真を提示した。

ぐるりとフェンスで囲まれただけの空間だ。何も置かれていない。

「すると、何らかの手段でドアを通れた場合には、脱出は容易だな。フェンスを攀じ登り、ロープでも使って地上に降りれば良いんだから。夜間なら、そうそう人目にも付かないだろうし」

岩月は目に力を込めた。

だが、泉尾はあっさりと否定する。

「いや、鍵の問題を抜きにしても、犯人が屋上から逃げた可能性は限りなくゼロだ。長年、誰も立ち入らなかったからだろうな。屋上には、びっしりと一面に苔が生えていた。足跡はなく、何者かが屋上に出た疑いはない」

「なら、犯人の逃走経路は窓か」

岩月は険しさを漂わせ、顎を撫でた。

——それもない。紀平が確認したとき、窓はクレセント錠で施錠されていた。

岩月もわかっているらしく、言葉を継いだ。

「犯人が、クレセント錠に何か細工したとは考えられないか?」

「例えば、どんな細工だ?」

「具体的に示せと言われると言葉に詰まるが……」

「クレセント錠は錆び付いていた。普通に開けようとしても、かなりの力が要った。どんな想像をしてるか知らないが、細工を施すのは不可能だ」

泉尾が断言すると、岩月は反論しなかった。

代わって溝口が口を開く。

「PALビルの隣にはコンビニがある。防犯カメラの記録はどうだったんだ?」

紀平も溝口と同じ期待を抱いた。

犯人の姿とまではいかなくとも、何か手掛かりが残されているかもしれない。反面、犯人がそんなミスを犯すとは思えなかった。

「コンビニの搬入口に防犯カメラが設置されています。広角対応で、普段はＰＡＬビルの五階の窓もばっちり捉えています。しかし、犯行時刻の前後、搬入口の前に配送トラックが停まっていました」

「トラックが邪魔になって窓は映っていなかったか……」溝口は残念そうに片頬を吊り上げた。

「コンビニ以外の防犯カメラはどうなんだ？」

「まだ周辺の全てのカメラを調べ切ったわけではありませんが、今のところ、犯人らしき人物を指摘できておりません。ちなみに、ＰＡＬビルは、駐車場にはカメラがあるものの、階段には設置されていません」

捜査員たちは皆、暗い雰囲気を纏っている。現場は密室で、犯人の手掛かりはなし。こんな状況で明るくできるはずがない。

「以上です」

泉尾が着席すると、訓示場は静かになった。

数秒の沈黙の後、溝口が紀平に顔を向けた。鋭い視線で問う。

「犯人が五階に向かったのは確かか？　犯人が階段を下りて逃走したのなら、密室でも何でもなくなる」

紀平は苛立った。長い息を吐き、冷静さを保つ。

「直接、俺が見たわけではありませんが、倉城さんは、犯人が五階へ向かったと言い遺しました」

「しかし、見間違いや勘違いもあるだろう」

溝口は感情を見せず目を細くした。

捜査員たちの何人かが溝口に同調した。小声で近くの者と議論を交わす。

クソどもが。紀平は舌打ちし、立ち上がる。

「──奴は上に向かった。これは、倉城さんが最後の力を振り絞って遺してくれた言葉です。それを疑うんですか？」

溝口の側についていた捜査員たちが狼狽える。訓示場のざわつきが収まった。

しかし、溝口は堂々とした態度を崩さない。

「疑いたくない気持ちはわかる。だが、全てを疑うのが刑事の仕事だ」

一旦は大人しくなった捜査員たちが、再度、賑やかになる。そうだそうだ、と子供のように溝口の肩を持つ。

紀平は軽蔑の念を抑え切れなかった。訓示場をぐるりと見渡し、冷ややかに告げる。

「俺には、楽をしようとしてるだけに映りますけどね」

「どういう意味だ？」

溝口の声が怒りを帯びた。

紀平は顎先を上げ、嫌味たっぷりに答える。

「密室の謎解きに音を上げて、安直な道に逃げてるように映る、という意味です」

捜査員たちの攻撃的な視線が、紀平の身に一挙に突き刺さる。方々で紀平を非難する怒声が上がった。

だが、痛くも痒くもない。気の小さい馬鹿どもが束になって掛かってきても、微塵も恐怖は感じない。

「ずいぶんと偉そうな口の利き方だな」溝口が瞳をぎらつかせた。「何様のつもりだ？」

「すみませんね。本音と建前の使い分けを知らぬまま大人になったもので」

「大概にしとけよ、紀平！　舐めてるのか！」

鵜飼が立ち上がり、怒鳴り声を発した。眉間に深い皺を刻み、眉を吊り上げる。

一人じゃ何もできないくせに。紀平は顳顬に拍動を感じた。捜査資料を丸めて机に叩き付ける。

「舐めてるのはどっちだ？　倉城さんは、命と引き換えに手掛かりを遺してくれたんだ。それを信じず、きちんとした捜査もしない内に疑ってかかるとはどういうことだ。倉城さんを舐め切ってるだろうが！　安全な場所にいて偉そうにしてるのはどっちだ！」

再度、訓示場が静寂に包まれた。紀平に批判的だった捜査員たちが、気まずそうに顔を伏せる。

鵜飼もバツが悪そうに目を逸らした。腑抜けた仕草が、さらに紀平の感情を燃え上がらせた。同時に、自身の言葉が胸に刺さった。紀平こそが、舐めた態度で事件に臨んだ張本人だ。紀平がもっと慎重にしていれば、倉城は今も生きていただろう。

俺は、怒りの矛先を向ける相手に飢えているだけか――。

「そこまで言うのなら、密室の謎は解けよ」溝口が険しい光を宿した。「後になって、わかりませんでしたと泣き付いてきても知らんぞ」

望むところだ。紀平は溝口を睨み返した。

「弱音を吐く俺の姿が想像できますか？」

溝口はフンっと鼻を鳴らした。興味を失った様子で瞳の色を消す。

「この話は以上だ。会議を続けるぞ」

14

紀平の隣で、沙織が起立した。

パーマをかけているのか、髪の毛が不自然にウェーブしている。長さは肩までで、派手な印象は受けない。それでも、年配の刑事の中には眉を顰《ひそ》める者もいる。どこの世界にも、妙な拘《こだわ》りを持つ老害が一定数存在する。

「先ほど話題となった配送トラックに関してですが」沙織は硬い表情で切り出した。「トラックは、事件発生の数分後にコンビニを出ています」

「ドライバーが犯人だとでも言うのか？」

刑事課の間島一志《まじまかずし》が低い声を出した。間島は四十代後半で、濃い髭を売りにした強面《こわもて》だ。

沙織は緊張を滲ませる。

「あるいは共犯で、犯人の逃走を手伝ったとも考えられます。犯人はＰＡＬビルの窓から外に出て、ロープか何かを使って地上に降り立った。その後、トラックに乗り込んで現場を離れた——」

「何を語るかと思いきや……」間島はわざとらしく溜め息を吐いた。「寝言か？　窓は施錠されており、現場は密室だった。今まで散々議論してきただろ」

間島は冷笑を浮かべた。沙織を蔑む態度を隠そうともしない。発言の主が男性なら、間島は別の反応を示しただろう。

紀平は不快感を抱いた。若い女性というだけで、沙織はハンデを背負わされている。他方、間島の指摘は正鵠を射ている。紀平は、沙織が何と反論するか注視した。

「私も、ドライバーが事件に関与している可能性は低いと思います。だけど、一点、気になる事実があります」

沙織は緊張を深くした。頬を赤く染め、資料を掲げる。

配送会社の制服を着た若い男性の写真だ。トラックのドライバーだろう。笑顔で写っており、元気が良さそうだ。「二十一歳、村松啓介《むらまつけいすけ》」と印字されている。

「事件後、ドライバーの村松と連絡が取れていません」

おっ、と紀平は声を漏らした。

間島の顔色も変わった。椅子に座り直し、真剣な面持ちで耳を傾ける。

「昨夜の内に、配送会社に問い合わせて村松の連絡先を入手しました。ところが、何度架けても村松は電話に出ません」

「見知らぬ番号からの着信には出ない者もいる」間島は慎重な態度を崩さない。「それだけで村松を容疑者扱いするのは、ちょっと飛躍しすぎじゃないか?」

「その通りです。でも、調べるべき理由があります。ＰＡＬビルの隣のコンビニが、配送ルートの最後の一軒です。昨夜、村松は件《くだん》のコンビニを出た十五分後、配送センターの車庫にトラックを返しました。その後、行方を晦ませています」

「行方を晦ませたとは？　具体的にどういう状況だ？」

「村松は、昨夜から一度も一人暮らしの自宅アパートに帰っていません。自家用車も配送センターに駐めたままです」

「女のところにでも転がり込んでるんじゃないのか？」

間島が怪訝そうにした。

紀平も同じ想像をした。配送センターに車を駐めたまま、という事実は気になるものの、連絡が取れなくなってまだ一日だ。友人と酒を飲みに行った、恋人の家に泊まりに行った、電車で実家に帰った——。こう考えるほうが自然だ。

「その線もあり得ると思います。会社によると、村松は今日から三連休です。女性と行動を共にしているかどうかはわかりませんが、旅行に出かけただけかもしれません。ただ、念のために家族や友人を当たって損はないはずです」

沙織は真摯に力説した。

「その意見には俺も賛成だ」

間島は濁った目を光らせて首肯した。

数秒の間が空いた。溝口が切り上げる。

「では、引き続き村松啓介を追ってくれ。続報を待つ」

沙織は短く返事して腰を下ろした。肩の力を抜き、大きな息を吐く。

その後、しばらく口を開く者はいなかった。事件は密室で起き、解決の糸口は見付かっていない。捜査員たちは皆、焦りと疲れを綯い交ぜにした表情を見せている。

「何か意見があるんじゃないのか？」

溝口が発破をかけるように述べた。険しい光を瞳に宿し、紀平を真っ直ぐに見る。

紀平は落ち着いて口を開く。

「警備員やトラックドライバーも調べれば良い。だけど、並行して、動機の線からも犯人を追うべきでしょう」

「倉城を恨む者に心当たりがあるのか？」

「ありません」紀平は即答した。「ただし、犯人像や事件の背景は推察できます。犯人は倉城さんに切りつけるだけでは飽き足らず、腕を切断しました」

「腕の切断には隠された意味があると？」

溝口が口元を引き締めた。

「過去の事件で、関係者が腕を切断したり重傷を負ったりした事件をリストアップすべきです。中でも、倉城さんが担当していた事件を重点的に調べるべきでしょう」

捜査員たちの多くが、深々と頷いた。

満足感を得て、紀平は続ける。

「もう一つ、別の角度からも犯人は捜せます。事件の始まりは偽の通報でした。普通に考えて、犯人は通報者でしょう」

——右腕を切断された死体がある。

この内容の通報は、計三度なされている。いずれも公衆電話が使われていた。

一度目は十二月十七日の水曜日だった。告げられた場所はスーパー『ハッピー桑名』の駐車場だった。二度目は二十日の土曜日、場所は閉鎖された保育園『風の子保育園』だ。

三度目の正直か。紀平はギリと奥歯を嚙んだ。

犯人は、悪戯《いたずら》で通報を繰り返していたわけではなく、倉城を殺害するチャンスを窺っていたのだろう。

『ハッピー桑名』には若曽根と沙織が向かった。

他方、『風の子保育園』には紀平と倉城が向かった。第三者に目撃されでもしたのか。犯人にとって不測の事態が起き、犯行を断念したのだろう。

「大きな声を出さなくとも、そんなことには俺たちも気付いている。お前が遅刻してくる前に、すでになされた議論だ」

溝口が冷淡な態度を見せた。

「それは申し訳なかったですね」

紀平は不快感を飲み込んだ。発言を促したのはあんただろうが。

溝口はポーカーフェイスで淡々と語る。

「通報に使用された公衆電話は、いずれも防犯カメラの死角にあった。周辺のカメラに不審な者が映っていないか確認している最中だ。併せて、目撃者も探している」

「公衆電話に関して補足します」鑑識課の泉尾が挙手した。「現在、ボタンや受話器から検出された指紋やＤＮＡを調べていますが、犯人には至らないでしょう。三台とも、綺麗にアルコールで拭き取られた後、複数人が使用した形跡がありました。我々が回収した指紋やＤＮＡの持ち主は、犯人とは別人の疑いが強いです」

15

十二月二十六日、金曜日。

タクシーに乗る紀平は、窓外を眺めた。粉雪が舞っている。

年末は稼ぎ時だ。さっさと送り届けたいのだろう。タクシーの運転手は右車線を飛ばし、強引に左車線に割り込んだ。

紀平はルームミラー越しに運転手を眺めた。下顎の突き出た図太そうな顔をしている。客が警察官だと知ったら、どんな反応を示すだろうか。案外、気の強そうな男に限って真っ青になったりする。

だが、相手をする時間と気力が惜しい。目的地の葬儀場はもうすぐだ。

紀平は自身の足元に視線を落とした。もっと綺麗な靴を履いてくれば良かった。つい、普段履きの靴で出てきてしまった。ハンカチに息を吹きかけ、革靴の土埃を拭《ぬぐ》った。

タクシーが葬儀場の前に停まる。紀平は支払いを済ませて降りた。寒風に背を押され、慌てて葬儀場の中に入った。

紀平はギョッとした。

一目で警察官とわかる連中が、ホールで屯《たむろ》している。中には、ポケットに手を突っ込み、周囲に睨みを利かせている者もいる。

目付きの悪い刑事が群れて訪れれば、親族に嫌がられる。なぜ気遣いができない——。紀平は嫌悪感のあまり吐き気を催した。集団の脇を擦り抜ける。

顔見知りの刑事が、紀平に向かって会釈した。紀平は片手を挙げるに留め、急いで受付を済ませた。

腕時計をチラと見る。開始までまだ時間がある。

無遠慮な連中と同類だと思われたくない。現れるであろう刑事部長や警察本部長と顔を合わせるのも面倒だ。紀平は会場を離れ、地下にあるセルフサービスの喫茶店に向かった。客は一人もおらず、ガランとしている。小さな音量でクラシック音楽が流れている。たぶんチャイコフスキーだ。

紀平はブレンドコーヒーを注文し、カップを受け取った。人目に付きにくい隅の席に座る。熱いコーヒーを啜りながら、スマホを取り出した。懐かしい写真を眺める。

今年の夏、倉城の自宅でバーベキューをしたときの写真だ。中央に倉城が、右隣に紀平が、左隣に倉城の妻——典子が写っている。典子の腕の中には、生まれたばかりの小さな陽太が収まっている。

陽太が誕生し、舞い上がっていたのだろう。県警一の堅物と揶揄された倉城が、「バーベキューをしないか」と紀平を自宅に招いた。

紀平は、照れた様子で誘いの文言を並べた倉城を思い出す。自然と笑みが浮かんだ。

反面、一種の悲しさも感じた。仕事熱心だった倉城は、職場以外で人間関係を築いていなかった。バーベキューをしようと思い立っても、紀平くらいしか誘う相手がいなかったのだろう。

後ろには、倉城が建てた一軒家が写っている。大豪邸ではないが、夫婦と子供一人が暮らすには充分な広さだ。芝生の植えられた庭もあり、バーベキューもできる。

――こんなときくらい、酒を飲めば良いのに。

倉城が持つ紙コップには、ノンアルコールのビールが入っている。

紀平は、酒を飲んで騒ぐ倉城を見た覚えがない。だが、若い頃の倉城は酒豪だったと聞いた。本音で語り合う前に、倉城は亡くなってしまった。

紀平はコーヒーカップで手を温めた。水っぽい、香りのしないコーヒーだ。葬儀場で飲むコーヒーなど、この程度か。コンビニのコーヒーも似たようなものだろう。

「奢ってもらうはずだったのにな……」

紀平はスマホを胸ポケットにしまい、呟いた。

「何をですか？」

女性の声が聞こえた。顔を上げると典子がいた。

典子は真っ黒な洋装に身を包んでいる。

「どうしてこんなところに？」

紀平は驚いて訊ねた。

「可哀想だね、大変だねって皆に言われるのが嫌で、逃げ出してきちゃいました」典子は少女のようにはにかんだ。「式が始まるまで隠れていようと思って」

「そうなんですか——」

大変ですね、と付け加えそうになり、紀平は慌てて口を噤んだ。

紀平の心中を見透かしたのか、典子は口角を持ち上げた。嫌味のない綺麗な笑みだ。

「ここ、座って良いですか？」

典子は椅子を引き、紀平の正面に座る。

やけに浅く座るんだな、と思った後、紀平は気付いた。典子は陽太を背負っている。生後五ヶ月の陽太は、小さな手をギュッと握り締める反面、口を半開きにしている。涎を垂らし、典子のスーツを濡らしている。

そのギャップがおかしく、紀平は頬を緩めた。

「誰に何を奢ってもらう予定だったんですか？」

典子は再度訊ねた。

「倉城さんに、コンビニでコーヒーを奢ってもらう約束をしてたんです」

「レジで売られてる百円のやつですか?」典子は怪訝そうにした。「そんなの、わざわざ約束するほどのものじゃないのに。ケチ臭いあの人らしいけど」

「でも、立派な一軒家を建てられたじゃないですか」

紀平は自身の言葉にドキリとした。

生前、倉城はローンが大変だと漏らしていた。これから、典子と陽太はどうやって生活していくのだろう。

「あの人が成し遂げた唯一の偉業です」典子は冗談っぽく告げた。「普段はケチケチしてるのに。食事のときも、クーポンがある店にしか連れて行ってくれませんでした」

「生真面目な倉城さんらしいです」

「クーポンがあるからって、車で小一時間も掛けて飛騨牛の焼肉を食べに行ったこともありました。ガソリン代を考えたら、近所で食べても変わらないんですけどね」

典子の声が揺れた。大きな目に涙を浮かべている。

紀平は気付かぬフリをして、コーヒーカップに視線を注いだ。黒い液体を見詰めている内に、ふと思い出す。

――そうだ。まだ謝っていなかった。

紀平は立ち上がった。足を揃え、腰を折って頭を下げる。

「自分がいながら、倉城さんを守れず申し訳ございませんでした」

沈黙が訪れた。店内に流れるチャイコフスキーの音量が、大きくなった気がした。言葉を続けようと、紀平は頭を上げ掛けた。だが、典子が口を開くほうが先だった。

「私は絶対に許しません」

典子の声は想像以上に冷たかった。

紀平は、心臓を鷲掴みにされたような感触を抱いた。

あなたが謝ることではない――。そんな優しい言葉を掛けてもらえるのでは、と淡い期待をしていた。紀平は自身の浅はかさに絶望し、頭を下げたまま硬直した。

「私は絶対に許しません」

典子の厳しい決意が、再び紀平に襲い掛かる。紀平は目を固く閉じ、全身を震わせた。だが、典子は付け加えた。

「私は、夫を殺した犯人を絶対に許しません」

ハッとさせられた。紀平は瞼を持ち上げる。

典子は陽太を背負ったまま屈み、紀平の顔を覗き込んだ。

「顔を上げてください」

典子は優しい笑みを浮かべた。

紀平は、さらに深く頭を下げた後、身体を起こした。

「私が紀平さんに望むことは、たった一つです。頭を下げてもらうことではありません。どうか、夫を殺した犯人を捕まえてください。よろしくお願いします」

今度は典子が頭を下げた。すぐに顔を上げ、力強い眼光で紀平を射る。

目を逸らせば、死んだ倉城に見放される気がした。ここで引けば、永久に犯人は見付からないだろう。そう確信させるほど、典子の瞳は純粋で美しかった。

紀平は覚悟を決めた。瞬きをせず、典子を見詰めたまま答える。

「約束します。必ず俺が犯人を捕まえます」

16

典子はグラスに入ったルイボスティーを買ってきた。一口飲んでから、迷った様子で切り出す。

「事件と関係あるかどうか、わからないんですけど……。昨日、伊勢《いせ》にある花アートという生花店から自宅に連絡がありました。夫が花を取りに来ないので、受け取りに来てほしいと伝えられました」

店員は、倉城が殺されたと知らなかったのだろう。県内とはいえ、桑名と伊勢は離れている。

「何の花ですか？」

紀平は、冷めたコーヒーを飲みながら訊いた。

「墓参りのお供え用の花です。仕方ないので、謝ってお店まで出向いて、お金を払ってきました。おかげで今、我が家には立派な花が飾ってあります」

典子は自虐的に微笑んだ。

「わざわざ伊勢まで行ってきたんですか？」

紀平は驚いて訊ねた。

「葬式の準備は親に任せました。ちょっと気分転換もしたかったので」

「倉城さんは、誰のお墓に花を供える予定だったんですか？」

「私も知りません」典子は首を横に振った。「気になったので店員さんに訊いてみました。でも、店員さんも知りませんでした」

「誰のお墓か、少しも心当たりはないんですか？」

「ありません。どこの墓地かもわかりません。ただ、店員さんによると、夫は三年前から毎年、同じ時期に花の予約を入れてたみたいです」

——伊勢で墓参りか。

倉城は以前、伊勢警察署の刑事課にいた。墓に眠る者は昔の事件の関係者だろうか。刑事であれば誰もが、心に深く刻まれ、永久に忘れられない事件を抱えている。倉城が、妻にも打ち明けられずに手を合わせる年月を送っていたとしても、疑問はない。

あるいは、個人的に付き合いがあった者の供養か。

典子が疑っているように、倉城が殺された事件とは関係があるだろうか。倉城は、自身が墓参りしていたのと同じ時期——年末に殺害された。

直視したくない現実だが、誰にでも裏の顔はある。倉城が何人《なんぴと》の恨みも買っていなかった、と断言はできない。いずれにせよ調べは必要だ。紀平は手帳に「伊勢　花アート　三年前から」と書き記した。

「夫が、あんな形で桑名総合病院に運ばれるとは予想してませんでした」

典子は暗い声で告げた。おんぶしていた陽太を下ろし、膝の上で抱く。

陽太は幸せそうな顔をして眠っている。まだ五ヶ月だ。ハイハイやお座りは、もう少し先だろうか。

「その言い方だと、別の形では行く予定があったんですか？」

典子は左手で陽太を支え、右手をグラスに伸ばした。陽太に掛かることを気にしたのか、奇妙な体勢で口を付ける。

「ヘルニアの手術を受ける予定だったんです」

初耳だ。

倉城は長年、椎間板ヘルニアによる腰痛で苦しんでいた。過去に自動車事故を起こし、外傷性の椎間板ヘルニアになったと聞いた。いつの間に手術を受けるほど悪化していたのか。

「前田整形外科でしたっけ？」紀平は記憶を頼りに話した。「桑名駅の裏側にあるクリニックで診てもらってたはずですよね」

「前田先生のところには五年ほど通ってました」典子は硬い面持ちで頷いた。「でも、手術したほうが良いと勧められて、桑名総合病院に紹介されたんです」

「そんなにも酷くなってたんですか……」

パトカーに長時間乗る警察官は、腰痛になりがちだ。

不規則な勤務のせいで、生活習慣病を患っている者も多い。刑事ドラマのようにアンパンを齧って張り込みを続けていれば、あっという間に糖尿病になる。

「手術はいつの予定だったんですか？」

「まだ、そこまで具体的な話にはなってませんでした。ＭＲＩを撮って手術の説明を受けて、どうするか迷ってる段階でしたから。手術となれば、仕事もしばらく離れる必要がありましたし……」

ふと思い至り、紀平は訊ねる。

「ちなみに、手術をするなら主治医は誰の予定だったんですか？」

「日沖光士先生という方です」

典子は怪訝そうに答えた。紀平は、コーヒーカップを持ち上げたまま手を止めた。

病院で会った際、日沖は倉城について何も言及しなかった。言う必要がないと判断したのか、あるいは、倉城の受診歴など頭になかったか。

患者にとってはたった一人の主治医だが、医者にとっては大勢の患者の内の一人だ。術前の検査と診察をし、術式と合併症のリスクを説明しただけの患者など、翌日には忘れ去っているかもしれない。

——いや、待て。そう言えば、日沖は伊勢の出身だった。日沖は、父親の仕事の都合で、中学時代に桑名に引っ越してきた。

紀平の中に、得体の知れぬ気味悪さが生じた。

「日沖先生がどうかしたんですか？」

紀平が怖い顔をしていたからだろう。典子は紀平の顔を覗き込んだ。

紀平は肩の力を抜く。

「日沖は高校時代の同級生なんです」

「すごい偶然ですね。夫の相棒が紀平さんで、夫の主治医が日沖先生で、紀平さんと日沖先生が友人だなんて」典子はおかしそうに笑った。「日沖先生とは、今でも仲が良いんですか？」

「いや、友人と呼べるほどの間柄ではないんです」紀平は正直に答える。「たまたま学校が同じだったというだけで、高校時代も、ほとんど喋った記憶はありません。日沖が桑名総合病院で働いていると知ったのも二日前でした」

「そうなんですか」典子は残念そうに笑みを消した。「よく知ってる先生なんだったら、どんな方か教えてもらいたいな、と思ったんです。でも、紀平さんと同級生なら、日沖先生は今年で二十八歳ですよね。若いのに優秀なんですね」

典子は尊敬の色を滲ませた。

「彼は優秀なんですか？」

どうやら典子のほうが詳しいようだ。

典子は、夫の命を託す可能性があった日沖について調べたのだろう。ネットを使えば大抵の情報は得られる。医者の名前を打ち込めば、所属する医局や学会、保有する専門医や認定医の資格に関する情報が簡単に出てくる。

「優秀だと思いますよ。専門誌に論文が掲載されるほどの良い医者だ、と夫が称賛してましたから」

典子は微笑んで答えた。

専門誌に論文が載るとすごいのか。それすら紀平にはわからなかった。

「その専門誌の名前はわかりますか？　俺もちょっと興味があるので」

「何だったかな……」典子は斜め上方に眼球を遣った。「自宅にあるので、今度、紀平さんのところまで持って行きます」

「いや、悪いですよ。わざわざ持ってきてもらわなくても、誌名が知りたいだけですから」紀平は恐縮して手を振った。メールか電話で教えてくれ、と言い掛けてよした。失礼か。「ご自宅まで取りに伺います」

「では、お言葉に甘えさせていただきます。いつでもお待ちしております」

典子は笑顔を見せた後、チラと壁の時計を眺めた。式の開始時刻が迫っている。

陽太が目を開けた。大きな欠伸をし、手足を動かして不思議そうな顔をする。次の瞬間、顔を顰めて大声で泣き始めた。

典子は、陽太を抱いて立ち上がった。微笑みの裏に疲れを隠している。

これから先、ずっと典子は倉城なしで陽太を育てていく――。紀平は居た堪《たま》れない気持ちになった。

「長い時間、引き留めてすみませんでした。片付けておきますよ」

紀平は自分のカップと典子のグラスを持った。逃げるようにして返却口へと運んだ。

17

喫茶店を出た紀平はトイレに入った。鏡の前でネクタイを直す。紙タオルを手にし、古びた革靴を磨いた。

「靴墨、貸しましょうか？」

突如、頭の上から声が降ってきた。紀平は、靴に手を添えたまま顔を上げる。

竹内佑多が立っていた。喪服を着て、長い髪を後ろで結っている。二日前には無精髭を生やしていたが、今日は綺麗に剃り上げている。竹内は、スティックタイプの靴墨を紀平に差し出した。

紀平は礼を述べて、屈んだまま受け取った。

「新聞記者は、いつも靴墨を持ち歩いてるんですか？」

「まさか。さっきコンビニで買ってきたんですよ。僕も紀平さんと同じです。普段履きの靴で家を飛び出してきてしまいました」竹内は頬を吊り上げニヤリとした。自身の足元を指差す。紀平と同様、皺が入り変形した革靴を履いている。「さっきの女性、亡くなった倉城さんの奥さんですよね」

「そうですが、どうかしましたか？」

紀平は、やや警戒した。竹内の表情を窺いつつ立ち上がる。

竹内は記者だ。竹内が良識のない記事を書く姿は想像できないが、ある日突然、裏切られないとも限らない。

紀平の心中を察したか、竹内は軽い口調で述べる。

「いや、ちょっと気になっただけです。日沖先生の論文が載っている専門誌がわかったら、僕にも教えてくれませんか？」

盗み聞きしていたか――。紀平は微かな不信感を抱いた。しばしの逡巡の後、返事する。

「構いませんが、日沖の論文を読んでどうするんですか？」

「いや、ただの興味です。特に何か目的があるわけではありません。それに、論文を読んでどうにもならないのは、紀平さんも同じでしょう」

竹内は明るい笑みを浮かべた。

作り笑いの裏に何を秘めているか。紀平は、竹内の考えが読めなかった。

反面、竹内の主張通りではある。誌名を伝えたところで、何かが変わるわけでもない。第一、記者である竹内が調べれば、日沖の論文が載った専門誌など簡単に特定できるだろう。渋る必要はない。

「わかりました」紀平は靴墨を竹内に返す。「誌名がわかり次第、連絡します」

「ありがとうございます」竹内は靴墨を受け取り、満足そうに頷いた。「式が始まります。行きましょう」

紀平と竹内は、並んでトイレから出た。

近藤沙織がいた。壁に背を凭せ掛け、竹内を睨み付ける。もう一人、盗み聞きしてるヤツがいたか。

「怖い刑事さんがいますね。逮捕される前に退散しますか」

竹内は大袈裟に眉を持ち上げ、足早に去って行った。

沙織は、竹内の後ろ姿を見送りながら告げる。不快感を露わにしている。

「なぜ記者がお葬式に来てるんですか？」

「記者が足を運ぶ理由は刑事と同じだ。調べたいことがあったんだろう」

「野放しにしてて良いんですか。無責任な記事を書かれたらどうするんです？」

沙織は瞳に怒りを宿した。

「竹内さんは、そんな記事は書かないよ」

「どうして言い切れるんですか？　部数やページビュー《PV》が伸びれば何だって良い、と開き直る記者は大勢います。事実を捻じ曲げて倉城さんの死を面白おかしく報道されたら、どうするんですか？」

沙織は辛辣な口調で捲し立てた。

何をこんなにもムキに――。ただ、正論ではある。

「確かに、非常識な記者は多い。だけど、竹内さんは事実に基づいた記事しか書かない。絶対にだ。俺が保証する」

紀平が断言すると、沙織は怪訝そうにした。

「……あの記者とどんな関係なんですか？」

「また機会があったら教えてやるよ」

紀平は誤魔化した。

沙織は不満そうに唇を突き出す。

「あの記者、事件の現場にも顔を出してましたよね」

「そうだったかな」

「惚けないでください」再び、沙織の声に怒気が混じった。「二人で病院に向かう姿を見ましたから」

紀平は頬の内側を噛んだ。面倒臭い。

「お前、ストーカーみたいな奴だな。今だって、男子トイレの前で待ち伏せとは趣味が悪いぜ。逆を考えてみろ。男が女子トイレの前で突っ立ってたら気持ち悪いだろ」

「それは失礼しました」

沙織は頬を赤らめた。初心《うぶ》な反応だ。

そういえば、刑事仲間の中にも、沙織を可愛いと言う者が何人かいた。実際、よく見れば整った顔をしている。バーバリーのコートでも羽織らせてやれば、下手な芸能人よりも様になるかもしれない。

――馬鹿か。何を考えてるんだ。紀平は自身を嘲笑した。刑事は刑事だ。若い女だろうが年老いた男だろうが関係ない。下らない妄想を振り払う。

「ちょっとは頭を働かせろ。竹内さんは記者なんだぜ。事件が起きれば現場にやって来る。それが仕事だ。現場で見掛けたことの何が気に入らない？」

「だったら、刑事の仕事は関係者を疑って調べることです。私があの記者を疑う行為に口を挟まないでください」

一瞬、紀平は反論できなかった。

一本取ったと快感を得たのだろう。沙織は満足そうに口角を持ち上げた。紀平は苛立って首を横に振る。

「つまらん理屈をこねくり回しやがって。とにかく、竹内さんを容疑者扱いするな。犯人が見付からないからって、記者に八つ当たりするのはダサいぜ」

「なんですか、その言い方」沙織が目付きを尖らせる。「私はただ――」

「葬儀場で大声を出すな。お前が記者嫌いなのはわかった。また今度、酒でも飲みながら愚痴を聞いてやる。今は落ち着け」

沙織は悔しそうに目を細めた。

何とかやり込めたか。紀平はホッと胸を撫で下ろした。

「それよりも仕事だ。典子さんから重要な情報をもらったぞ。倉城さんは、三年前から同じ時期に花を供え続けていた。事件との関係性はわからんが、調べて損はない」

18

葬式の後、紀平と沙織は高速道路で伊勢まで移動した。桑名から約一時間半の長旅だ。

紀平は、広々とした花アートの駐車場にクラウンを駐めた。沙織と並んで店内に入る。年中無休の大きな生花店だ。天井は高く、らせん階段を上がった二階にはカフェが併設されている。一階の、芸術品のように展示された花を眺めながら、軽食やコーヒーを楽しめる。

紀平は、心地良い花の香りに鼻孔を刺激された。種々の花や木を見回していると、奥から店員が現れた。

二十代前半と思しき女性だ。白いセーターの上に水色のエプロンを着ている。笑顔が魅力的で、感じの良い雰囲気を漂わせている。

店員に案内され、紀平と沙織はバックヤードに移動した。パソコンが載った事務机が置かれただけの、狭い部屋だ。

「店長の宮崎です」

店員は胸元の名札を見せた。「店長　宮崎茜《みやざきあかね》」と記されている。

「電話でも訊きましたけど、倉城憲剛さんについて教えてもらいたいんです」紀平は早速切り出した。「倉城さんは、三年前から毎年、年末のこの時期に花を予約してたんですよね？」

「購入履歴を確認したので間違いありません」

茜は事務机のパソコンを眺めた。エクセル表のような画面が表示されている。

「何の目的の花かわかりますか？」

「お墓参り用だと伺っています」

「値段を教えてもらっても良いですか？」

紀平が矢継ぎ早に問うと、茜は困惑の色を滲ませた。少し迷ってから答える。

「五千円です。去年と一昨年も同じ値段で作らせていただきました」

結構な金額だ。スーパーやコンビニに行けば、千円も出せばそれなりの花が手に入る。にも拘らず、倉城は、わざわざ生花店に足を運び五千円の花を買っていた。それを三年も続けていたとなれば、墓に眠る人物との関係性が推察できる。形だけの、ちょっとした献花ではなかったはずだ。

しかも倉城は、妻の典子にも黙って墓参りしていた。誰の墓だろうか——。やはり、何らかの事件の関係者か。

「ちなみに、お墓の場所はご存じですか？」

沙織が訊ねた。

茜は困った様子で首を傾ける。

「さすがにそこまでは……」

「そうですよね」沙織は柔らかい笑みを浮かべる。「普通、お客さんにそんなことまで訊きませんよね。倉城さんも、たぶん、訊かれても答えなかったでしょうし」

茜は安心した様子で頷いた。緊張がほぐれてきたのか、逆に質問してくる。

「私からもお訊ねしてよろしいですか？　どうして倉城様を調べておられるんですか？」

倉城が何かしたのか、と訊きたいのだろう。紀平は、無粋な想像を働かせた茜に不快感を抱いた。ややきつい語調で述べる。

「安心してください。倉城さんは何も悪いことはしていません。それに、倉城さんも我々と同じ警察官です」

「そうなんですか？」茜は意外そうに眉を持ち上げた。「それじゃあ、どうして刑事さんたちがここへ来て、倉城様について訊くんです？」

「ニュースくらいチェックしておくことですね。倉城さんは一昨日、何者かによって殺害されたんです」

紀平は感情を込めずに応じた。

茜は「え」と声を漏らし、呆然とした表情を示した。しばらくして、ハッと気付いた様子で口元に手を遣った。

「私、何てことを……。昨日、奥様に、代金を支払いにわざわざ桑名から来ていただいてしまいました」

「心配は不要です。典子さんは人が良い。あなたを恨んだりはしないでしょう」

「だ、だけど」茜は混乱を露わにする。「頂戴するわけにはいきません。私、お金を返してきます」

「そのほうが気が楽なら、そうしてください。ただ、典子さんは受け取らないんじゃないですかね」

紀平は興味を失った。これ以上、茜と話しても無駄だ。紀平は沙織に目配せした。

19

紀平は、欠伸を噛み殺して夜の捜査会議に臨んだ。すでに二十一時を回っている。他の捜査員たちも眠気の混じった表情を浮かべている。

紀平の隣で沙織が立ち上がる。緊張した面持ちで報告する。

「村松啓介が見付かりました。村松は事件の日、コンビニ配送の仕事を終えた後、中学時代の友人が運転する車に乗って下呂《げろ》温泉へ向かいました」

発覚の切っ掛けはＳＮＳだ。沙織が目を付けて小まめにチェックしていた。村松は、旅館で友人たちと食事する様子を写真に撮り投稿した。

他方、関係が希薄なのか、村松は行き先を職場の人間に伝えていなかった。紀平たちの聞き込みは全て空振りに終わった。

「村松は今も下呂温泉にいるのか？」

捜査一課長の溝口が眉間に皺を刻んだ。訓示場の前方で、腕組みして捜査員たちを睨み付けている。

沙織が緊張を深めて返事する。

「いえ、今日の夕方に桑名に戻ってきています」

紀平と沙織は、村松が住むアパートまで足を運んだ。会社が借り上げたワンルームのアパートで、古い木造だった。村松は、家賃は一万円だと教えてくれた。

村松は明日まで休みだ。明後日から年末年始は通しで働くシフトになっている。

「村松は事件について何か知ってたか？」

溝口が訊ねると、沙織は首を横に振った。

「倉城さんがＰＡＬビルで殺害されたことすら知りませんでした」

「警備員の西野良平もシロで、怪しい人物は消えたという状況か……」

溝口は渋い表情で呟いた。

鑑識は、凶器の斧とブレーカーの扉を抉じ開けたバールを特定した。しかし、いずれも量産品だった。靴跡から判明したスニーカーも同様だ。持ち主を絞り込むことは、ほとんど不可能だ。

犯人のものと思しき指紋や毛髪、体液も見付かっていない。

「以上です」

沙織が一礼して座った。

別の捜査員が立ち上がり、資料を手に報告を始める。聞いても、あまり意味はなさそうな内容だ。

紀平は適当に聞き流しつつ、机の上に雑誌を広げた。典子から借りてきた整形外科の専門誌――『臨床整形外科』の第五十三号だ。薄い雑誌にも拘らず、税込み価格は三千円を超えている。紀平はページを捲り文字を追った。だが、半分も理解できなかった。当然か。対象とする読者は、限られた一部の者――整形外科を専門とする医師だ。紀平のような素人が手に取ることは、想定されていないだろう。

紀平は理解を諦め、目次に戻った。目当ての論文を探す。

典子は、日沖光士の論文が掲載されている、と教えてくれた。ところが、日沖の名が添えられた記事はない。もしかすると、日沖は第一著者ではないのかもしれない。それならば、目次に日沖の名が掲載されていなくとも不思議ではない。あるいは、号数が違うのか。『臨床整形外科』は月刊誌だ。

だが、別の号まで確認する余裕はない。気にはなるものの、そこまで労力を費やして日沖の論文を探す意義は乏しい。

「良い度胸だな、紀平。退屈か？」

溝口の厳しい声が飛んできた。捜査員たちが一斉に紀平に顔を向けた。鋭い視線が全身に突き刺さる。

「会議中に何を読んでる？　鵜飼」

溝口が顎で指示した。

鵜飼が弾かれたように立ち上がり、紀平に向かってくる。目上の人間に弱い部分が鵜飼の欠点だ。

「何を隠してるんだ？　性欲の溜まった高校生じゃあるまいし。グラビア雑誌とは言わせないぞ」

鵜飼の発言に、大勢の捜査員が下卑た笑い声を上げた。

紀平には何がおもしろいのか理解できなかった。紀平は雑誌を閉じ、表紙を上にして机に置いた。

隣に座る沙織が、不安そうに紀平を見詰めている。

「何だ、この雑誌は」

鵜飼が雑誌を持ち上げた。

「『臨床整形外科』。医者が読むマニアックな雑誌だ」

紀平は椅子に浅く座り、背凭れに身体を預けた。

「そんなことは見ればわかる。会議の途中、隠れてこそこそと雑誌を読んでる理由を訊いてるんだ」

「捜査に有益な情報が載ってるんじゃないかと思って、目を通してただけだ。お前が気にする必要はない」

「俺には、この雑誌が捜査に役立つとは思えんがな」鵜飼はわざとらしくページを捲った。「犯人に繋がる情報がどこに載ってるんだ。教えてくれよ」

「お前にはわからんさ。雑誌は返してもらう」紀平は雑誌を奪い返し、机に置いた。「代わりに鮎でもくわえて帰るんだな」

鵜飼は眉根を寄せ、怪訝そうにした。捜査員の誰かがククッと笑った。

――お前は、鵜飼ではなく飼われている側だ。数秒後、意味に気付いた鵜飼は声を荒らげた。

「お前、俺を馬鹿にしてるのか？」

「まさか、捜査一課のエースとして尊敬してますよ」

「舐めやがって――」

鵜飼は拳を机に叩き付けた。

紀平は両手を上げて降参のポーズを取る。

「暴力はやめてくださいよ」

「これくらい何が暴力だ。ふざけるな！」

鵜飼は顔を真っ赤にした。馬鹿にしてるのか、舐めやがって、ふざけるな――。喧嘩する子供のように喚く鵜飼を、紀平は軽蔑した。

他に紀平を罵る言葉を思い付かなかったのか、鵜飼はもう一度、拳を机に叩き付けた。

「そこまでだ。鵜飼、席に戻れ」

溝口が低い声を出した。感情を窺わせない灰色の瞳をしている。

「ど、どうしてですか」鵜飼が動揺を走らせた。「自分はただ――」

「聞こえなかったのか」溝口が眼光を鋭くした。「席に戻れ」

鵜飼は歯を食い縛り悔しそうにした。頬を赤らめたまま俯き、自席に戻る。

溝口は、黙ったまま紀平をじっと見詰めた。仮面を思わせるポーカーフェイスをしている。

また捜査から外すとでも言われるかもしれない。だとしても構わない。一人でも事件は追える。

どんなに険しい道でも歩き続ける覚悟がある。死にゆく倉城と約束したのだ。絶対に犯人を捕まえる、と。

「紀平、痛々しいな」溝口が口元を歪めた。「そこまで自分を追い込む必要はない。あまり一人で抱え込むな」

紀平は身体がカッと熱くなった。見透かされていたか――。

溝口が冷淡に告げる。

「次に他の捜査員に失礼な態度をとったら許さんぞ。今回は見逃してやる」

20

翌日、十二月二十七日、十九時。

紀平はクラウンで線路を越えた。駅の表側——東側から西側へと向かう。ここ数年で裏側もずいぶんと綺麗になった。洒落た居酒屋やカフェが立ち並び、高層マンションも建設中だ。

「こっち側も、だいぶ栄えてきたよな」紀平は助手席の沙織に話し掛ける。「俺が子供の頃は、小さなパン屋と蕎麦屋があっただけで、他には何もなかった」

「蕎麦屋、ありましたね。店の前にいつも出前用の古い原付が駐まってました」

沙織は懐かしそうに目を細めた。

「動いてるのは見たことなかったけどな」

「というよりも、店にお客さんがいるのを見た覚えがないです」

沙織は真面目な顔をして毒を吐いた。紀平は苦笑し、交差点を左に曲がる。

紀平と沙織は前田整形外科を目指している。椎間板ヘルニアで倉城がかかっていた診療所だ。

椎間板ヘルニアが事件と関係している可能性は低い。だが、職場の外における倉城の人間関係を把握したかった。

「古い病院なのにいつも流行ってるよな。俺も子供の頃に何回か通った」

紀平は狭い道を進みながら言った。

「骨折か何かですか？」

「肩の脱臼だ」紀平は遠い記憶を掘り起こす。「小学四年生のとき、休み時間に友達とドッヂボールをして遊んでた最中、喧嘩になったんだ。何が原因だったかは忘れたけどな」

「殴られでもして脱臼したんですか？」

「転がったボールを拾おうとした俺の上に、突然、相手が飛び乗ってきたんだ。信じられんだろ？　そんなことするか、普通。俺は左肩から地面に落ちてグキっとなった」

涙が出るほど痛かった。

「話を聞く限りだと、相手が完全に悪いですね。仕返ししなかったんですか？」

沙織は悪戯っぽい笑みを見せた。

「したに決まってるだろ」紀平はニヤリとする。「振り落として地面に叩き付けてやったよ。おまけに、思い切り顔面を蹴飛ばしてやった」

沙織は、息を呑み紀平を眺めた。

「そんなことして大丈夫だったんですか？」

「鼻血を垂らして、大声で泣きながら職員室に駆け込みやがった。小学生とはいえ情けない奴だよな。自分が先に手を出したくせに、劣勢になった途端に先生を頼るなんて」

担任教師は物凄い剣幕で紀平を叱った。当時四十歳前後だった女性の教師だ。

紀平は、自分が先にやられたと弁明した。しかし、女性教師は聞く耳を持たなかった。紀平は怒鳴り付けられ、頬を平手打ちされた。

その瞬間も、紀平は左肩に鈍痛を抱えていた。悔しさのあまり身体が震えた。反面、仕方ないと悟ってもいた。紀平は友人と喧嘩してしょっちゅう怒られていたし、相手の顔は血塗れだった。女性教師は、肩の痛みはせいぜい打撲だと、高を括っていたのだろう。紀平自身も、脱臼だとは考えていなかった。

「放課後、家に帰って母親に肩が痛いと言うと、すぐに病院に連れて行ってくれたよ。一応、俺の母親は看護師だったからな。関節の動きを見て異常を感じたんだろう。病院でレントゲンを撮られて、脱臼と診断されたよ」

「その病院が前田整形外科だったんですね」

沙織が納得の表情を浮かべた。

母の勤め先だった三重北部医療センターにも、整形外科はあった。だが、息子が喧嘩して肩を痛めたとは申し出にくかったのだろう。思い返せば母にはたくさん迷惑を掛けた。

「おかしかったのがさ、担任の先生の反応だよ。翌日、三角巾で腕を吊って登校した俺を見て、真っ青になりやがった。その日の夜、蛤《はまぐり》を持って俺の家まで謝りに来やがった。家が漁港の近くにあるらしく、名物の蛤を持ってきたんだ。間抜けなババアだ」

紀平はハンドルを切りながら笑った。

「それ、おかしいですか？　先生は先生なりに必死だったんだと思いますよ」

そう言う沙織も、頬を緩めている。

「俺を脱臼させた奴も、親に連れられてやって来たよ。先生が来た後だったかな」

「その子の親も蛤を持ってきたんですか？」

「カルピスとデパートの商品券だった。カルピスは箱に入った贈答品だ。さすがに、俺の親は、商品券は受け取らなかったけどな。俺も相手の顔面を蹴飛ばしてたからな。鼻血で済んだから良かったけど、今思えばゾッとするぜ」

爪先が眼球に当たっていたら――。失明していたかもしれない。

「想像通り、小学生時代の紀平さんはヤンチャだったんですね。それが今は刑事ですか。天職と言えば天職ですけど。紀平さんに蹴られた相手は、今頃、何をされてるんでしょうね」

沙織はおかしそうに目を細めた。

赤信号だ。紀平はブレーキを踏んだ。沙織に首を向ける。

「聞き込みでもしてるんじゃないかな。真面目なアイツのことだ。熱心にやってると思うぜ。公僕という言葉がぴったりだ」

「どういう意味ですか？」

沙織はキョトンとした。

紀平はたっぷりと間を取ってから告げる。

「俺が蹴飛ばしたのは、捜査一課の鵜飼博文だ」

「……腐れ縁ですね」

目を丸くした後、沙織は呟いた。

21

紀平と沙織は、コンクリートでできた古い二階建ての前田整形外科に入った。スリッパに履き替える。診察の受付は十九時までだ。すでに過ぎている。だが、待合室には十人近い患者が待っている。ほとんどが老人だ。

紀平と沙織は、真っ直ぐに受付に向かった。

「県警の紀平と近藤です。前田先生に話を聞かせてもらう約束をしていたのですが」

紀平は声を潜め、身体の陰に隠しながら警察手帳を見せた。

受付の若い女性は、怪訝そうに首を傾けた。席を外し、中年の看護師に話し掛ける。二言、三言、言葉を交わした後、女性は戻ってきた。

「院長から聞いております。奥の診察室へどうぞ。ただし、診察がまだ終わっていないので、手短にお願いします」

「いや、診察が終わるまで待ちますよ」

紀平が申し出ると、女性は遠慮がちに述べた。

「あんまり長くいられると、患者さんが困惑しますから」

自覚はないが、紀平たちは、刑事特有の空気を漂わせているのかもしれない。覆面パトカーとはいえ、乗ってきた車も黒塗りのクラウンだ。事実、診察待ちの患者たちは、紀平と沙織に好奇の視線を注いでいる。

「わかりました、ありがとうございます」

紀平は身を小さくし、診察室へと急いだ。途中、ＩＣレコーダーのスイッチを入れ、胸ポケットにしまった。不思議そうにした沙織に説明する。

「記録を残しておけば、自分の身に何かあっても誰かに引き継げる――。倉城さんの教えだ。倉城さんは、関係者と話すときはいつもＩＣレコーダーを回していた」

「尊敬できる先輩だったんですね」

沙織は感心した様子で頷いた。

「クソ真面目で冗談の通じない、信じられんくらいの堅物だったけどな」

紀平は気恥ずかしくなって顔を背けた。診察室をノックする。

すぐに返事が聞こえた。低い男性の声だ。

中に入ると、七十代と思しき医師――前田昌弘《まさひろ》が座っていた。紀平の記憶通りの優しい雰囲気だ。ただし、髪の毛が真っ白になっており、顔の皺と染みが増えている。

前田の前にはデスクトップ型のパソコンが置かれている。いつの間にか電子カルテを導入したようだ。紀平が小学生の頃は紙カルテだった。

「あまり長くいられると困りますが、話せる範囲は話しましょう。どうぞ、お座りください」前田は、落ち着いた様子で丸椅子を指し示した。紀平と沙織が腰を下ろすと、前田は早口で述べた。

「単刀直入ですが、何を知りたいんですか？」

紀平は背筋を伸ばして切り出す。

「警察官の倉城憲剛さんが殺された事件はご存じですね？」

「知ってます」前田は深く頷いた。「ここ数日、新聞やテレビのニュースは、その事件ばかり報道してますから」

「五年前から倉城さんは、椎間板ヘルニアの治療でここに通ってましたよね？」

「どうだったかな……」

前田は斜め上方を見た。落ち着いてはいるものの、警戒心を秘めている。

表情の変化は見逃さない。紀平は、前田を注意深く観察しながら問う。

「倉城さんは、前田先生に手術を勧められて桑名総合病院に紹介されたと聞きました。倉城さんのヘルニアは、そんなにも悪くなってたんですか？」

前田は鼻から息を吐き、呆れを滲ませた。

「個人情報の観点から、お答えし兼ねます。たとえ警察の方でも、患者さんの病状に関する情報を渡すわけにはいきません」

予想通りの返答だ。この程度で諦めるくらいなら、初めから足を運びはしない。紀平は声のボリュームを落とす。

「倉城さんは俺の相棒でした」

「ご愁傷様です」前田は深々と頭を下げた。「ただし、それとこれとは別問題です。教えられません。第一、倉城さんの病状について知っても事件は解決しないでしょう」

「では、別の質問です。日沖光士という医者を知ってますか?」

「桑名総合病院に勤務している若手の整形外科医です。彼がどうかしましたか?」

「日沖は、俺の高校時代の同級生なんです」

「ああ、そうなんですか」

前田は、眉を持ち上げて驚きを示した。

見覚えのある懐かしい仕草だ。小学生時代、母親に連れられて受診した日が蘇った。友達に飛び乗られて肩から地面に落ちた——。そう紀平が説明した際、前田は同じように眉を持ち上げた。

紀平は古い記憶を胸にしまい、前田を問い質す。

「日沖は、倉城さんの主治医かつ執刀医になる予定だった医者です。前田先生が紹介状を書かれてますから、当然ご存じでしょう」

「いや、日沖先生に紹介状を書いた覚えはありません。私はいつも宛名を、整形外科ご担当医、と記しておりますから」

「かもしれませんね。でも、この際、紹介状の宛名はどうだって良いでしょう。結果的に倉城さんの担当になった医者が日沖である事実は、確認済みです」

正確には、確認済みとまでは言えない。典子から聞いただけだ。だが、間違いである可能性は低く、この程度のはったりは許されるだろう。

「普通、紹介状を受け取った場合には返書を送りますから、日沖からも前田先生に手紙が届いたはずです」

前田は、一秒弱の間を空けてから首肯した。どこまで答えるべきか迷っている様子だ。

「『臨床整形外科』に日沖の論文が載ったと聞きました。専門誌に論文が載るのは、凄いことなんですか?」

「内容にもよりますから、一概にどうとは言えません。だけど、なぜ日沖先生を調べてるんですか?」

「いや、調べているのは――調べていたのは我々ではありません」

紀平が答えると、前田は怪訝そうに首を捻った。

「どういうことでしょうか」

「生前、倉城さんは『臨床整形外科』を購入していました。自分の手術を担当する可能性があった日沖について、情報を集めていたんでしょう」

「調べる内に、『臨床整形外科』に辿り着いたというわけですか……。手術の方針になって、不安になっていたのかもしれませんね」

前田は複雑な表情を見せた。

「念のために訊きますが、倉城さんが殺害された件について、何か思い当たる節《ふし》はありますか？」

「そんなもの、あるわけがないでしょう。あなたは病院に行ったときに、そこまで深く医者と関係を築きますか？」

真っ当な意見だ。前田と話していても時間の無駄か。方針変更だ。

「今日はこの辺りで失礼させてもらいます。また何かありましたら、話を聞かせてもらうかもしれません。よろしくお願いいたします」

紀平は頭を下げて立ち上がった。

22

紀平と沙織は桑名総合病院に移動した。

「何だ、あいつら」

思わず紀平は発した。

正面玄関の自動ドアから、奇妙な格好をした者たちが出てきた。顔を白塗りにした者やカラフルなカツラを被った者、大きなブーツを履いた者――。ピエロの集団だ。

「知らないんですか?」沙織が意外そうに紀平を眺める。「ホスピタル・クラウンです」

「何だよ、それ」

「パッチ・アダムスですよ」

「余計にわからん。何人だ?」

沙織は咳払いし、得意顔で説明する。

「ホスピタル・クラウンは、ピエロの仮装をして入院患者を楽しませるボランティアです。パッチ・アダムスはその創始者とも言える存在で、実在するアメリカの医師です」

「要は、入院中の子供を笑わせるってわけか。狭い病室に閉じ込められていたんじゃ退屈だろうし、ありがたい存在だな」

紀平はピエロの集団を眺めた。駅のほうに向かっていく。あの格好で電車に乗るのだろうか。ふと思い出し、紀平は慌てて自動ドアに駆けた。一旦、閉まると厄介だ。夜になると外からは開けられなくなる。

院内に入った紀平と沙織は、受付に移動した。カウンターの奥に、事務仕事をしている若い女性が一人いた。三十代と思しき、メガネを掛けた女性だ。紀平が声を掛けると、女性は不思議そうにした。立ち上がって近付いてくる。

「今日はもう、診療やお見舞いの受付は終わりましたが……」

「それはわかってる」紀平はカウンターに肘を載せた。「整形外科の日沖先生に用事があるんだ。呼んでくれないか?」

「失礼ですが、お名前を伺ってもよろしいでしょうか?」

女性は、メガネの奥で警戒の光を走らせた。

紀平は胸ポケットから警察手帳を出し、女性の眼前に掲げる。

「県警の紀平と近藤だ」

女性は頬を強張らせ、固定電話に手を伸ばした。四桁の番号を打ち込み、受話器を耳に押し当てる。しかし、すぐに耳から離した。

「ダメです。ＰＨＳの電源が切られてます。帰られたんだと思います」

紀平は舌打ちした。スマホを出し、電話帳を確認する。だが、記憶通り日沖の連絡先は登録されていなかった。次に会ったら電話番号を聞いておこう。

「プライベートの番号も把握してるだろ。それに架けてくれ」

紀平は敢えて高圧的に述べた。

「どういったご用件でしょうか？　時間外に連絡するのは憚られるものですから」

女性は戸惑った様子で眼球を揺らした。

「緊急なんだ。悪いが、ここでゆっくりと説明してる暇はない。さっさと電話してくれ」

「ですが……」

女性はなおも躊躇した。

クソが。内心で呟き、紀平は女性の胸元に顔を寄せた。声に出して名札を読み上げる。

「柳澤茉莉《やなぎさわまり》さんか。俺が日沖に連絡できず問題が起きたら、あんたの責任だな」

紀平は手帳に茉莉の名前を記した。

「そんな、私はただ……」

茉莉は蒼褪めた表情で唇を震わせた。

紀平は優しい口調で告げる。

「電話を一本入れてくれる。ただそれだけで良いんだ。日沖に文句を言われたら、俺に強要されたと弁解すれば良い」

茉莉は戸惑いつつも頷いた。番号表を確認して電話を架ける。二言、三言、話した後、紀平に受話器を渡した。

紀平が名乗ると、日沖は嫌そうに溜め息を吐いた。

「こんな時間に病院まで押し掛けて、どういうつもりだ」

「俺は事件を追う刑事だ。時間は関係ない」

続けて、倉城について訊こうとした瞬間、男女の笑い声が漏れ聞こえてきた。日沖の背後はずいぶんと騒がしい。

——そうか、今日は同窓会か。遠くないのなら、直接行ったほうが早い。

「会場はどこだ?」

「事件を追ってるんじゃないのか」日沖が苦笑する。「公務をほっぽり出して同窓会に飛び入り参加か」

「良いから、さっさと教えろ」

紀平は苛立った。

日沖は、たっぷりと間を空けてから答える。

「船津屋《ふなつや》だ。来るのなら早くしろよ。もうじきお開きだ」

船津屋は歴史ある料亭だ。紀平も何度か訪れた経験がある。

日沖は声を少し低くした。

「豊川香菜《とよかわかな》も来てるぞ」

懐かしい名前だ。紀平は胸がチクリと痛んだ。

「今から向かう、待ってろ」

紀平は日沖に告げ、受話器を茉莉に返した。出口を目指して歩く。

「どこに行くんですか」

慌てた様子で沙織が追い掛けてくる。

「シティホテルだ」紀平は前を向いたまま答えた。「今日は高校の同窓会なんだ。日沖も出席してる。悪いが、ここからは単独行動をさせてもらう」

「ちょっと待ってください」珍しく沙織が大きな声を出した。「私も行かせてください」

紀平は立ち止まり、沙織を見詰める。

「お前、出身高校はどこだ？」

「金城《きんじょう》ですけど」

沙織は当惑の色を示した。金城学院は、名古屋にある中高一貫教育を行う女子校だ。

「金城育ちのお嬢さんが刑事か、おもしろいな。年末年始はヒルトンホテルでパーティーでも開くのか」

「だったら何ですか。それとこれとは別です」

紀平が茶化すと、沙織は目付きを鋭くした。

「今日は桑名第一高校の同窓会なんだ。部外者は入れない」

「仕事を放棄して同窓会に行くつもりですか？」

「日沖に話を聞きに行くんだ。仕事を放棄するわけじゃない」

「仕事なら、私も行って良いはずですよね。どうして単独行動なんですか」

紀平が返答に窮すると、沙織は顎を持ち上げた。矛盾を突いてやったと言わんばかりの得意顔だ。

面倒臭いヤツだ。紀平は財布から一万円札を出し、沙織に握らせる。

「喫茶店で甘いコーヒーでも飲んできてくれ。それか、今日はもう帰って休め。お前はもう充分に頑張った。後は俺に任せろ」

「バカにしないでください」沙織は一万円札を押し返し、顔を赤くした。「私が女だからそういう扱いをするんですか？」

「女子校育ちを揶揄ったのは悪かった。撤回するよ。だが、今日は帰れ。シティホテルには俺一人で行く」

沙織は納得していない様子だ。不満げに口元を歪めている。

どう誤魔化すか――。

「会場には高校時代の恋人も来てるんだ。そいつと話す姿を、お前に――仕事仲間に見られたくないんだ」紀平は頭を下げた。「三十分で良い。時間をくれ」

だが、沙織は首を左右に振った。

「そんな嘘が通用すると思ってるんですか」

――なんて鬱陶しい奴なんだ。時間が惜しい。

「信じてくれないのなら仕方ないな」

紀平は大きく息を吸い込み、思い切り床を蹴った。全力で走り出す。

「待ってください！」

沙織が叫びながら追い掛けてきた。

紀平は振り返らなかった。ひっそりとした夜の院内を駆け、駐車場のクラウンを目指した。

23

紀平はクラウンを降りた。腕時計をチラと見る。二十一時だ。

シティホテルに向かった沙織は、すでに到着しただろう。団体予約がないと知り、歯軋りをしているはずだ。うまく振り切った。

紀平は、塀で囲まれた船津屋の敷地に入る。石畳を進むと、優しい光に包まれた木造建築が現れた。入ってすぐ、右手にある客間がざわついている。スーツ姿の男と、小洒落た衣装を身に纏った女が歓談している。会場は奥の大広間のはずだ。すでに会は終わり、タクシーでも待っているのだろう。

紀平は客間を覗き、日沖を探した。

「どうしたんだ、紀平じゃないか」

手前に座っていた男が、野太い声を上げた。

一瞬、誰かわからなかった。しかし、人懐っこい笑みを見て記憶が蘇った。

「お前、梅永《うめなが》か？」

「どこからどう見ても梅永だろ」梅永誠《まこと》は立ち上がりクルっと一回転した。「高校時代と変わらぬ高身長のイケメンです。おまけに今じゃ、年収三百万円の大金持ちだ」

周りの男女がおかしそうに笑った。梅永の身長は一六〇センチに満たない。その上、ぽっちゃりした体形だ。

「久しぶりだな」梅永は屈託のない笑顔を見せた。「今、来たのか？」

「貧乏暇なしさ。ここに来たのも半分仕事だ。日沖はまだいるか？」

「仕事って、お前、刑事だろ？」梅永はわざとらしく顔を顰めた。「日沖が何かやったのか？わかったぞ！　製薬会社から金をもらったんだろ。医者の犯罪と言えば金が絡んでるからな。日沖の腕時計、高そうだったもんなあ」

梅永は腕を組み、深々と頷いた。周囲で再び笑い声が上がる。皆、酔っており気分が良さそうだ。

紀平もネクタイを緩めたい衝動に駆られた。ソファで脚を組み、浴びるようにビールを飲みたい。

「高級腕時計は没収だ。行ってくる」

紀平は喉の渇きを堪《こら》え、大広間に向かう。

「悪徳医師を逮捕してやってくださいよ、刑事さん！」

梅永の大声を後ろに、紀平は廊下を進んだ。

古い木製の床は軋み、竹が埋め込まれた土壁は灰に似た香りを漂わせている。あくせく働く紀平を落ち着かせようとしているかのようだ。

紀平は息を整え、大広間に足を踏み入れた。会場には赤い絨毯が敷かれた上、丸テーブルが置かれている。各テーブルの中央には、ちょっとした生花が飾られている。大きな窓からは庭が見えており、その向こうには静かな川が流れている。

紀平は入口に立ったまま会場を見回した。すでに半分以上が空席だ。右手のテーブルに日沖を見付け、紀平は安心した。

日沖は偉そうに肘を突き、ウーロン茶を飲んでいる。腕時計の文字盤がキラキラと照明を反射し、遠目にも目立っている。

日沖の左隣には美しい女性が座っている。豊川香菜だ。香菜は首元に鮮やかな黄色のスカーフを巻いている。有名なブランド品だろうか。香菜はワイングラスを手にし、日沖と楽しげに話している。

親密そうな二人を目にし、紀平は息苦しくなった。自分の中に、まだそんな感情が残っていたと知り衝撃を受けた。

かつて、紀平と香菜は交際していた。高校三年生の春から夏の間の、短い期間だった。

始まりは、ありがちだった。三年生になり、クラス替えがあり、隣の席になり、紀平が英語の教科書を忘れた。授業中、香菜は紀平に教科書を見せてくれた。それ以前に、紀平は香菜と話した覚えはない。

交際中、二人は色んな場所に出掛けた。

わざわざ電車で名古屋まで行き、どこにでもあるチェーン店でサンドイッチを食べたりした。

一番の思い出は、桑名市内にあるレストランだ。ファミレスに毛が生えたような店だが、個室があり、高校生の小遣いでもおいしい料理が食べられた。

くだらない、誰もが経験する青春の思い出だ。

終わりは突然だった。夏休み明け、紀平が一方的に別れを告げた。香菜に悪いところはなかった。医学部を目指し猛勉強を始めた紀平に、余裕がなくなっただけだ。

香菜は、紀平との関係を終えた後、しばらくして日沖と付き合い始めた。

いや、噂で耳にしただけだ。香菜と日沖が本当に付き合っていたかどうか、紀平は知らない。

だが、火のない所に煙は立たない。完全な嘘であれば、香菜と日沖は火消しに走ったはずだ。否定しなかったところをみると、付き合っていたか、それに近い関係にあったのだろう。

紀平は、当時、自ら別れを告げたにも拘らず、不快な気分になったのを覚えている。

「どうかなさいましたか？」

蝶ネクタイをした男性スタッフが、紀平の顔を覗き込んだ。入口に立ち尽くす紀平を不審に思ったのだろう。現実に引き戻された紀平は、スタッフの肩を叩く。

「いや、何でもない。気にしないでくれ」

男性スタッフは、安心した様子で立ち去った。

紀平は無表情を作り上げ、日沖と香菜のテーブルに向かった。紀平に気付いた二人が顔を上げる。香菜が驚いた様子で目を見開いた。嬉しそうに口角を吊り上げて笑う。

だが、紀平は香菜を無視し、日沖を真っ直ぐに見た。

「日沖、話がある。二人になれないか」

視界の端で、香菜が寂しそうに口を閉じた。

24

紀平は日沖と歩いた。

ひっそりとした住宅街の中、隠れるようにしてあったバーに辿り着く。木製の重たいドアを開けた。照明は暗く、落ち着いて話をするには相応しい。適度な音量で洋楽が流れている。店内には、カウンター席に中年の男女が一組いるだけだ。紀平と日沖は、手前のテーブル席を選んだ。

うまいビールが飲みたい。紀平はごくりと唾を飲み込んだ。沙織には仕事だと告げたが、この時間なら許されるのでは――。

日沖が酒を飲んだら俺も飲む。紀平は心に誓い、待った。

しかし、日沖は店員にウーロン茶と告げた。仕方ない。紀平はメニュー表に視線を走らせ、ブレンドコーヒーを注文した。空腹を思い出し、サンドイッチを追加した。

「喫茶店に入れば良かったな。遅い時間まで開いてる店もある」

日沖が涼しい顔で告げた。運ばれてきたウーロン茶に口を付ける。

紀平は、熱いコーヒーを冷ましながら日沖の左手首を盗み見た。文字盤にブランド名が刻まれているが、読み方がわからない。たぶん、スイス製の高級品だろう。紀平には一生、買えないだろう。名前を知る必要はない。

紀平の愛用品は、シチズンのシンプルな時計だ。家電量販店で二万円で手に入れた。文字盤は見やすく耐久性も高い。間違って腕に巻いたまま風呂に入っても壊れなかった。刑事にはぴったりの腕時計だ。

紀平はコーヒーを啜ったが、物足りなさを感じた。カウンターの男が飲むアルコールが羨ましい。

「ビールでもどうだ？　お前が飲むんなら付き合うぜ」

「残念だが無理だ。今日は待機《オンコール》なんだ。いつ病院から呼び出されるかわからん。さっき、お前から電話があったときはドキッとしたぜ。交通外傷の患者でも運ばれてきたかと思った」

「大変なんだな」

日沖の高級腕時計の意味が変わった。金はあっても時間はないのだろう。時計くらい高いものを買いたくなるか――。

革靴を履いた店員が、サンドイッチを運んできた。トマト、レタス、チーズ、卵、ツナ、ポテトサラダ――。どこにでも売られているサンドイッチだ。特別うまくない代わりに、まずくもないだろう。

「夕食がまだなんだ。話しながらで悪いが、食わせてもらうぜ」紀平は卵サンドに齧り付いた。

期待通りの味だ。「三日前に病院で会ったとき、なぜ隠してた？」

「何のことだ？」

日沖は眉間に皺を寄せ、不思議そうにした。惚けている様子はない。

「お前、倉城さんの主治医だったんだろ。椎間板ヘルニアの手術をする予定だったと聞いた。なぜ隠していた？」

「人聞きの悪い言い方だな。別に隠してたつもりはない」

「それなら、訊けば答えてくれるみたいだな。何から聞かせてもらおうかな」

紀平は敢えて挑発的な態度を取った。日沖はゆっくりとウーロン茶を飲む。冷静さを保ち、不用意な発言を避ける腹積もりだろう。

「常識を考えろ。医者には守秘義務がある。たとえ刑事相手でも、追及されるがままに情報を渡すわけにはいかない。そんなこと、お前だって知ってるだろ」

日沖の指摘は妥当だ。だが簡単には引き下がれない。紀平はレタスサンドを口に放り込んだ。

「頭の固いヤツだな」

「刑事に頭が固いと言われる日が来るとはな」

日沖は余裕を崩さない。

どいつもこいつも口煩い。紀平は苛立ちを募らせた。

「ルールに従うだけが正義とは限らない。よく考えろ。倉城さんは椎間板ヘルニアだった。この事実は俺も知ってるんだ。今更、秘密にしなきゃならん事柄じゃないはずだ」

「その通りだ」日沖は深く頷いた。「倉城さんは椎間板ヘルニアを患っており、手術を受ける予定だった。これだけ知ってりゃ充分だろ。逆に訊くが、俺に何を話させたいんだ？」

「お前は被害者——倉城さんの関係者で、俺は刑事だ。関係者に一から十まで話を聞いて情報を集めるのが俺の仕事だ。洗いざらい話してもらいたい」

「乾いた雑巾を絞るのが刑事の仕事か」

「人の命を金儲けの道具に使う医者よりはマシだ」

紀平は、日沖を真っ直ぐに見て告げた。

日沖は黙って紀平を見詰め返した。怒るかと思ったが、日沖は口を閉じたままだった。凪いだ水面のような表情をしている。ふと紀平は、長年の親友と向き合っているかのような錯覚を抱いた。

「気が変わった。飲ませてもらうぜ。悪いな」紀平は店員に向かって片手を挙げる。「生ビールの中ジョッキ」

「俺にも同じものを頼みます」

日沖が告げた。

「待機《オンコール》なんじゃないのか？　酒を飲んで手術するつもりか？」

「一杯くらい問題ないさ。自分で言うのも何だが、俺は凄腕だ。ちょっと酔ったくらいじゃ、そこら辺の医者には負けない」

「そうやって油断してる日に限って、重症患者が運ばれてくるんだ。つまらないミスをして訴えられないようにするんだな。裁判になったら、俺は患者の側に付いて証言するぜ。日沖先生は酒を飲んで手術に挑んだとな」

「どうぞご自由に」

日沖は微塵も動じなかった。よほど腕に自信があるのだろう。

中ジョッキの生ビールが二つ運ばれてきた。黄金色の液体の上で、綺麗な泡が揺れている。紀平はジョッキに手を伸ばした。乾杯もせずに飲む。久々のアルコールだ。味わいつつも、半分を一気飲みした。対する日沖は、泡を啜るようにして飲む。しみったれた飲み方だ。

「……高校時代、子供じみた嫌がらせをして悪かったな」

日沖は、ジョッキを眺めながら呟いた。

紀平は高校三年生の夏休み明け、医学部に狙いを定めた。以降、ほとんど会話した覚えのなかった日沖から、様々な嫌がらせを受けた。

廊下で擦れ違う度、日沖は紀平を睨み付け舌打ちした。紀平の成績表を盗み見て嫌らしく口角を吊り上げた。

「井の中の蛙だったんだ。この学校では俺が一番だという、バカバカしいプライドに縋り付いていたんだろうな。突如、追い上げてきた紀平が怖かった。本当は、目標を同じにする仲間だったのにな。見えるところにいた紀平だけがライバルだと勘違いした」

こんなにも正直に打ち明けるとは――。心に負った傷は日沖のほうが大きかったのかもしれない。紀平はジョッキを空にした。もう一杯、ビールを注文する。

相変わらず日沖はビールをチビチビと飲む。だが、どこか清々しい表情をしている。

「三月、紀平が落ちて俺が受かったと知ったとき、ホッとしたよ。俺が取った点数は合格ラインのギリギリだった。試験があと一ヶ月遅かったら結果は逆――紀平が受かって俺が落ちてただろう」

中ジョッキが運ばれてきた。紀平は再び、半分を一気飲みした。おしぼりで口元を拭って応じる。

「今更、たられば の話をされてもな。お前は受かって俺は落ちた。この事実は永久に変わらない。決まった日に、一点でも余分に取った人間が合格を掴んだ。終わった後で、惜しかった、危なかった、と喚いて振り返っても意味はない。合格と不合格の二つしかないんだ。間はないし、入れ替わることもない」

偉ぶった演説はよせ――。酔っているのかもしれない。紀平は饒舌な自身を恥じ、黙った。数秒後、日沖が口を開いた。瞳には迷いを滲ませている。

「……お母さんが亡くなったことを知らなかったんだ」

「知らなくて当然だ」紀平は感情を殺した。「誰にも言わなかった」

高校三年生の夏休み、紀平の母親は死んだ。

看護師だった母は、夜勤明け、自宅マンションの階段で転倒した。足を滑らせたのか、眠気に襲われて意識が遠のいたのか、貧血の症状が出たのか。理由はわからない。

母は慢性リンパ性白血病を患っており、脾臓が腫大していた。転倒した母は、運悪く左側腹部を打ち付けた。結果、脾腫――腫大した脾臓が破裂し、腹腔内で大量出血を起こした。出血性ショックに陥り、急速に血圧が低下して死亡した。

転倒してから死ぬまで、どれくらいだったかは知らない。おそらくは数分、長くても数十分だったろう。その間、母は誰にも気付かれず、独りマンションの階段で倒れていた。

父は塾講師だ。二十一時まで生徒に授業をし、その後に事務仕事をしていた。日付を越えてから帰宅するのが常態だった。帰宅後は、夜勤明けの母を待って起きている日もあったし、先に寝てしまう日もあった。

母は退勤時いつも、「今から帰ります」と父にメールしていた。亡くなった日も同じだった。明け方、メールから時間が経っても帰ってこない母を心配し、父は外に出た。

――なんでこうなったんや！

父の悲痛な叫び声がマンションに響き渡った。

――なんでこうなったんや！

普段は穏やかな父が、何度も叫んだ。父の叫び声で目覚めた紀平は、裸足のまま飛び出して階段に向かった。目を開かない母親とパニック状態の父親を見て、腹の底が冷えたのをよく覚えている。

紀平は大慌てで部屋に戻り、震える指で一一九番通報した。だが、救急車が到着する何時間も前に、母は死んでいた。夏休みが始まってすぐの出来事だった。

その後の一ヶ月間、紀平はほとんど外出しなかった。家の中で、ぼんやりと窓の外を眺めて過ごした。父も似た様子だった。仕事には毎日行っていたが、帰ってくると無言で焼酎を飲んだ。

夏休み最後の日、いつも通り紀平は近所のスーパーで弁当を買ってきた。味が濃く、やたらと白米が多い安売りの弁当だった。紀平が弁当を食べている途中、父がポツリと呟いた。

——母さん、助けられんかったんかな。

紀平は父を眺めた。涙が溢れてきた。

父も泣いた。父が涙を流す姿は初めて見た。

——俺、医者になるよ。

紀平は涙を拭い、宣言した。父は力強く頷いて立ち上がった。台所にあった焼酎の大瓶を逆さまにし、中身をシンクに流した。

紀平は、その日の内に参考書と赤本を購入し、受験までの計画を立てた。一心不乱に勉強し始めた。目標は国公立の医学部に定めた。私立は経済的に不可能だった。

友人たちは、夏休みを挟んで人が変わった紀平を不思議そうに眺めた。中には、医学部なんて受かるはずがない、と嘲笑する者もいた。その筆頭が日沖だった。だが、紀平は周囲の雑音を気にしなかった。厳しい目標であることは理解していたし、冷静さを失ってもいなかった。毎日、一歩ずつ進むだけだった。

勝算はあった。父は数学の塾講師だ。訊けば、どんな問題でもわかりやすく教えてくれた。医学部の入試は数学の比重が高い。身近に数学の専門家がいる環境は、かなりのアドバンテージだった。

実際、紀平の成績は右肩上がりでグングンと伸びた。しかし、結果は不合格だった。

「浪人して、もう一度、医学部を受けようとは考えなかったのか？」

日沖の声が紀平を現実に引き戻した。ジョッキを握る手が水滴で濡れていた。紀平はズボンで手を拭いた。

「こうして刑事として立派にやってるのに訊くのは、失礼かもしれないけどな」

日沖は遠慮がちに付け加えた。

口を開いたが声が掠れた。紀平はビールで喉を潤わせた。

「最初は、もう一度挑戦しようと思ったよ。一年間しっかりと準備すれば、合格する自信はあったからな。だけど、気が変わった。刑事になりたいと思ったんだ」

高校三年生の三月――合否が発表されてから年度が変わるまでの短い間に、紀平の志望は変わった。

「医者から刑事か。人を相手にする点は共通するが、分野が違い過ぎる。何か切っ掛けがあったのか？」

紀平は微かな逡巡の後、答えた。

「母の件には続きがあるんだ」

日沖は不思議そうに眉間に皺を寄せた後、目を見開いた。

「まさか、何かの事件に巻き込まれてたのか」

「いや、違う。それはない」紀平は即座に否定した。「母は純粋な事故で亡くなった。自分で転んだ結果、運悪く脾臓を破裂させて死んだんだ。実際の状況がどうだったかは知らないが、少なくとも俺は事故だったと信じてる」

日沖は何か言いたそうな顔をしたが、口を閉ざしたままだった。代わって、紀平が訊ねる側に回った。

「どうして日沖は医者になろうと思ったんだ？　親が医者ってわけでもないんだろ」

「また今度教えてやるよ、と言い逃れしたいところだが、一方的に訊いといて貝になるのはアンフェアだよな」

日沖は目を瞑りビールをごくりと飲んだ。紀平は二杯目のビールを飲み干した。日沖の返答を待つ。

「笑うなよ。人の命を救う職業に惹かれたんだ」日沖は照れを追い遣るかのように、言葉を続けた。「医者になって後悔した覚えは一度もないよ。精神的な負担も大きいし、体力的にもかなりきつい。金は稼げるが、はっきり言って辛い仕事だ。だけど、天職だ」

「俺も同じだ。刑事以外の職業は考えられない」

「確かにな」日沖が冗談っぽい光を瞳に浮かべる。「紀平にできるのは刑事かヤクザくらいのもんだ」

紀平と日沖は互いの目を見て笑った。不意に日沖が真剣さを取り戻す。

「倉城さんは、どんな人だったんだ？」

紀平も笑みを消し去り、記憶を探った。蘇った倉城は、どれも修行僧のように渋い顔付きをしていた。

「刑事としても人間としても素晴らしい存在だった。色んなことを学ばせてもらったよ。数少ない尊敬できる先輩だったな」

「お前が、そんなふうに人を褒めるなんて意外だな」

「クソ真面目なところが玉に瑕だったけどな。県警一の堅物と呼ばれてた。酒は一滴も口にせず、いつも眉間に皺を刻んでいたよ。担当してる事件で頭がいっぱいだったんだろうな」

「仕事熱心な人だったんだな……」

日沖は空になったジョッキを握り締めた。難しそうに俯き、考え事をしている。思うところがあるのだろう。仮にも日沖は倉城の主治医だった。

突如、電子音が鳴った。日沖がポケットからスマホを取り出す。表示された番号を目にし、嫌そうに顔を顰めた。

「病院からだ」

日沖は電話に出ず、スマホをしまった。

「良いのか？　緊急の案件かもしれないぜ」

「直接、病院に行ったほうが早い。ここからならタクシーで十分弱だ」

「酒の匂いをプンプンさせて手術する羽目になったな」

紀平は揶揄い半分、心配半分で指摘した。

若手整形外科医、飲酒して手術か――。紙面に躍る文字を想像した。

「まだ手術と決まったわけじゃない。患者の大袈裟な訴えにビビって、看護師や当直の研修医がコールしてくるケースが大半だ」余裕を保ちながらも、日沖は腰を浮かせた。高そうな革製の財布を取り出し、クレジットカードを店員に差し出す。「奢ってやるよ。その代わり、俺が何か事件を起こしたときは大目に見てくれ」

「酒代で見逃せる程度のケチ臭い罪なんか犯すなよ。お前は医者だ。将来がある」

「いちいち真に受けるな。お前もクソ真面目の一員か？　県警一の堅物に育てられただけあるな」

日沖は呆れたとばかりに息を吐いた。「……もっと早くに、こうやって話せてたら良かったたな」

日沖の声は悲しさを帯びていた。

25

店の外に出ると、雪が降っていた。うっすらと道路に積もっている。吐く息まで白く、世界が白黒に変わっていた。

「お前も乗ってくか?」

日沖が、タクシーの車内に身を滑らせながら訊ねた。

「いや、歩きたい気分だ」

「健康的だな」日沖はシートベルトを締め、紀平を振り向いた。「そういや、お前、もう大丈夫なのか?　三日前に階段から落ちて意識を失ったばかりだろ」

「何ともないさ。おかしなところは一つもない。絶好調だ」

「そりゃ結構だな。じゃあな、またどこかで会おう」

日沖は爽やかな笑みを見せた。ドアが閉まり、タクシーが発進する。

テールランプを見送った後、紀平は歩き始めた。船津屋の駐車場に戻ろう。クラウンで一夜を過ごす羽目になった。風邪をひくかもしれないが、凍死はしないだろう。紀平はポケットに手を突っ込み、歩を進めた。傘はなく、顔に冷たい雪がぶつかってくる。

「紀平くん」

ふと、後ろから呼ばれた。豊川香菜だ。真っ黒なコートを着ている。

「待ってたのか？」

驚いて紀平は訊ねた。

「まさか」香菜は首を左右に振った。「別の店で、今までミズキたちと飲んでたの」

嘘だ。香菜の唇は紫色になっている。紀平は否定の言葉を飲み込んだ。

「ミズキ？　そんな奴、いたっけ？」

「相変わらず酷い人ね。ミズキ、絶対悲しむよ。高校生のとき、ミズキは紀平くんが好きだったんだから」

紀平は記憶を探った。だが、ミズキの顔は浮かばなかった。いずれにせよ、ミズキなどどうでも良い。香菜は紀平を試しているだけだ。

「今からどこに行くんだ？　駅か？」

「駅前のホテル。終電を逃しちゃったからね。タクシーで帰るにはちょっと遠いし」

「どこに住んでるんだ？」

「鈴鹿《すずか》。今も実家で暮らしてるんだ」香菜は嬉しそうに付け加える。「私、高校の先生になったんだ」

「香菜は優しいし、お似合いだな。担当科目は？」

紀平は教壇に立つ香菜を想像した。香菜は美人だ。男子生徒の注目の的だろう。反面、女子生徒からは疎まれているかもしれない。

「数学。一応、数学科の院卒だからね」香菜は自慢げに顎を持ち上げた。「紀平くんのお父さんも、数学の先生だったよね？」

「学校じゃなくて、塾の先生だけどな。今も続けてるよ。けど、大変だよな、教育関係の仕事も。多感な時期の子供を相手にする分、努力が報われない場合も多いだろうし」

「刑事や医者よりは、ワークライフバランスは保たれた職業だけどね」

香菜は、悪戯っぽい視線を紀平に投げ掛けた。

「そりゃそうだ」紀平も笑う。「病院と警察はブラック業界の王様だからな」

紀平と香菜は駅に向かって歩き始めた。雪が激しさを増し、二人に降り積もる。共に傘は持っていない。紀平は、大粒の雪が落ちてくる空を見上げた。

「どうかしたの？」

香菜が不思議そうに問う。

「大雪が降ると、小学生のときの事件を思い出すんだよな」首を傾げた香菜に説明してやる。

「知らないか？　伊勢で事件が起きたんだ。小学生の兄弟が、雪のせいで小屋に閉じ込められたんだ。ニュースで知って、すごく怖かったのを覚えてる」

「雪で閉じ込められたって、どういう意味？」

「雪の重みで屋根が崩れて、ドアが開かなくなったんだ。人通りが少ない場所で、兄弟が救出されたのは次の日になってからだった」

「そんな事件があったんだ……」香菜は同情を示した。「その兄弟は無事だったの？」

「さあな。そこまでは俺も知らないよ。でも、大丈夫だったんじゃないかな。生き埋めになったわけでもないし、一日、小屋に閉じ込められたくらいじゃ平気だろ」

駅前の商店街が見えてきた。このまま直進すれば桑名駅だ。周りには何軒かビジネスホテルがある。一万円も出せば立派な部屋に泊まれるだろう。

香菜をホテルまで送り届けたら、船津屋の駐車場に戻ろう。その前に沙織に電話だけ入れておくか。怒り狂って捜査一課長にでも告げ口されたら面倒だ。いや、すでに誰かに報告を上げた後かもしれない。紀平は憂鬱な気分になった。

「紀平くん、結婚はしないの？」

香菜が前を向いたまま訊ねた。無表情だ。

「唐突だな」紀平の頬は自然と緩んだ。「仕事が忙しいし相手もいない。結婚なんて、ずっと先だと思ってる。お金もないしな。今はまだ想像できないよ。香菜はどうなんだ」

「できたら良いなって考えてるけど、私も――」

短い電子音が鳴った。ＩＣレコーダーの、電池の残量が少ないことを通知する音だ。

紀平は胸ポケットからレコーダーを出し、電源を落とした。前田整形外科で録音を開始したまま、止め忘れていた。

「何それ、録音してたの？」

香菜が怪訝そうに紀平を見上げた。

「盗聴してたわけじゃないぜ」紀平は慌てて弁解する。「仕事で使ってたんだ。切り忘れてた」

「わざわざＩＣレコーダーを使うんだね。スマホじゃダメなの？」

「ダメじゃないけど、スマホはすぐに電池が切れるからな。それに、カメラが付いてると相手に警戒されやすいんだ。録画はしないと断っても、カメラのレンズがあるだけで口が重くなる関係者は大勢いる」

紀平は予備の電池に入れ替え、レコーダーをしまった。

「刑事さんって、録音するんだ。探偵みたいだね」

「どの刑事も録音してるってわけじゃないぜ。むしろ、俺みたいにＩＣレコーダーをいつも回してる刑事は少数派だ」駅舎が近付いてきた。紀平は、何軒かあるビジネスホテルを思い浮かべた。

「どこのホテルに泊まるか決まってるのか？　特に拘りがないんなら、駅に直結したところが良いと思うぜ。最近、オープンしたばかりで綺麗だ」

香菜が急に立ち止まった。紀平も足を止め、香菜を振り返る。

香菜は真っ直ぐに紀平を見詰めた。

「それって、誘ってるの？」

紀平は一瞬、何のことか理解できなかった。直後、全身が熱を持った。

「バカ言うなよ、そんなわけないだろ。卒業してから一度も会ってなかったんだぜ。十年ぶりに再会して、いきなり誘うわけないだろ。酔ってるにしても冗談がキツイぜ」

「そんなに焦らないでよ。まるで私が誘ったみたいじゃんか」

香菜は目を細めて笑った。

紀平の頭に高校時代の記憶が蘇った。高校三年生の春から、紀平と香菜は交際していた。いつまで関係が続くかはわからなかったが、特に別れる理由もなかった。

しかし、母を亡くした後、紀平は医学部を目指し猛勉強を始めた。香菜に構っている余裕がなくなった。勉強中に送られてくるメールや、休日にどこかへ出かけようという誘いが煩わしくなった。

紀平の香菜に対する態度は、日に日に冷たくなった。香菜は紀平の感情の動きを悟り、明らかに動揺した。紀平の興味を引こうと、変に明るく振舞っていた。見ていて痛々しかったが、紀平には気を遣う余力がなかった。

放課後、二人で帰る途中、紀平は英語の単語帳を眺めていた。話し掛けてくる香菜が鬱陶しかった。香菜は紀平の冷たい態度に気付かぬフリをして、笑顔で話し続けた。

——リオとキョウヘイくん、夏休みに温泉旅行に行ったんだって。部屋にお風呂が付いてて、すごく楽しかったって。私も、そういうところに行きたいな。

要は、セックスをしようと誘っているんだな。紀平は冷めた感情を抱いた。性を餌に紀平を繋ぎ止めようとする香菜が、ひどく浅ましい存在に思えた。

別れは九月の中旬に訪れた。夜、自宅で勉強していた最中、香菜からメールが送られてきた。

——明日、学校が終わったら本屋さんに行かない？　おススメの参考書があるんだ。

送るかどうか迷った挙句、勇気を出して送信ボタンを押したメールだったろう。タイミングが悪かった。メールの着信音は、紀平が化学の難問に取り組んでいたときに鳴り響いた。苛立った紀平は、すぐに香菜に電話を架けた。

——どうしたの？

電話越しに、香菜の嬉しそうな声が聞こえた。紀平は感情を抑え切れぬまま、香菜に冷酷な言葉をぶつけた。

——参考書なら自分で探すから、わざわざ教えてくれる必要はない。それと、俺の人生を邪魔しないでくれる？　今日で俺とお前は終わりだ。メールを送るのをやめるか、死ぬか選べよ。

香菜が返事する前に、紀平は電話を切った。矛先を間違えた罪悪感で胸が満たされた。香菜に対する怒りの正体は、高い目標と自身の現状との差異が招いた焦燥感だ。電話を架け直し、謝ろうかと思った。だが、何と言えば良いかわからず、発信ボタンを押す勇気は湧かなかった。

そのまま二人は、言葉を交わさずに別れ、卒業した。再会したのは十年後の今日だ。

「悪かったな……」

紀平は呟いた。

「何のこと？」

香菜は純粋な疑問の色を浮かべた。

恥ずかしがらず、きちんと謝れ――。

「わからないんなら良い。説明はしない。俺は口下手だ」

素直な自分は影を潜めた。

「意味深なセリフだね。何年か後になっても、ずっと頭に残ってそうだよ」

香菜は微笑を浮かべた。雪が一層、激しさを増した。真っ黒な香菜のコートが白く染まっていく。紀平が口を開くのを待っているのだろう。香菜は紀平を見詰め続けた。

何か言え。聞くに堪えない言い訳でも良い。下らない世間話でも良い――。紀平は必死で頭を働かせた。しかし、紀平の口は、縫い合わされたかのように一ミリも動かなかった。

香菜は落胆を露わにした。

「久しぶりに皆に会って、はしゃぎ過ぎたかも。疲れたし、私、もう寝るね。またどこかで会ったら、声掛けてね」

香菜は手を振り、紀平に背を見せた。紀平が勧めたホテルに向かっていく。紀平は、遠ざかっていく香菜の背中を眺めた。

このままじゃダメだ。次に香菜と会う日は、何年先かわからない。お爺さんとお婆さんになってからかもしれない。いや、もう二度と会えない可能性すらある。人の死は突然訪れる。

紀平は地面を蹴り、香菜の背中を目指した。

26

翌日、十二月二十八日。

シャワーを浴びた紀平は、コーヒーを飲んでスーツに着替えた。ベッドで眠る香菜を起こさぬよう、忍び足で部屋を抜け出す。フロントで精算し、ホテルの外に出た。空は明るく、道路に積もった雪も解け始めている。

紀平はコンビニで朝食を買い込み、タクシーに乗り込んだ。行き先を船津屋と告げ、シートに身を預けた。

直後、紀平は舌打ちした。ＩＣレコーダーをホテルに忘れてきた。ジャケットを脱いだ際にポケットから転げ落ち、拾ってテレビボードに置いた記憶がある。取りに戻るのも面倒だ。大した録音データも入っていない。次に会うときまで持っておいてくれ、と香菜にメッセージを送った。

船津屋に着いた。駐車場のクラウンを目にし、ホッと胸を撫で下ろす。無事だった。運転席に乗り、シートベルトを締めた。エンジンを掛けようとした途端――。

「公務を放ったらかしにして遊んでたんですか？」

後部座席に沙織が座っていた。夜の間に合鍵を使って乗り込んだのだろう。不満そうに紀平を睨んでいる。

「シティホテルに行ったんじゃなかったのか?」

紀平は動揺を殺して訊ねた。

「行きましたよ」沙織は不愉快そうに口元を歪める。「同窓会の予約は一件も入ってませんでしたけどね」

「そりゃご苦労なこった。来年はシティホテルで開催するから、お前も来ると良い。だけど、会場が船津屋だとどうやって突き止めたんだ?」

「単純です。市内のレストランとホテルに片っ端から電話しました」

「刑事の鑑だな。その粘り強さが犯人逮捕に繋がるんだ」

紀平が手を叩くと、沙織は眉間の皺を深めた。さすがに苛立ったのか、頰をピクリと痙攣させた。

「私が船津屋に到着したとき、すでに会場は閑散としてましたけどね。諦めて帰る途中、この車を見付けました」

「それで、俺が戻ってくるまで待ってたのか」

紀平は、コンビニで買った缶コーヒーを沙織に差し出した。沙織は黙って受け取る。指先は白く、小刻みに震えていた。

紀平は申し訳ない気持ちになった反面、安心もした。車内で一夜を過ごしたのであれば、沙織は、紀平と香菜がホテルに入る姿は見なかったはずだ。

沙織は缶コーヒーで手を温め、尖った視線を放つ。

「いったいどこで何をしてたんですか？」

「仕事だ」紀平はおにぎりに齧り付いた。「同窓会には日沖光士も来てた」

「旧友と話すのが仕事ですか？」

「バカが。日沖は俺の同級生であると同時に、事件の関係者だ」

「お言葉ですが」沙織は不服そうに口の片端を持ち上げた。「日沖光士を追っても意味はないと思います。日沖は倉城さんの主治医だったかもしれませんけど、それ以上でも以下でもありません」

沙織の指摘は的を射ている。だが、認めるのは癪だ。

「そうとは限らんぜ。日沖は重要人物だ」

「なぜですか？」

「詳しい理由はまた教えてやる。それより、お前こそ、俺を非難するんなら何か仕事をしたんだろうな。ここで一晩過ごした根性は認めてやるが、それだけじゃ刑事は務まらん」

「当然です」沙織は座席に深く座り直した。偉そうにコーヒーを飲む。「倉城さんが、三年前から伊勢市で墓参りしていた点に注目しました。三年前に倉城さんが関わった、関係者が亡くなった事件を探しました」

「自信がありそうだな。目ぼしい成果はあったのか？」

「いえ、ありませんでした」沙織は呆気なく否定した。「三年前、伊勢市内では殺人事件は起きていませんし、関係者が亡くなった事件も見付けられませんでした」

紀平は落胆した。

「調べに漏れはないだろうな。お前を信用して良いか？」

「私の刑事人生に賭けて断言します。調べに漏れはありません」

沙織は胸を張った。

殺人事件の有無は、県警が公表している統計を見れば一目瞭然だ。一般人でも簡単に調べられる。一方で、関係者が亡くなった事件となると、調べるのは困難だ。第一、関係者という表現は曖昧だ。どの程度の付き合いを関係と呼ぶかは、個々の判断による。

ひとまず、沙織の調べはスクリーニングくらいに考えておくべきか。後に必要に駆られれば、もう一度、他の捜査員にも声を掛けて調べ直す――。

「代わりにおもしろい事件を見付けました」

沙織は助手席に移動した。スマホを取り出し、紀平に写真を見せる。

紀平は小さな叫び声を上げた。香菜と紀平がホテルに入る姿が写っていた。

「興味深い事件でしょう？　捜査会議の議題に上げるか検討中です」

沙織はニンマリと笑みを浮かべた。

第二章

ピエロは病院で踊った

I

十二月三十日、火曜日、九時。紀平と沙織はホテルＢＢを見上げた。

ホテルＢＢは、ＰＡＬビルから徒歩二分の場所にあるビジネスホテルだ。八階建ての細長い形をしている。

紀平と沙織は自動ドアを潜り中に入った。正面にフロントが、向かって右手にロビーラウンジがある。左手には朝食会場のレストランが見えており、スーツ姿の男性が大勢、食事をしている。

「年末なのに流行ってるんだな。世の中、忙しい人種の多いことよ。働き方改革は号令ばかりでちっとも進みやしない」

紀平はこの国の将来を憂《うれ》えた。

沙織がおかしそうに笑う。

「本当ですね。でも、見てください。若いカップルや家族連れも何組かいますよ。この時季、リゾートホテルは特別価格ですからね。ビジネスホテルに泊まるほうが賢いかもしれません」

「せっかくの休暇に安ホテルか。負け組は辛いねえ」

「世間的には、家族や恋人とゆっくりできる人たちは勝ち組ですけどね。誰かさんも、その一人ですか」

沙織は意味ありげに紀平を見た。

紀平は気付かぬフリをし、ロビーラウンジに向かった。レストランと異なり閑散としている。朝刊を広げるビジネスマンが数人と、タブレット端末を操作する女性が一人いるだけだ。

女性が顔を上げた。まだ幼く、就活中の大学生のようだ。捜査資料によると、社会人一年目の二十三歳だ。チェックアウトした後なのだろう。スーツケースをテーブルの横に置いている。

「県警の紀平と近藤です」紀平は警察手帳を提示した。「鈴木亜弥《すずきあや》さんですね？」

亜弥は緊張した面持ちで頷いた。タブレット端末をテーブルに置く。

捜査員が粘り強く聞き込みを続けた結果、亜弥に辿り着いた。亜弥は事件の日、犯人らしき者を目撃した――。

紀平と沙織は、テーブルを挟んで亜弥の向かい側に座った。

「朝早くからご協力いただいて、ありがとうございます」紀平は頭を下げた。「単刀直入で申し訳ないですが、あなたが見た犯人について詳しく教えてください」

「いえ、本当に犯人かどうかはわからないんです」

亜弥は恐縮した様子で顎を引いた。

「失礼しました。性急でしたね。二十四日の夜、あそこにある公衆電話を使う人物を目にされたんですよね。何時くらいに見たか覚えてますか？」

紀平は窓ガラスの外を指差した。透明なボックスの中に、緑色の公衆電話が見えている。右腕を切断された死体がある、と通報がなされた公衆電話だ。

ホテルのフロントに設置された防犯カメラは、公衆電話を捉えていない。周囲に存在する他のカメラも同様だ。

「二十時前だったと思います。私、二十四日もここに泊まってたんです。チェックインした後、コンビニまで歩いて夕ご飯を買いに行きました。その帰りに、電話ボックスに入ってる人を見掛けたんです」

亜弥の表情は硬い。刑事と対面する緊張か、殺人犯とニアミスした恐怖か。

一一〇番通報がなされた時刻は、二十四日の十九時四十九分だ。通報者と犯人は同一人物である可能性が極めて高い。亜弥が見た者は犯人だろう。

「行ったのは、すぐそこの、ＰＡＬビルの隣にあるコンビニですか？」亜弥の首肯を確認し、紀平は続けて問う。「公衆電話を使っていた人は、どんな風貌でしたか？」

「マスクと帽子で顔を隠してたから、あんまりよくわかりません」

「でも、電話する人がいたことは記憶に残ってたんですよね？」

沙織が訊ねた。

「公衆電話を使うなんて珍しいな、と思いましたから」

「何か特徴を覚えてませんか？」沙織は前のめりになった。「服装とか体格とか、被っていた帽子のブランドとか」

「ジロジロ見たわけじゃないので覚えてません」亜弥は申し訳なさそうに俯いた。「ただ、白いスニーカーを履いてました」

犯人だ。紀平は確信した。

事件の日、紀平を突き飛ばした犯人は、白いスニーカーを履いていた。紀平は興奮を押し留め、冷静に訊ねる。

「そいつは、どんな様子で電話してましたか？」

「どんなって……」亜弥は眉尻を下げ、困り顔をした。「受話器を耳に当てて話してただけです」

「普通だったってわけか」

オオカミはいつも羊の皮を被っている。

2

紀平と沙織は『風の子保育園』に移動した。

近くには駅や商店街があり、高層マンションが建ち並んでいる。賑わってはいるものの、子供の数は少ないのだろう。数年前、風の子保育園は閉鎖された。

自身も通った保育園だ。紀平は物悲しさを覚えた。あの頃は、不安は何もなく目の前の遊びに夢中になっていた。それとも、子供なりに苦悩を抱えていたが、美化された記憶だけが残っているのか——。

紀平はかつての遊び場を眺めた。園舎は緑色の屋根をした木造の平屋だ。入口は透明なガラスの引き戸で、外には簀の子が敷かれている。園庭には、小さな砂場や錆び付いたブランコ、おもちゃのような鉄棒がある。

不意に過去の記憶が蘇った。

友達と汗まみれになって砂場に穴を掘り、ビニールシートを掛けて落とし穴を作った。そこへ先生を呼び寄せて落とす悪戯を考えた。先生は気付かぬフリをして、大袈裟に転んで紀平たちを喜ばせてくれた。

懐かしい思い出のせいで、紀平は胸の奥がジンと熱くなった。

陽太——倉城の子供も、その内、保育園に通うようになる。園服姿の陽太を見た倉城は、どんな表情をしただろうか。

典子の妊娠を明かしたときの倉城が思い浮かんだ。いつもと同じように、覆面パトカーに乗っていたときだった。

——子供ができたんだ。

倉城は、恥ずかしそうに窓の外を眺めて告げた。

結婚して十年近くも経っていた。詳しく訊きはしなかったが、倉城夫妻は不妊に悩んでいたように思う。ようやくできた子供に、倉城は歓喜していた。生まれたときには、柄にもなく写真を撮って刑事仲間に見せていた。スマホの待ち受け画面は、当然のように家族写真に変わっていた。

だが、幸せは突如破壊された。

「予想してたのとは違う雰囲気の方ですね」

沙織の声が、紀平を現実に引き戻した。紀平は沙織の視線を追う。

保育園の駐車場に、高そうな革のジャケットを着た五十代くらいの男性が立っている。スマホをいじっており、紀平たちには気付いていない。アッシュグレイの髪の毛、金色の腕時計、編み上げのブーツ——。面倒を起こしそうな人物に映るが、和菓子屋を営む店主だ。

紀平は男性――沢登信治《さわのぼりしんじ》に近付いた。警察手帳を見せて名乗り、訊ねる。

「十二月二十日、ここで不審な人物を見られたんですね？」

沢登は首を縦に振り、口を開いた。低い声だ。

「最初は、わざわざ報告するほどでもないか、と考えてたんです。けど、警察官が殺された事件があったでしょう？　何だか桑名も治安が悪くなってきたな、と心配になったんです」

沢登は今朝、桑名署に一件の報告を入れた。十二月二十日、風の子保育園で不審な人物を見たという内容だ。

同日、右腕を切断された死体を発見した、と一一〇番通報がなされている。通報者が告げた場所は風の子保育園だった。沢登が見た人物は通報者の可能性が高く、通報者と倉城を殺害した犯人は同一人物の可能性が高い。

十二月二十日、犯人は、偽の通報を餌に紀平と倉城を風の子保育園に誘き寄せた。しかし、第三者――沢登の存在に気付いたのだろう。犯人は紀平と倉城に危害を加えず、現場を立ち去った。

無論、ただの推測だ。真実はわからない。

ちなみに、右腕を切断された死体を発見したという通報の存在は、一般には公開されていない。沢登は自身が見た者の重要性を知らない。

「どんな人物だったか覚えてますか？」

沙織が訊ねた。

「若い男性でしたよ。たぶん、二十代だと思います」

沙織の顔付きが変わった。険しさを漂わせ、問い掛ける。

「顔を見たんですか？」

「いや、見たと言っても真正面からじゃありません。横からチラっと見ただけです」

「でも、素顔を目にしたんですよね。写真があれば、その人物だとわかりますか？」

沙織は興奮を露わにし、立て続けに問うた。

「いや、どうでしょうか」勢いに気圧されたのか、沢登は曖昧に返事した。「自信はないですね。大きなサングラスを掛けて帽子を被ってましたし、僕が見たのは横顔ですから」

沙織は微かな落胆を滲ませた。

だが、落ち込むのは早い。沙織に代わって紀平が質問を放つ。

「男性なのは間違いないですか？」

「遠目でしたけど、僕と同じくらいの体格でしたし、顔の作りも男性っぽかったです。断言はできませんけどね」

慎重な言い方とは裏腹に、沢登は自信あり気だ。

犯人は紀平を突き飛ばし、倉城を斧で切り付けて殺害した。体力のある男性とみて、まず間違いない。紀平は質問を続ける。

「そいつは、どんな服を着てましたか？」

「普段着でしたよ。作業着とかスーツではなく、ジーパンにトレーナーでした」

「色やブランドはわかりますか？」

「さすがにそこまでは……」沢登は困った様子で頭を掻いた。「あんまり印象に残らなかったから、黒とか紺とか、そういう地味な色だったと思います。ブランドに関しては、もっとわかりません。ユニクロじゃないですかね」

「靴はどうでしたか？」

白いスニーカー、と返ってくるのでは——。紀平の期待は裏切られた。沢登は首を傾げるだけだった。紀平は質問を変える。

「その男は、ここで何をしてたんですか？」

「ガラス戸の中を覗き込んでましたね。何の目的かは知りません」

沢登は園舎に視線を向けた。

紀平は入口まで行き、ガラス戸を引いた。だが、鍵が掛かっていて開かない。透明なガラス戸の向こうには、廊下が伸びている。

「初めは、市役所とか建築会社の人かと思いました」沢登も紀平に並び、ガラス戸に顔を近付けた。「でも、そういう人だったら普通、作業着かスーツでしょう？」

「かもしれませんね。不審者と間違えられると面倒でしょうし」紀平は適当に相槌を打った。

「沢登さんが男を目撃したのは何時頃でしたか？」

「十八時前と、十八時半過ぎです。時間は正確です。この辺りに住んでるお客さんに、和菓子の配達をした行きと帰りに見ましたから」

通報時刻は十八時四十分だ。沢登が見た人物が犯人である可能性が、さらに高くなった。

紀平のスマホが鳴った。画面にはかつての級友――鵜飼の名が表示されている。

紀平は通話ボタンを押し、耳に押し当てる。途端、鵜飼が捲し立てた。

「急げ、桑名総合病院に来い。伊勢国新聞の竹内佑多が襲われた。詳細はわからんが、意識不明の重体だ」

3

紀平は病院の階段を駆け上がった。後ろから沙織が追い掛けてくる。

なぜ竹内が襲われたのか。倉城が殺された事件と関係があるのか。紀平は歯を食い縛り、竹内が襲われた場所——院内のカフェに向かった。

セルフ形式のカフェだ。入ってすぐの場所にレジがあり、脇にはコーヒー豆や袋詰めされた菓子類が陳列されている。ショーケースの中には、うまそうなケーキやサンドイッチが並べられている。

院内のカフェにしては広い。三十人は入れるだろう。

今は客の姿はない。入口には黄色い現場保存テープが張り巡らされており、制服警官が仁王立ちしている。中では、早くも鑑識が機材を広げて仕事を始めている。

紀平は制服警官に声を掛け、テープの内側に入った。鑑識の配置から推測するに、竹内が襲われた場所は奥の半個室だ。紀平は、鑑識の邪魔をしないよう端を歩いて向かった。

真新しい、木目の綺麗なテーブルがあった。周囲には四脚の椅子が並んでいる。床には、竹内の私物らしき書類が散乱している。伊勢国新聞の社内報だ。テーブルにはマグカップが一つ置かれている。飲んでいる途中に襲われたのか、まだコーヒーが半分ほど残っている。

テーブルや椅子、白い壁、天井――。あらゆるものが血飛沫で汚れている。床には血だまりができている。倉城と同様、竹内も斧で襲われたのかもしれない。鈍器で殴られたり、小型のナイフで刺されたりしただけでは、ここまで広範囲に血は広がらないだろう。

斧で切り付けられたとなれば、重傷を負っている可能性が高い。

紀平の背中に、じわりと汗が滲んだ。頼む、無事でいてくれ――。祈りを捧げた瞬間、後ろから肩を叩かれた。振り向くと、険しい顔付きの鵜飼がいた。

「ちょうど今、脳神経外科《脳外》で手術が始まったところだ」

手術が始まった――。生きている。

「容体はどうなんだ？」

「知らん。医者に訊いてくれ」鵜飼は冷淡な表情を浮かべた。「しかし、バカだよな。新聞記者の分際で、刑事の真似事をするからこんな目に遭うんだ」

「どういう意味だ？」

紀平は耳を疑った。鵜飼を睨み付ける。

鵜飼は嫌らしく口元を歪めた。

「わからないのなら、小学校に戻って日本語を勉強し直すんだな。それとも、刑事気取りの記者に教えてもらうか」

「舐めた口を利くな。竹内さんは被害者だぞ」

紀平は鵜飼の胸ぐらを掴んだ。

鵜飼は怯えを走らせ、身を仰け反らせた。紀平の手を振り解き、目を細くする。

「お前に偉そうなことを言う権利があるのか？」

「何のことだ」

「竹内佑多に情報を流していたのは、お前だろ。記者を焚きつけて人殺しに接近させたんだ。調子に乗って返り討ちに遭った記者も記者だが、情報を横流ししたお前もお前だ。刑事失格なんじゃないのか」

紀平は言葉を失った。紀平は竹内を野放しにしていた。いや、記者である竹内に、首を突っ込むなと命じても聞く耳を持たなかったろう。

だがしかし。あわよくば、竹内が事件解決の手掛かりを見付けてくれれば――。そんな期待を抱いていなかったかと問われれば、返答に窮する。

「竹内さんを襲ったヤツが、倉城さんを殺した犯人と同じかはわからんだろうが」

紀平は声を絞り出した。

「そりゃそうだ。まだ推測の域を出はしない。でも、普通に考えりゃ同じだ。竹内は、お前から入手した情報を手に探偵ごっこをした挙句、口封じされたんだろう」

鵜飼は嫌味な笑みを浮かべ、ここぞとばかりに紀平を蔑む。

紀平は激しい怒りに苛まれた。拳を握り締め、鵜飼を真っ直ぐに見据える。

「身内の失態を声高に叫ぶのはやめないか？　外部の人間に聞かれたらどう言い逃れするつもりだ。お前はさっきから、警察が無能だと喚いてるんだぞ」

「どういう意味だ？」

「バカが。発言には気を付けるんだな。俺が渡した情報を元に、竹内さんが独自に調べを進めて真相に辿り着いた——。お前はこう言ったんだろ。刑事が束になっても解決できない事件を、一人の記者が解決したとなれば、俺たちの面目は丸潰れだ」

今度は鵜飼が押し黙った。

紀平の鬱憤が少し晴れた。反論される前に言葉を続ける。

「それに、お前の推理は前提が間違ってる。俺は、捜査上の機密を漏らしてなんかいない」

嘘ではない。紀平が竹内に渡した情報は、倉城が『臨床整形外科』を読んでいたという事実だけだ。こんな情報が何になるのか。

4

紀平と沙織は、鵜飼と別れて院内の警備員室に移動した。六畳ほどの狭い部屋だ。パソコンが二台あり、壁には大きなモニターが埋め込まれている。仮眠用なのか、簡易ベッドも置かれている。鑑識課の泉尾遼太郎が陣取っており、警備員は退室させられた後だ。泉尾は、キーボードを操作しながらニヤリとする。

「おもしろい映像が残ってるぜ。いや、おもしろいと言ったら被害者に失礼か。興味深い、と訂正する」

「もしかして、犯人の姿が映ってるんですか?」

沙織が興奮を帯びた声を出した。

「頭のてっぺんから足の先までばっちりだ」泉尾は深く頷いた。「防犯カメラが良い位置にあった」

沙織はゴクリと唾を飲み込んだ。

紀平の心拍数も上昇した。はやる気持ちを抑え、画面と泉尾の顔を交互に眺める。

「院内で襲うなんて、雑な犯行をするヤツだとは思いましたけど、まさかカメラに映っていたとは。どんなヤツでしたか？」

「焦るな。じっくりと自分の目で確かめろ」

泉尾は真剣な面持ちでエンターキーを押した。

壁の大きなモニターに映像が表示された。カフェの半個室を真横から捉えた映像だ。画面の中央に、テーブルと四脚の椅子が映っている。竹内は向かって右、手前の椅子に座っている。見覚えのあるダークスーツ姿だ。髪を後ろで結っている。竹内は、リラックスした雰囲気で伊勢国新聞の社内報を読んでいる。テーブルには、コーヒーカップと並んでメモ帳とＩＣレコーダーが置かれている。誰かと会う予定だったのだろう。それが犯人か。

鵜飼が指摘した通り、竹内はすでに犯人を突き止めていたのかもしれない。物証はなかったが、疑うに足る根拠を得ていた。故に犯人と直接対峙するつもりだった――。

いや、待て。殺人犯だと疑う相手と話す際に、こんな開けたカフェを選ぶだろうか。外に出てちょっと狭い路地に入れば、潰れかかった喫茶店はいくらでも見付かる。敢えて院内のカフェを選ぶ必要性がない。と考えると、映像の竹内が待つ相手は、殺人犯とは別の人間か。いや、そうとも限らない。竹内は、敢えて人目のある場所を選んだのかもしれない。殺人犯と対面するのに、閑散とした場所は危険だ。院内のカフェならば身の安全は担保される、と判断した可能性がある。

「この後、犯人が登場する。瞬き禁止だ。よく見とけよ」

泉尾は画面を指差した。左下の表示時刻は十二時六分——今から一時間前だ。

画面の中、書類に目を落としていた竹内が顔を上げた。瞼を大きく持ち上げ、驚愕の面持ちを見せた。ほぼ同時に、奇妙な人物が映り込んだ。思わず紀平は発した。

「なんだこいつは？」

赤と白のチェック柄の衣装を着た人物が現れた。虹色の髪のカツラ、真っ白な肌に大きな赤い口を描いたマスク、黄色い靴、白い手袋——。ピエロだ。

紀平はギョッとした。ピエロは右手に斧を持っている。見覚えのある防災用の赤い斧だ。ＰＡＬビルに残されていた、倉城の腕を切断するのに使われたのと同じ斧だ。

ピエロはテーブル越しに竹内と向き合った。音声は記録されていないが、竹内が何やら口を動かした。ピエロは数秒静止した後、突然、斧を振り上げた。

——やめろ！　紀平は目を見開いた。

竹内は書類を放り投げた。腕を交差させて頭部を庇う。ピエロは構わずに斧を振り下ろす。斧は竹内の腕の間を擦り抜け、前頭部に直撃した。ピエロが斧を引き抜くと、赤い血が噴き出した。傷口は深い。頭蓋骨も破壊されただろう。竹内の瞳が意識を失った。瞼が半開きになり、恐怖を忘れた無表情になる。椅子から崩れ落ちた。ピエロはもう一度、斧を高く振り上げた。

——やめてくれ！　頼む！　紀平は心の中で叫んだ。

願いが通じたわけではあるまい。しかし、ピエロは動きを止め、後ろを振り返った。若い女性の店員が映り込んだ。店員はその場にへたり込んだ。口元に手を遣って身体を震わせる。無音だが、大声で叫ぶ様子が伝わってくる。

ピエロは斧を竹内の頭に振り下ろした。女性店員を押し退けて画面から消えた。床に倒れた竹内の頭部から、じわじわと血が広がっていく。

「この後、看護師が来て救急コールをした」泉尾が映像を止めた。「医者が飛んできて、被害者をストレッチャーに乗せて運んでいったぜ。襲われた場所が院内だったのが救いだな。迅速に対応できたし、命は助かるかもしれん」

泉尾の楽観的な見立てとは異なり、紀平は絶望的に感じた。竹内は、二度も斧で頭を切り付けられた。

「ピエロはどこから来たんですか？」紀平は声を絞り出す。「誰も制止しなかったんでしょうか」

「恐ろしいことに、ピエロは正面玄関から入ってきた。階段を上がってカフェまで一直線だったよ」

泉尾はパソコンを操作した。正面玄関を捉えた映像を再生する。

派手な格好をしたピエロが、自動ドアを通り抜けてきた。斧を入れているのか、手提げ袋を持っている。見舞客らしき者たちは、チラチラとピエロを眺めるだけだ。ピエロが堂々としているせいか、大きな反応を示さない。

紀平はもどかしい気持ちになった。

「この警備員は何をしてる？」

玄関から入ってすぐの場所に、警備員が立っている。だが、ピエロを制止しない。それどころか、ピエロに向かって会釈した。

――何のつもりだ。紀平は苛立った。

「なぜ止めないんだ？　こんなにも目立つ格好をしてるのに」

「違います。目立つ格好をしてるから、誰も止めなかったんです」沙織が落ち着いた声音で指摘した。「今日はホスピタル・クラウンの来院日です」

紀平はハッとした。狡猾な犯人に怒りを抱いた。

沙織が冷静に訊ねる。

「竹内さんを襲った後、ピエロはどこに消えたんですか？」

「入ってきたときと同じだ」泉尾は厳しい顔付きを示した。「正面玄関から出て行ったよ。向かった先までは知らん」

「周辺の聞き込みをすれば、すぐに足取りは明らかになるはずです」

紀平は期待を込めて述べた。ピエロの衣装は、院内では隠れ蓑になったろうが、院外では注目の的だ。

「そう簡単にはいかないみたいだな」いつの間に入って来たのか、鵜飼が入口の壁に凭れかかっていた。「今のところ、有力な情報があったとの報告はなされていない」

「諦めるのが早いんじゃないのか」紀平は腕時計を一瞥した。「せいぜい、始めて三十分かそこらだろ」

「誰が諦めたと言った？」鵜飼が嫌らしく片眉を持ち上げた。「だけど、よく考えろ。犯人が、ピエロの姿のまま自宅まで帰ったわけがないだろ。来たときも同じだ。病院の近くの、カメラや人気《ひとけ》のない場所で着替えたはずだ」

「正論だな」泉尾が険しさを漂わせて頷いた。「犯人は大胆不敵で頭の回転が速い。警察官殺しをやってのけるだけのことはある」

5

紀平と沙織は、他の捜査員と共に周辺の聞き込みや防犯カメラの確認を行った。だが、二時間近く続けても、有力な目撃証言は得られなかった。ピエロが映り込んだ映像も見付かっていない。

「これだけたくさんカメラがあるのに――」

沙織が悔しそうに交差点の電柱を見上げた。「作動中」と赤字で記された看板と共に、防犯カメラが設置されている。

「まだ二時間だ。弱音を吐くな」

紀平は沙織を励まして歩いた。反面、続けても無駄だという諦めを抱きもした。犯人はずる賢い。防犯カメラに姿を晒すミスは犯さないだろう。

「竹内さんの手術、どうなりましたかね？」

沙織が渋い表情で訊ねた。

「さあな。だが、安心しろ。日沖を含め、あそこの病院の医者は皆優秀だ。何とかしてくれる」

「紀平さんは、あの記者――竹内さんとどんな関係なんですか？」

「ただの記者と刑事の関係だ。持ちつ持たれつ、互いに利用し合ってる存在だ」

「嘘です」沙織は鋭く発した。「前に葬儀場で訊いたときは、意味深なことを言われたじゃないですか。機会があれば教えてやる、と」

「そうだったかな」

紀平は惚けた。沙織の視線から逃れようと、歩く速度を上げた。

「普通の記者と刑事の関係には見えません。何か、深い繋がりがあるような」沙織は眉間に皺を刻み、難しそうにした。「もしかして、鵜飼さんみたいに昔の同級生とか？」

赤信号だ。紀平は横断歩道の手前で止まった。沙織を見て苦笑する。

「お前、俺の彼女か？　昔の恋人に嫉妬してるみたいに聞こえるぜ」

「なっ⁉」

沙織は目を丸くした。やや遅れて頬を赤く染める。可愛らしい、と表現して差し支えないだろう。

仲間の中にも、沙織をアイドル視する者が何人かいる。事実、沙織の容姿は優れている。女性が少ない職場という下駄を差し引いても、男の目には充分に魅力的に映る。

だが、刑事には向いていない。感情を表に出し過ぎる。警察のような男社会に飛び込まなくとも、他にいくらでも仕事はある。なぜ警察官になったのか。中でも、なぜきつい刑事を選んだのか。

紀平は沙織をじっと見詰めた。沙織は目を逸らした。頬がまだ少し赤い。整った横顔だ。ウェーブした髪が風に靡《なび》いている。

一週間前まで、紀平の隣には倉城が立っていた。県警一の堅物と呼ばれた男だった。今、紀平の隣にいるのは、美容室のカットモデルのような女だ。こいつが俺の相棒か――。紀平の口角は、自然と持ち上がった。

「何を笑ってるんですか?」

沙織が、ムッとした様子で目付きを鋭くした。

「いや、悪いな。馬鹿にして笑ったわけじゃないんだ。ちょっと休憩だ。おいしいと噂の百円コーヒーを奢ってやる。待ってろ」

紀平は沙織を残し、コンビニに駆けた。店員に百円玉を二枚渡し、紙コップに入ったコーヒーを二つ受け取った。店の外に出て、片方を沙織に渡す。

遠くに他の捜査員の姿が見えた。紀平は沙織を従え、裏道に入った。サボっていると勘違いされたら厄介だ。紀平は、うら寂しい裏道でコーヒーを啜った。

「目隠しして飲めば、高級ホテルのコーヒーと変わらないな」

「目隠しなんかしなくても、充分においしいですけどね」

沙織は穏やかな表情を見せた。カップで両手を温めている。子供のような仕草だ。

「お前、本当に刑事らしくないヤツだな。なんでこの仕事を選んだんだ?　もっと楽で稼ぎの良

郵便はがき

料金受取人払郵便

新宿局承認

5503

差出有効期間
2026年9月
30日まで

切手をはら
ずにお出し
下さい

1608791

343

東京都新宿区
新宿一一二五一一三

（受取人）

株式会社 原書房

読者係 行

1608791343 7

図書注文書（当社刊行物のご注文にご利用下さい）

書名	本体価格	申込数
		部
		部
		部

お名前　　　注文日　年　月　日

ご連絡先電話番号（必ずご記入ください）　□自宅　（　　）　□勤務先　（　　）

ご指定書店（地区　　）（お買つけの書店名をご記入下さい）

書店名　　書店（　　店）

帳合

7517

片腕の刑事

竹中篤通 著

愛読者カード

＊より良い出版の参考のために、以下のアンケートにご協力をお願いします。＊但し、今後あなたの個人情報(住所・氏名・電話・メールなど)を使って、原書房のご案内などを送って欲しくないという方は、右の□に×印を付けてください。 □

お名前《フリガナ》　男・女（　　歳）

ご住所　〒　　－

市　町
郡　村

TEL　（　　）
e-mail　@

ご職業　1会社員　2自営業　3公務員　4教育関係
5学生　6主婦　7その他（　　）

お買い求めのポイント
1テーマに興味があった　2内容がおもしろそうだった
3タイトル　4表紙デザイン　5著者　6帯の文句
7広告を見て（新聞名・雑誌名　　）
8書評を読んで（新聞名・雑誌名　　）
9その他（　　）

お好きな本のジャンル
1ミステリー・エンターテインメント
2その他の小説・エッセイ　3ノンフィクション
4人文・歴史　その他（5天声人語　6軍事　7　　）

ご購読新聞雑誌

本書への感想、また読んでみたい作家、テーマなどございましたらお聞かせください。

い職があっただろ。女子校時代のツレは、銀行で受付嬢でもやってるんじゃないのか」

「それは偏見です。色んな友達がいますよ。商社に入って世界中を飛び回ってる子とか、東京でＩＴ企業を起ち上げた子とか、田舎で自給自足の暮らしをしてる子とか。皆が皆、ＯＬさんをやって結婚して辞める時代は、とっくに終わりました。女子校出身でも、刑事になっても良いじゃないですか」

「そりゃ、悪くはないけどさ。何か理由がないと刑事にはならないだろ。どうして刑事になった？」

「質問をしたのは私が先でしたよ」

沙織は勝ち誇ったような目付きをした。

紀平はフッと息を吐いた。百円のコーヒーを渡して質問攻めにしては失礼か。竹内とはどんな関係か――。最低限、先に訊かれた質問くらいには答えるべきだろう。

6

紀平と沙織は、鉄製の階段に並んで腰掛けた。パチンコ屋の裏にある非常階段だ。紀平は、母親を亡くした過去を沙織に話した。

「それで医学部を目指されたんですね……」

沙織は神妙な面持ちを見せた。

紀平はコーヒーを飲み干す。苦味が口の中に広がった。

「結局は落ちたけどな」

「結果が全てではありません」沙織が口元を引き締めた。「努力には意味があったと思います」

「慰めはいらないよ。結果が全てだ。失敗すれば先はなく、まぐれでも成功すれば未来が拓ける。受験に限らず、人生のあらゆる局面で同じ分岐点は現れる」

「過程にだって意味はあります。宝くじで当たった百万円は使えばなくなりますけど、自分で稼いだ百万円はもう一度貯められます。試験には落ちたかもしれませんけど、試行錯誤を重ねた経験や努力する中で揺れ動いた感情は、人生の糧になるはずです」

沙織は熱い口調で語った。若いのに説教なんかしやがって――。

「翌年、もう一度挑戦しようとは思わなかったんですか？」

「最初は思った。医者になりたくて勉強してたんだから当然だ。だけど、刑事になるべき理由ができた」

紀平は瞼を下ろした。自然と過去の光景が蘇る。

不合格の通知を受け取った日の夜、紀平は男友達三人と駅前の居酒屋を訪れた。身分証を見せろとは言われなかった。都会の小うるさいチェーン店とは異なり、田舎の個人経営の店は融通が利く。

他の三人と同様、紀平もビールを注文した。初めてのアルコールだった。勢いよく飲んだものの、途中でむせて始末に苦労した。

居酒屋を出たのは深夜の二時だった。四人は、三十分かけて母校まで歩いた。紀平たちは真夜中の校庭に立った。春からの健闘を祈り合い、一通りの雑談を終え、静かになった。

紀平は暗い校舎を眺めた。もうこの学校に通うことはない――。そう意識した途端、切ない感情が込み上げてきた。大した思い出は詰まっておらず、戻ってくる必要はない。その上、自宅からは近い。足を運ぼうと思えばいつでも簡単にできる。

だが、胸を締め付けられるような痛みを感じた。紀平は小さく呟いた。

――お世話になりました。

友人たち三人が息を呑んだ。直後、背筋をピンと伸ばし、大きく息を吸った。

――お世話になりました！

三人は夜の校舎に向かって叫び、腰を九十度に折り曲げた。頭を上げて再び叫び、腰を折り曲げる。三人は何度も同じ動作を繰り返した。紀平も加わり、四人はバラバラに何度も校舎に頭を下げた。いつの間にか紀平は泣いていた。理由はわからなかった。他の三人も涙を流していた。

「……紀平さん？」沙織が心配そうに紀平の顔を覗き込んだ。「大丈夫ですか？　目を瞑って苦し気にしてましたよ」

紀平は顔を背けた。咳払いする。

「話の続きだ。受験が終わった後、友達と朝まで話した日があったんだ」

「お別れ会ですね」

「そんな気取った名前じゃなかったけどな。――友達と別れて自宅マンションに辿り着いたのは、朝の五時だった。生きてりゃ、夜勤を終えた母が帰ってくる時間帯だった。マンションに着いた俺は見た。新聞の配達員が、足音を殺して階段を駆け上がっていく光景をな」

沙織は黙って小首を傾げた。

「うちのマンションはオートロックだ。住人以外は中に入れない」

「それはよくあることですよ」沙織が得心の色を示した。「新聞が届けられる時間帯だけ、オートロックを解除してるんです。私が昔、住んでたマンションも同じでした」

「いや、うちのマンションでは、新聞は一階の集合ポストに入れる決まりになっていた」

事実、紀平の家の新聞は毎朝、集合ポストに届けられていた。配達時刻にオートロックが解除されると聞いた覚えもない。

「じゃあ、どうやって配達の人は中に入ったんですか？」

沙織が難しそうに眉根を寄せた。

「配達員を捕まえて同じように問い質したよ。四十歳くらいのおっさんだった。当時は俺もただの高校生だったからな。最初の内は舐められて、答えてもらえなかったよ」

だが、紀平は必死だった。男の腕を掴んで放さなかった。紀平は柔道をやっていた。喧嘩になっても負けるとは思わなかったし、たとえ殴られても放す気はなかった。

紀平は、配達員にどうしても訊きたいことがあった。

「配達員は、初めの内は言い逃れしていたが、最終的には白状しやがった。同じフロアの別の部屋の住人に、暗証番号を聞かされていたんだ。玄関まで朝刊を届ける代わりに、月に二千円受け取っていやがった。この取り決めは、前任の配達員から引き継がれ、長い間ずっと続けられていた」

沙織は、静かに紀平の話を聞いている。真剣な面持ちだ。

紀平は、空になったコーヒーの紙コップを握り潰した。

「前任者が辞めたのは八月だった。理由を明かさず、突然辞めたそうだ」

「それって……」

沙織が驚きを浮かべ、口元に手を遣った。

紀平は、前任者の連絡先を教えてくれと配達員の男に頼んだ。男は知らないと首を横に振った。男は契約社員で、前任者はアルバイトだった。本当に知らなかったのだろう。

しかし、諦めるわけにはいかなかった。紀平は、金を受け取っている事実を会社に告げるぞ、と男を脅した。男は、バレたところで問題ないと開き直った。だが、最終的には折れた。紀平があまりにもしつこかったからだろう。前任者の連絡先を調べてくると約束し、去っていった。

翌朝、紀平は男を待ち構えていた。予想通り、男は前任者の連絡先を調べてこなかった。紀平は再度、男の腕を掴んで調べるよう求めた。次の日の朝も、その次の日の朝も同じ行動を繰り返した。

紀平の必死さに心が動いたか。毎朝、引き留められる面倒から逃れたかったからか。五日目の朝、配達員は、前任者の名前と電話番号を記した紙を渡してくれた。

「前任者に電話して名乗ると、意外にもあっさりと会ってくれたよ。たぶん、本人も、どこかで説明しなきゃならないと考えてたんだろうな。洗いざらい打ち明けて楽になりたかったのかもしれない」

前任者は、紀平の自宅マンションまでやって来た。手土産の煎餅を差し出し、紀平と父の前に正座した。金のなさそうな服装だった。洗濯機で洗いでもしたのか、ジャケットは形が崩れていた。

「予想通り――」声が掠れた。紀平は唾を飲み込んだ。「前任者は、階段に倒れていた俺の母親を目撃していた」

「それなのに、どうして救急車を呼ばなかったんですか？」

「酔っ払って寝ているだけだと思った。そうやって弁明されたよ」

「そんな言い訳、通用しませんよ」

沙織が憤りを露わにした。

「俺も、ふざけた野郎だと怒り狂ったよ。だけど、しばらく経って、そういうものかもしれないなと思い直した」

実際、駅の階段や公園のベンチで寝転ぶ泥酔者は大勢いる。真冬なら凍死の危険があるが、紀平の母親が死んだのは八月だった。

「前任者は、いつ真相に気付いたんですか？」

「俺の母が亡くなった翌朝だ。いつもと同じように新聞を届けにやって来て、階段に置かれた花束を見たんだ。それで、怖くなってアルバイトを辞めたと白状しやがった」

――殴ってください！　申し訳ございませんでした！

前任者は、紀平と父親に向かって土下座した。

――僕が救急車を呼べば良かったんです。そうすれば、助かっていたかもしれません。僕が横を通ったときは、まだ動いていたんです。でも、酔っ払って寝てるだけだと勘違いして……。紀平の腸《はらわた》は煮えくり返った。拳を握り締めた。本当に殴ってやろうと思い、前任者が顔を上げるのを待っていた。だが、父は全く違う態度を取った。前任者の肩に触れ、優しい声を掛けた。

——正直に語ってくれて、ありがとう。私は君に感謝します。

前任者は声を上げて泣いた。床に額を擦り付けたまま、身体を震わせた。

「この件があって、俺は刑事を目指そうと考えたんだ。真実を明らかにする職業に惹かれたんだ」

沙織が神妙な面持ちを見せる。

「刑事になって良かったと思いますか？」

「後悔はしていない。人の命を救う医者も良いが、事件の真相を暴く刑事も悪くない。真実を追求することは、人を救うことに似ている」

「確かに……」沙織は感慨深そうに頷いた。「紀平さんが真相を突き止めていなければ、その前任者の人は、ずっと秘密を胸に抱えたまま生きていかなければならなかったでしょうしね。それって凄く苦しいと思います。紀平さんは、十八歳にして一人の人間を救ったんです」

「大袈裟だな」

紀平は気恥ずかしくなった。

だが、沙織に茶化す様子はない。大真面目な表情で問い掛ける。

「今でも連絡を取り合ってるんですか？　当時、配達員だったその方とは」

「俺が何のために過去を明かしたと思ってるんだ？　お前が訊いたんだろ」

「どういうことですか」

沙織はキョトンとした。

「配達する側から書く側に回ったんだ。彼は竹内佑多さんだ」

沙織が驚愕の色を浮かべた。

「今度はお前の番だぜ。どうして刑事になったか教えてくれよ」

「私ですか？」沙織は耳を赤くした。「壮大なエピソードを聞かされた後じゃ、恥ずかしいですよ。大した理由じゃないですし……」

「一方的に聞いておいてだんまりじゃズルいぜ。理由の大小は関係ない。教えてくれよ」

紀平は嗜虐的な快感を得た。

沙織は赤面したまま押し黙った。数秒後、覚悟を決めたのか口を開いた。

「私、姉がいるんですけど――」

紀平のスマートフォンが鳴った。絶妙なタイミングだ。「倉城典子」と表示されている。紀平は電話に出た。

「お忙しいところすみません。渡したい物があるのでお伺いしたいのですが、よろしいでしょうか」

7

紀平と沙織は、倉城家の応接室に招き入れられた。並んでソファに座る。

典子が弾くのか、壁際にはアップライトピアノが置かれている。あの堅物の倉城がピアノを弾く姿は想像できない。

「お待たせしました」

典子がお茶と和菓子を持って現れた。センターテーブルに置く。紀平と沙織は頭を下げた。

典子はテーブルを挟み紀平の正面に座った。ニット生地のワンピースを着ている。

「陽太くんは大丈夫なんですか？」

紀平は部屋の外を指差した。陽太はまだ〇歳五ヶ月だ。〇歳児の生活リズムがどんなものか、紀平には想像できなかった。

「今はお昼寝中です。長い時間、寝てくれると助かるんですけどね」

典子は、疲れを隠すように微笑んだ。

紀平は何と応じて良いかわからず、無言で頷いた。数秒の空白の後、典子が立ち上がる。典子は、ピアノの上に置かれていた雑誌を手にした。紀平に差し出し、再び座る。『臨床整形外科』の第五十二号――前に借りた号の一つ前の号だ。

「こちらから連絡したのに、わざわざ取りに来ていただいてありがとうございます。夫の部屋を整理していたら、もう一冊出てきたんです」

なんだ……。紀平は落胆した。『臨床整形外科』を調べても無意味だろう。前回、借りた号も、内容が専門的すぎてほとんど理解できなかった。

「以前、日沖先生の論文について話しましたでしょう？　この号に載ってました。興味ないですか」

紀平の落胆を見抜いたのか、典子は表情を曇らせた。

「いや、興味はありますよ。日沖がどんな論文を書いたか気になりますから。事件解決のヒントが隠れていないとも限りませんし」

紀平は表紙を捲った。わざわざ差し出してくれた雑誌だ。見ないわけにはいかない。

適当なところで言い訳を見付けて切り上げるか。紀平は、溜め息を我慢して目次に視線を走らせる。日沖の名前を見付けた。隣に記された論文のタイトルを確認する。

ゾクリと背筋に冷たいものが走った。心拍数が上昇する。

「壊《え》死《し》性《せい》筋《きん》膜《まく》炎《えん》で上肢を切断した一例……」

紀平は震える声でタイトルを読み上げた。顔を上げると、真剣な表情の典子と目が合った。

「偶然ではないと思います。夫は腕を切断されて殺されました」

典子は、ページを進めるよう紀平に示した。紀平は、当の論文が掲載されたページを開いた。タイトルの上に赤ペンで丸印が付けられている。

「この印は典子さんが付けたんですか？」

「いえ、最初からです。夫が付けたんでしょうね」

上肢の切断に関する論文を読んでいた倉城が、上肢を切断され殺された。論文の執筆者は日沖で、日沖は倉城の主治医だった。全てを偶然で片付けて良いはずがない。

「今、読ませてもらっても良いですか？」

紀平は典子の首肯を確認し、文字を目で追った。

四ページにわたる論文——症例報告だ。日沖が昨年度まで勤務していた、大阪の大学病院で経験した一例だ。血液検査のデータを示す表や、ＣＴ検査の画像が多用されており、文章自体は長くない。

冒頭に壊死性筋膜炎の概要が説明されている。

壊死性筋膜炎は感染症の一つだ。起炎菌——原因となる細菌は複数あるが、Ａ群溶血性レンサ球菌が有名で、人喰いバクテリアとも呼ばれている。人喰いバクテリアに感染した場合には、急速に病状が悪化して死亡するリスクが高い。命を助けるために、壊死した四肢を切断する場合もある。

概要に続き、四十三歳の男性の症例が報告されている。

男性は、飲み会後の帰り道、転倒して右腕を地面についた。特に大きな怪我はなく、右上肢に軽い違和感を覚えただけだった。起き上がって自宅まで歩いて帰った。到着時刻は二十三時だった。

問題が発覚したのは翌日になってからだ。朝、起きてこない男性を心配した妻が、様子を見に部屋に入った。男性は意識不明の状態に陥っていた。妻は大慌てで救急車を要請した。

搬送先の大学病院に着いた時刻は、十時だった。到着時、呼吸状態、循環動態、意識レベルの全てが悪く、右上肢には紫斑が出現していた。救急科で壊死性筋膜炎と診断され、整形外科にコンサルトされた。緊急で右上肢を切断する方針になり、十四時に手術が開始された。執刀医は准教授で、日沖は第一助手だった。

前夜には違和感があっただけにも拘らず、翌朝には意識不明になり、昼過ぎには腕を切断する必要に駆られた——。恐ろしい病気だ。

感染の切っ掛けは、ちょっとした切り傷や虫刺され、火傷、打撲など多岐にわたる。切り傷や虫刺されなど、誰もが年に数回は負う。

結果的に、この症例の男性は、腕を失ったものの命は助かった。だが、死亡率は三十二・二パーセントと記されている。三人に一人が死ぬ計算だ。

紀平は嫌な胸の高鳴りを感じた。最後まで目を通し、沙織に雑誌を渡す。

紀平は、沙織が読み終わるのを待って典子に訊ねる。

「倉城さんから、この論文に関して何か聞きましたか？」

「いいえ」典子は残念そうに視線を逸らした。「日沖先生は専門誌に論文が載るほど良い医者だ、と言っていたのは覚えてます。でも、他には何も聞いていません」

「壊死性筋膜炎についてはどうです？」

典子は部屋の出口をチラと見た。申し訳なさそうに告げる。

「今日、この雑誌を見付けて読んで、初めて知りました」

紀平も同じだ。「人喰いバクテリア」には聞き覚えがあったが、「壊死性筋膜炎」は知らなかった。ただ一つ言える事実がある。典子が訴えた通り、倉城の事件とこの論文には何らかの関係がある。

「ごめんなさい、ちょっと様子を見てきます」

典子が腰を浮かせた。部屋を出ていく。

何のことか。疑問に感じた直後、遠くから聞こえる泣き声に気付いた。

しばらくして、典子が戻ってきた。陽太を抱きかかえている。陽太は全身に力を入れ、両目から涙を溢れさせて泣いている。息が止まってしまうのでは、と心配になるくらい激しい泣き方だ。

典子は困った様子で、立ったまま陽太を揺らしている。しかし、陽太は泣き止まず、顔を真っ赤にして叫んだ。

「もしかして」沙織が遠慮がちに訊く。「授乳の時間ですか?」

「さっきあげてから三時間くらい経ってますし、そうだと思います」

典子は苦し気に眉尻を下げた。

「長居してすみません」紀平は慌てて述べた。「そろそろ退散させてもらいます。この雑誌、借りても良いですか?」

「もちろんです。その代わり、何かわかったら教えてくださいね」

典子は口角を持ち上げた。形だけの笑顔だ。深い悲しみに彩られている。紀平は深く頭を下げ、立ち上がった。

8

――竹内佑多の手術が終わった。

鵜飼から連絡を受けた紀平と沙織は、病院に急行した。集中治療室に入った。

集中治療室の中央には、医師や看護師の詰所がある。通路を挟み、詰所を取り囲むようにコの字型に病室が並んでいる。いずれも個室だ。全部で十二床あるが、半分は空いている。天井には、病室と同じ数の大型モニターが固定されている。脈拍や血圧、呼吸数などが表示されている。

紀平と沙織は詰所の看護師に頼み、竹内の病室まで案内してもらった。

竹内はベッドに仰向けで寝ていた。意識はなく、無表情で瞼を下ろしている。ベッドの脇には、鵜飼が腕組みして立っている。眉間に皺を刻み、難しい顔付きで竹内を見下ろしている。

紀平は、モニターに表示された心電図と呼吸の波形を確認した。生きている――。紀平はホッと胸を撫で下ろした。

「手術は無事に成功したんですよね？」

沙織が鵜飼に訊ねた。

「生きてるんだから成功したんだろうな」鵜飼は嫌らしく口元を歪める。「だが、無事と言えるかどうかは判断が難しい」

竹内の口からは透明なチューブが伸びており、人工呼吸器に繋がっている。

足元には、小型の洗濯機のような機械が置かれている。何をする機械だろうか。太いコードが何本か、竹内に向かって伸びている。竹内には薄い布団が掛けられており、コードがどこに繋がっているかはわからなかった。

「意識が回復する目途は立ってないんですか？」

沙織が心配そうに訊いた。

「意識は意図的に回復させていないと聞いた」

「どういう意味ですか？」

「低体温療法だ。現在、一時的に体温を下げて、脳の保護と頭蓋内圧の低下を図っている。低体温療法の間は、気管に管を突っ込んだ上、麻酔で鎮静して意識を飛ばすんだとさ」

鵜飼は偉そうに顎でモニターを示した。体温が三十四度と表示されている。

人間の体温をこんなにも下げて問題ないのか――。紀平は小さな怯えを感じ、訊く。

「低体温療法は、いつまで続ける予定なんだ？」

「最低でも四十八時間だと聞いた。その後、頭蓋内圧がコントロールされていれば、ゆっくりと復温させる予定らしい。俺も専門家じゃないからよくわからんがな」

「丸二日か、長いな」

紀平は竹内と早く話したかった。麻酔から覚めず、寝た切りの状態が続くのでは――。恐怖が頭をもたげた。

「待ち切れないよな。秘密を掴んでる可能性が高いのに、丸っと二日もおねんねだ。ムカつくとに、リラックスした表情でいやがる」

鵜飼が濁った瞳で毒づいた。

紀平は胸の内側が熱くなった。

「その口の利き方、何とかならないのか。被害に遭った本人の前で、よくもそんな暴言を吐けるな。悪ぶった中学生みたいな言動はよせ。恥ずかしくないのか」

「いつからお利口さんになった？　普段、悪ぶってるのはお前のほうだろ」

鵜飼は顎先を持ち上げ、挑戦的な態度を見せた。

紀平は奥歯をギリと噛んだ。深呼吸して冷静さを保つ。

「俺がいつ悪ぶった？　俺は人や刑事の道を外れた覚えはない。俺は、警察社会の馬鹿げた柵《しがらみ》が嫌いなだけだ。お前みたいに、上司の顔色を窺って点数稼ぎして、飼われた鳥に成り下がる人生はまっぴらなんだよ」

「個人主義のスーパーマン気取りか。正義のヒーローにでもなったつもりかよ。カッコ良いな。天国のママに頭でも撫でてもらえ」

紀平は眼前が真っ白になった。

「お前っ！」

怒りに支配され、反射的に鵜飼の胸ぐらを掴んでいた。鵜飼が頬を強張らせる。

警察をクビになっても構わない。根性の捻じ曲がった人間のクズを殴ってやりたい。紀平は拳を握り締め、鵜飼の鼻の頭を目掛けて突き出した。

「やめてください、ここは病院ですよ！」

詰所にいた看護師が怒鳴り声を上げた。五十歳前後の、女性のベテラン看護師だ。丸々と太っており、目は細く眉は吊り上がっている。刑事顔負けの威圧感だ。

紀平はグッと我慢し、看護師に頭を下げた。鵜飼から手を放す。好機を逸した。あと一秒あれば鵜飼の鼻をへし折れていた。

鵜飼が安堵の息を吐き、冷笑を浮かべた。再び紀平の頭に血が上る。紀平は鵜飼に身体を寄せた。看護師から見えないようにして、鵜飼の股間に手を遣った。睾丸を掴み、力の限り握り締める。鵜飼が短い呻き声を上げた。激痛に顔を歪める。

紀平は鵜飼に顔を近付け、耳元で囁《ささや》く。

「よく覚えとけ。小学生のときみたいに、いつか地面に叩き付けて顔面を蹴飛ばしてやるからな。大声で泣きながら一課長の胸にでも飛び込むんだな」

紀平は、鵜飼の睾丸を握ったまま手を捻り上げた。

鵜飼がガタガタと身体を震わせ、膝の力を抜く。紀平は手を放した。鵜飼は身体をくの字に折り曲げ、両手で股間を押さえた。

「どうした、お漏らしか？　トイレはあっちだぞ」

紀平は集中治療室の出口を指差した。

鵜飼は、恨みの籠った瞳で紀平を睨み付け、口を開いた。だが、声にならず、身体を折り曲げたまま拙《つたな》い足取りで出ていった。

「紀平さん、やりすぎですよ。あれ、痛いんじゃないですか？」

沙織が苦い顔付きを示した。

「俺が何かしたか？」

「したじゃないですか。その……」沙織は目を逸らした。「口では言えませんけど」

「言語化できないのなら、何もしてないのと同じだな」

「俺が言葉にしてやろうか？」鋭い声が聞こえた。振り返ると、白衣姿の日沖が立っていた。目を細め、呆れた様子で腕組みしている。「また問題を起こしやがったか。そんなことばかりしてるから、刑事は嫌われ者になるんだぜ」

「俺がいつ、誰に嫌われたんだ？」

紀平は両手を広げ、首を傾けた。

「自覚のない罪は重いぜ」日沖は小さく息を吐いた。「倉城さんが運ばれてきた日も院内で大騒ぎしてたろ。お前、ここの病院のブラックリストに載ってるぜ。将来、受診したときに、きちんと診てもらえないかもしれないぞ」

「それは脅しか？　医者が患者を脅して良いのか？」

「ずいぶんと都合が良いんだな。警察官の特権を利用して集中治療《こ》室《こ》まで押し掛けてくるくせに、医者に小言を言われた途端に立場の弱い者のフリか」

「人は誰でも複数の顔を持っている」

——こんな話をしている場合じゃない。日沖には訊きたいことがあった。

紀平は日沖の肩に手を置き、集中治療室の外に誘い出した。廊下のソファに、患者の家族らしき者が座ってテレビを眺めている。ローカルテレビの情報番組が放送されている。

紀平は『臨床整形外科』の第五十二号を取り出した。

「倉城さんの自宅にこの雑誌があった。お前が書いた、壊死性筋膜炎に関する論文が載っていたよ」

「それがどうした？」

日沖は不思議そうに眉根を寄せた。

「惚けるな。タイトルは『壊死性筋膜炎で上肢を切断した一例』だ。倉城さんの事件と何か関係があるんじゃないのか？」

日沖は口をポカンと開けた。数秒後、紀平を馬鹿にするように笑った。

「お前、本気で言ってるのか？　俺が論文を投稿したのは、事件のずっと前なんだぜ」

「お前がいつ論文を投稿したかはどうでも良い。俺は、事件と論文との関わりを問い質してるんだ」

「関わりって何だよ。関係を疑ってるんなら、自分で調べれば良いじゃないか。調べるのがお前ら刑事の仕事だろ」

日沖は紀平と沙織を交互に眺めた。

「だからこうして訊いてるんじゃないか」

紀平が反論すると、日沖はしばし口を噤《つぐ》んだ。顎を引き、警戒した様子で紀平を見上げる。

「まさか、俺を容疑者扱いしてるのか？」

紀平は首を左右に振った。辛抱強く説明する。

「別にお前を疑ってるわけじゃない。ただ、倉城さんは腕を切断されて殺された。倉城さんの主治医であるお前が、腕の切断に関する論文を書いていたと知れば、話を聞きたくなって当然だろ」

「外来で一度診ただけなんだぜ。主治医とは名ばかりだ」

日沖は涼しい顔で異論を述べた。

「論文についてはどう弁明する？」

「落ち着いて考えてみろよ。俺が書いたのは、壊死性筋膜炎で上肢を切断した一例だ。殺人鬼に上肢を切断された一例とは違う。腕の切断という点は共通してるが、全然違う内容だ」日沖は淡々と言葉を並べた。「壊死性筋膜炎で腕や足を切断するケースは珍しくない。大きな病院で整形外科医をやってれば、誰だって経験する。そんなものを書いたからといって、いちいち容疑者扱いされたんじゃ困る」

上肢の切断というセンセーショナルな単語のせいで目が眩んだか。紀平は自身の思考を冷静に振り返った。

「だから、誰もお前が容疑者だとは言ってないだろ」

「まるで犯人だと言わんばかりじゃないか。そうやって決め付けて捜査を進めるから冤罪が生まれるんだ」日沖は憤りを前面に出した。「だいたい、お前ら刑事は――」

途中から、日沖の言葉は耳に入ってこなかった。

紀平の視線は、テレビ画面に釘付けになった。花アートの店長――宮崎茜が笑顔でインタビューに答えている。場所は店舗で、後ろには色とりどりの花が咲いている。画面の下に、「3 years」とテロップが入っている。

「三周年……」

紀平は自然と呟いていた。

頭がぐるぐると回転する。調べるべきはもっと昔だったか。

9

翌日、大晦日の水曜日、午前九時。

紀平と沙織は伊勢までクラウンを走らせ、花アートを訪れた。花アートは年中無休だ。年末年始も開いている。店内に入ると、無数の花の香りが鼻孔に飛び込んできた。深呼吸すると、脳の疲れが飛んでいくかのようだった。

店長の宮崎茜が、楽しそうにハサミで花を切っている。紀平の知らない、蛍光色のピンクの花だ。人の顔ほどの大きさがある。茜は、今日も白いセーターに水色のエプロンを着ている。客だと勘違いしたのだろう。紀平と沙織に笑顔を見せる。

「いらっしゃいませ、おはようござ――」途中、茜は言葉を止めた。笑顔を消し去る。「何でしょうか？」

茜はエプロンで手を拭った。ハサミをポケットにしまう。忙しいのに、という心の声が聞こえてきそうだ。茜は露骨に嫌そうな顔をした。

「年の瀬に悪いですね。ちょっと訊きたいことがあって来ました。手短に済ませますから勘弁してくださいよ」

紀平は苦笑しつつ、店内をぐるりと見渡した。

朝早いのに、すでに何組かの客がいる。腕を組んで歩く男女、子供を連れた若い夫婦、真剣な表情で花を選ぶ年老いた女性、スーツ姿の中年男性――。

茜は大きな溜め息を吐き、紀平と沙織をバックヤードに案内してくれた。

「この店は三年前にオープンしたんですね。テレビでインタビューを受けているのを見ましたよ」

紀平は、我ながら下手な愛想笑いを浮かべた。

「見てくださったんですね。ありがとうございます」

茜は仏頂面で返事した。

ずいぶんな嫌われようだ。だが、ありがたい。こちらも遠慮しなくて済む。紀平は本題に入った。

「この前に来たとき、俺たちは、倉城さんが三年前から花を買っていた件について訊ねたんです。この店ができたのが三年前なら、状況が変わってくるでしょう。もっと前から、倉城さんが花を買って墓参りをしていた可能性が出てきます」

茜は悔しそうに口元を歪めた。顎を突き出すようにして頭を下げる。

「気が利かなくて、申し訳ございませんでした」

紀平は肩の力を抜いた。必要以上に茜を責めても無意味だ。意固地になられて、口を重くされても困る。

紀平は沙織に目配せし、バトンタッチした。

「ここの店に通うようになった以前、倉城さんがどうされていたか知りませんか？　例えば、どこか別の店で花を購入していたとか」

沙織は優しい表情を作り上げた。

「ご本人から聞いた覚えはありません。でも、買われていたのだとすれば、たぶん花福《はなふく》さんでだと思います。三年前、私たちがここをオープンさせたのと入れ替わりで、お店を閉められたので」

茜は、申し訳なさそうに語尾を小さくした。

花福か——。用事は済んだ。紀平と沙織は、話を切り上げて店を出た。

10

花福は、花アートから車で五分の場所にあった。駅の売店ほどの広さで、駐車場は一台分だけだ。トタン屋根の塗装は剥げ、サビが目立っている。入口は透明なガラスの引き戸だ。赤字で「花福」と記されているが、消えかかっており、ほとんど読めない。

入口のすぐ横には水道があり、青いポリバケツが置かれている。縁にはヒビが入り、底には砂や枯れ葉が溜まっている。何年も前から置きっ放しになっているのだろう。

店舗の隣に民家が建っている。花福を経営していた湯田《ゆだ》夫妻の住居だ。住居のトタン屋根も老朽化している。雨漏りしていてもおかしくない。軒先の物干し竿は、今にも折れてしまいそうなくらい撓っている。老夫婦の生活の苦しさが感じられた。

反面、小さな庭には様々な花が植えられている。さすがは元花屋の庭で、紀平が名の知らぬ色鮮やかな花が咲き誇っている。

紀平は呼び鈴を鳴らした。女性の声に招き入れられ、沙織と共に玄関に入った。

二人が並んで立つのがやっとの広さだ。大きな狸の置物があるせいで、より狭く感じられた。

廊下の奥から湯田妙子《たえこ》が現れた。手縫いの割烹着を着ている。白い髪は充分には整えられておらず、冬にも拘らず靴下は履いていなかった。身形に気を遣う余裕がないのか、自宅だから気を抜いているのか——。

膝が痛いのかもしれない。妙子は玄関マットに体育座りした。

紀平は挨拶を済ませ、立ったまま話を切り出した。

「倉城憲剛という警察官を覚えてますか？」

妙子はゆっくりと頷いた。懐かしそうに目を細める。

「よう覚えとりますよ。真面目でええ刑事さんでした。来てくださる度に、困ったことはあらへんか、自分で良けりゃ相談に乗るて言うてくださりました。それやのに、どこの誰があんな惨《むご》い仕打ちを——」

妙子は無念そうに項垂れた。

妙子が顔を上げるのを待ち、紀平は訊ねる。

「倉城さんは、ずっと花福さんで花を買ってたんですよね？」

「三年前にうちが廃業するまではずっと、毎年、買《こ》うてくださっとりました」妙子は嬉しそうに笑った。「年にいっぺん、年末の時期だけでしたけどね。墓参り用の立派な花をくれて言うて、予約してくださっとりましたわ」

妙子は、倉城とある程度深い関係を築いていた様子だ。花アートの茜は淡々としていた。表現は悪いが、金を落としてくれる一人の客としか捉えていなかったのだろう。

紀平は、期待を込めて妙子の顔を覗き込む。

「倉城さんが最初に花を買ったのが、何年前かわかりますか？」

「ちょっと待ってください。帳面を確認してきます」

妙子は時間を掛けて立ち上がった。腰に手を当てて廊下を歩いていく。

数分後、妙子が戻ってきた。古びたノートを持っている。水色だったであろう表紙が、茶色く変わっている。その上、ところどころ破れている。

妙子は玄関マットに腰を下ろした。ノートを開き、指でページを撫でながら確認する。

「十七年前の十二月三十日ですね。それ以降、毎年、年末に予約してくださっとりました。いつも五千円で作らせてもらっとりました」

五千円か。花アートで聞いた値段と同じだ。

倉城は、十七年前から四年前まで花福で、その後は花アートで花を購入していた。

「調べるべきは十七年前か」声に出してすぐ、紀平は考えを改める。「いや、人が死んだ直後に墓参りするとは思えない。とすれば、十八年前、あるいはそれ以前か」

事件と関係があるのか。それとも、あくまで墓参りは倉城の個人的なものだったのか。

「失礼ですが」沙織が遠慮がちに声を出す。「湯田さんがお店を閉められた理由は、花アートができたからですか？」

「全然違いますよ。うちが儲かっとらへんかったんは、ずっと前からですから。私たちはずっと貧乏です。それこそ何十年もね」

妙子は明るい笑みを見せた。

「でも、これだけ近い距離です。全く影響がなかったわけではないですよね？」

沙織の想像はよくわかる。花アートが止めを刺したのでは――。紀平も同じ考えだ。

しかし、予想は外れた。妙子は表情を曇らせ、声を小さくした。

「私たちが店を閉めたんは、儲けがなくなったんとは別の理由です。……三年前に、夫が脳梗塞で倒れたんです。貧しいながら、二人で頑張ってきたんですけどね。私は夫の世話をせなあかんようになったんで、一人で店と夫の両方の面倒を見るんは無理ですから。それで店を諦めたんです」

妙子は、暗い雰囲気で廊下の奥を見た。夫が寝ているのかもしれない。

貧しい上に老々介護か。これから、どうやって生きていくのか。訪問看護などのサービスは受けられているのか。子供や孫など頼れる人はいるのか――。

沈黙が訪れ、気まずい空気が流れた。紀平は咳払いし、訊ねる。

「倉城さんが、どなたのお墓参りをしていたかはご存じですか？」

「いいえ、知りません」

妙子は即答した。紀平は拍子抜けした。妙子なら何か知っているのでは、と期待した分、落胆も大きかった。だが、妙子は続ける。

「倉城さんは、償いが必要なんやと言われとりました。そやから、毎年、墓参りするんやて言われとりました」

「どういう意味ですか？　償いって、誰に対する何の償いですか？」

紀平は早口で捲し立てた。やはり、墓参りの背景には何かの事件が潜んでいるのでは。とすれば、倉城が殺害された事件とも繋がりがあるかもしれない。

「二人の少年に対する償いやと言われとりました」

「二人の少年？」紀平は首を捻った。「倉城さんが買っていた花は、二人分だったんですか？」

「いいえ、一人分です」

「十八年前、あるいはそれ以前に二人の少年が事件に巻き込まれ、一人が亡くなった。こういうことですか？」

紀平は興奮を抑えられなかった。

対する妙子は、ゆったりとした口調で答える。

「どうでしょう。私もそこまで詳しくは知りません。あんまり深く訊くんも悪いですし、訊いても倉城さんは教えてくれへんかったと思います。他人には明かせへん、そやけど本心では全部打ち明けてしまいたい。そんな複雑な心境やったように思いました」

何があったのか。少年事件だろうか。

当時の紀平は、まだ子供だ。記憶には残っていない。だが、調べれば記録は見付かるはずだ。

「二人の少年に対する償い、亡くなったのは一人……」

沙織が驚愕の色を浮かべ、紀平の顔を見る。

数秒の後、紀平も真相に至った。衝撃のあまり身体が震えた。

「少年の一人は死んでいたのか」

11

――一旦、別行動だ。お前は過去の事件を調べろ。困ったら鵜飼に連絡すると良い。意外とあいつは使える。俺は証拠品の回収に行く。

紀平は沙織に告げ、自身は桑名市内のレストランに移動した。入口にはシーサーのような置物が置かれ、天井からは布が垂れ下がっている。店内には小さな噴水があり、薄暗い中、ライトアップされている。安っぽさが売りだ。

店員に案内され、奥の個室に入る。

豊川香菜が待っていた。ブルーレーベルのチェックのブラウスを着ている。横の椅子には、真っ白なコートが掛かっている。

「ずいぶんと偉そうだよね。タクシー代を払うから来てくれ、だなんて」

香菜は拗ねた様子で唇を尖らせた。どことなくわざとらしい。

紀平はジャケットを脱いで香菜の正面に座る。

「仕方ないだろ。こっちは今日も仕事なんだ」

「刑事さんは大変だねえ」

香菜は屈託のない笑みを見せた。

「そんなことより、持ってきてくれたか?」

「これでしょ」

香菜は紀平にICレコーダーを差し出した。同窓会の日、桑名駅前のホテルに紀平が忘れてきたレコーダーだ。紀平は礼を言って受け取った。

「念のため訊くが、再生してないだろうな」

「まさか、あの事件の犯人があの人だったなんて……」香菜は大袈裟に眉を持ち上げた。「嘘。刑事さんのICレコーダーなんて、怖くて再生する気にならない。人が殺される瞬間の、断末魔の叫び声が録音されてたりしたら、寝られなくなるもん」

「そんなものが録音されてたら、俺が犯人ってことになるだろ」

紀平が指摘すると、香菜は声を上げて笑った。

「だけど、この店、懐かしいな。高校時代、何回か来たよね。どうしてこの店を選んだの?」

「いや、最初はもっと落ち着いた場所にしようかと思ったんだけどさ。今日は大晦日だからな。ここしか空いてなかったんだよ」

事実、紀平は全部で五軒も電話した。

「私はここの店を選んでくれて嬉しいよ」香菜は首を横に振った。メニュー表に視線を落とす。

「何にしようかな。高校生のとき、何を食べてたっけ？」

「俺はいつも決まってた。たっぷりチーズと黒コショウのバター風味パスタだ。今日もそのセットにする」

「あれか。早く食べないと、チーズが固まってブロックみたいになるヤツでしょ？」

香菜は無邪気に口角を持ち上げた。

「そうそう」紀平も自然と胸が温かくなった。「香菜も早く選べよ。こういうのは直感が大事なんだ。じっくり選んだって良い選択はできない」

「紀平くんの場合、直感も何もないでしょ。同じものをずっと食べ続ける習性があるだけだから。私はその日の気分に応じて選びたいの」

香菜は楽しそうにメニュー表のページを捲った。ひとしきり迷った後、ベルを押す。現れた店員に二人は注文を告げた。

混んでいるにも拘らず、前菜とスープがすぐに運ばれてきた。蜂蜜が掛かったモッツァレラチーズ、トマトとオリーブが載ったバゲット、エビが閉じ込められたコンソメ味のゼリー、爪楊枝で串刺しにされたサーモンとアボカド、コーンポタージュ。

続けて、二皿のパスタが運ばれてきた。たっぷりチーズと黒コショウのバター風味パスタと、イカと博多明太子の和風クリームパスタだ。

「懐かしいな。昔と一緒じゃん」

香菜は声を躍らせた。

二人は、昔話に花を咲かせながらパスタを口に運んだ。

「高三のときだったよな。英語の教科書を忘れた俺に、香菜が見せてくれた」

「わざとかと思った」

香菜は唇をキュッと閉じた。

「どういう意味だ？」

「だって紀平くん、普段は教科書を忘れたりするタイプじゃなかったでしょう？　だから、私に話し掛ける口実を探したのかと思った」

香菜は挑発的な視線を送ってきた。

紀平の身体が少し熱くなった。

「そんなわけないだろ。本当に教科書を忘れたんだ」

「ごめんごめん。そうだよね。私の考えすぎだった」

紀平の動揺がおかしいのか、香菜は白い歯を見せた。

紀平はコップの水を飲み、身体の火照りを追い遣る。

紀平と香菜は思い出を語り合った。

英語の教科書を切っ掛けに言葉を交わすようになったこと。手を繋いで下校している姿を同級生に揶揄われたこと。二人で名古屋まで出向き、カフェに入ったこと。図書館の自習スペースで勉強を教え合ったこと。様々な思い出話をした。

香菜は身振り手振りを交え、嬉しそうにした。

紀平は、チーズの絡み付いたパスタを食べ終えた。

フルーツの添えられたアイスクリームと、ホットコーヒーが運ばれてきた。紀平はコーヒーを一口飲む。苦味が口に広がり、胃がピリリと痛んだ。

今である必要はないのかもしれない。このまま食事を終え、楽しい記憶を持ち帰る選択もあるだろう。だが、それは卑怯だ。紀平はコーヒーカップをテーブルに置いた。

空気の変化を感じ取ったのか、香菜が背筋を伸ばした。

「高校のとき、悪かったな。俺は、香菜と別れるときに取った自分の態度を、心の底から恥じている。きちんと謝らずに十年も経ってしまって、本当に後悔してる」

紀平は深く頭を下げた。受験勉強で余裕がなくなった紀平は、香菜に暴言を吐いて一方的に別れを告げた。

香菜は首を左右に振った。

「そんな昔のこと、もうどうでも良いよ。全然、気にしてない。高校生のとき、私と紀平くんが一番に大切にしたものが違ったっていう、ただそれだけのことだから。人それぞれ、そのときそのとき、優先すべきものは違って当然だよ」香菜は紀平を見詰め、柔らかい表情を浮かべた。

「それに、私も謝らないとダメなんだ」

「何の話だ?」

「いや、紀平くんよりも、日沖くんに謝ったほうが良いのかな。変な噂を流されて迷惑だったと思う」

紀平は悟った。

紀平と別れた後、香菜と日沖が交際しているという噂が流れた。噂を流したのは、香菜だったのだ。紀平の気を引こうと、紀平をライバル視していた日沖と交際しているフリをしたのだろう。

紀平は胸の奥が温かくなる感覚を得た。衝動に任せ口を開く。

「俺たち——」

もう一度きちんとやり直さないか。そう続けようとして、言葉を飲み込んだ。その前にすべきことがある。

12

十九時。沙織と合流した紀平は、桑名総合病院の救急外来を訪れた。

待合室では、患者が十人近く診察を待っている。熱でもあるのか、長椅子に寝転がって身体を休めている者もいる。

紀平と沙織は、救急救命室《ER》に足を踏み入れた。

八十代と思しき男性患者が視界に飛び込んできた。仰向けでストレッチャーに寝かされ、心電図モニターやパルスオキシメーター、血圧計が取り付けられている。鼻には酸素ボンベから伸びた透明な管が入れられている。意識がないのか、瞼を閉じたままぐったりとしている。

「経鼻酸素、四リットルに上げます！」

二十代くらいの女性看護師が声を張り上げた。真剣な目付きで酸素ボンベのダイヤルを回す。

「終わったら、もう一度血圧を測ってくれ。念のため両腕で頼む」

救急科の医師、坂下勇毅が看護師に指示を出した。半袖の白衣を着て、厳しい顔付きをしている。隣には、硬い表情をした研修医の糸居大輔が立っている。

「脳神経外科《脳外》の先生にコールしてくれ。たぶん、くも膜下出血だ。ルート採血が終わったら降圧薬を準備してCT室に向かうぞ」

　坂下が糸居に告げた。

「コール済みです。採血とCTのオーダーも出しておきました」

　緊張の中、糸居が微かな自信を覗かせた。

「やるな。救急もだいぶ慣れてきたみたいだな」

「まだまだですよ」糸居は照れ臭そうに笑った。「降圧薬はニカルジピンで良いですか？」

「完璧だ。その調子で他の患者も捌いてくれ」

　坂下が満足そうに頷いた。

　看護師が患者の左腕に駆血帯を巻き、中腔の針を血管に刺した。糸居が針の後ろにシリンジを押し当ててピストンを引く。シリンジの中が暗い赤色の液体で満たされた。

　糸居はシリンジを針から外し、看護師に渡した。代わりに、輸液バッグから伸びるチューブを受け取って針に繋げる。

「CT室から電話ありました。ストレッチャーを移動させます！」

　看護師が大声で叫んだ。

「よし、俺が行く。糸居先生はここに残って、他の患者さんを診ててくれ」

　坂下は糸居の肩をポンと叩いた。糸居が返事すると、坂下は看護師と共にストレッチャーを押して救急救命室《ER》を出て行った。

紀平は、慌ただしい救急救命室《ER》の雰囲気に気圧された。沙織も同じ様子だ。険しい面持ちで立ち尽くしている。

紀平が声を掛けるタイミングを計っていると、糸居が振り向いた。驚きを浮かべた後、目付きを尖らせた。

「ちょっと、何されてるんですか。勝手に入ってこないでくださいよ」

「悪いな、立ち聞きする気はなかったんだ」

紀平は手をひらひらと振った。

「気持ちの問題じゃないでしょう」糸居は呆れと困惑を滲ませる。「どうしてここにいるんですか？」

「用事があるから来たに決まってるだろ。日沖に会いに来たんだ。呼んでくれ」

「困りますよ、そんな理由で病院にやって来られたら。ご自分で、個人的に連絡をして会ってくださいよ」

「仕方ないだろ。何度、電話しても出ないんだから」

「電話が繋がらないからって、救急外来に来られても困ります。年末年始は大勢の患者さんがやって来られて、僕たちも忙しいですし。第一、日沖先生が病院にいるとは限らないでしょう」

糸居は焦れた様子で待合室を眺めた。

紀平も、病人を待たせて押し問答を続けるつもりはない。小さく顎を引いた。

「俺たちだって常識は弁えてる。お偉い糸居先生の手を無駄に煩わせようとは思っちゃいない。用事があるのは日沖だ。さっさと呼んでくれ」

「だから」糸居は不快そうに頬を歪めた。「日沖先生の手が空いているかどうか、わからないでしょう。たくさん入院患者がいるんですから」

思わず紀平はほくそ笑んだ。

「つまり、日沖は院内にいるんだな?」

糸居は頬に朱色を走らせた。医者とは言え、大学を出てちょっとしか経っていない子供だ。研修医としては優秀でも、人間としてはまだまだ未熟だ。ちょっと揺さぶればすぐにボロが出る。

「日沖を呼んでくれ」

「勘弁してくださいよ……。僕たち、本当に忙しいんです」

糸居が困り顔で俯いた。

沙織が一歩、前に出た。優しい声を掛ける。

「わかってます。病院に押し掛けて、こんなお願いをするのは非常識だとわかってます。でも、こうせざるを得ない事情があるんです。お願いします」

沙織は真摯な態度で頭を下げた。

糸居はなおも逡巡を見せた。目尻を下げ、苦し気に歯を食い縛った。だが、数秒後、短く息を吐いてＰＨＳを握った。

「……怒られたら責任を取ってくださいよ」

「もちろんだ」紀平は内心でガッツポーズをした。「俺に脅されて、強引に電話を架けさせられたと言い訳してくれて構わない。脅されたついでに、もう一つ頼みを聞いてくれないか？」

13

紀平は院内のコンビニで缶コーヒーを買った。香りのしない、色が黒いだけの液体だ。

大晦日だろうが正月だろうが、入院患者はいる。立ち寄る人がほとんどいなくとも、コンビニは開いている。

「来ました、日沖光士です」

沙織が緊張を走らせた。

紀平は缶コーヒーを飲み干し、ゴミ箱に捨てた。沙織の視線を追う。通路の奥から日沖が歩いてきた。長袖の白衣を羽織り、眠たそうに頭を掻いている。

「実家にも帰らず病院で過ごし、しつこく刑事に付きまとわれる。最悪の大晦日だな」

日沖は嫌そうに顔を顰めた。余裕があるふうを装っているが、警戒心を潜めている。紀平の眼光の鋭さを感じ取ったか。

紀平は日沖を真っ直ぐに見た。心が痛かった。瞬きをせずに告げる。

「残念だよ、日沖」

日沖は表情を消し去った。右手を白衣のポケットに入れ、何かを握った。

紀平は宣告する。

「事件の鍵は十八年前の大雪だったんだ。倉城さんを殺害し、竹内さんを襲った犯人は日沖、お前だ」

第三章

彼らは密室で絶望した

I

十八年前、伊勢市。十二月二十四日、月曜日。

昼前から降り始めた粉雪のせいで、世界は銀色に染まっていた。道路や屋根に積もった雪は、厚さ十センチを超えている。空を見上げても太陽は見えず、次から次へと雪の結晶が落ちてくるだけだ。

寒い風が吹いた。日沖光士は身を縮こまらせた。目の前には、田んぼに水を引くためのため池がある。学校のプールほどの大きさだ。薄い氷が張っており、その上にも白い雪が積もっている。

「よし、そろそろ帰るか。腹も減ってきたし」

兄の淳士《じゅんじ》が元気よく述べた。

光士は時計を持っていない。兄の腕時計を覗き込んだ。十六時五十分だ。光士は小学四年生で、兄は二つ上の六年生だ。

「待てよ。ここで終わるのは卑怯だ。勝ち逃げは許さないぜ」

兄の友達——別所琢磨《べっしょたくま》が野太い声で告げた。琢磨は太っていて身長も高く、地区の相撲大会で優勝した実力者だ。年中、半ズボンを穿いている。

光士、兄、琢磨。いつも通りの顔ぶれだ。今日も、昼過ぎに学校が終わった後、三人で遊んでいた。普段ならもう何人か集まるが、今日は大雪だ。危ないからやめておきなさい、と親に言われた子供は皆、家でゲームでもしているだろう。

光士と兄、琢磨の親は共働きだ。台風でも来ない限り、口煩く言われはしない。

「これで記録更新だ！」

琢磨が雪を丸め、池に向かって放り投げた。雪玉は遠くまで飛び、氷を割って水中に落ちた。

光士も黙って雪玉を投げた。琢磨の雪玉が落ちたところより、少し手前に落ちた。先ほど兄が投げた雪玉は、もっと遠くまで飛んだ。

「クソっ。握り方が悪いのか？」

琢磨は手袋を外し、素手で雪玉を握った。助走を付けて再度、放り投げた。だが、兄の記録には及ばなかった。

兄は満足そうな笑みを浮かべた。腰に手を当て、勝ち誇った様子で告げる。

「明日から冬休みだ。リベンジしたけりゃいつでもどうぞ。年内に果たせるよう期待してるよ」

「それは無理だな。俺、明日から旅行に行くんだ」琢磨は残念そうにした。他方、どこか自慢げでもある。「三十日には帰って来るけど、さすがに、大晦日に雪遊びはしんどいからな。家でお菓子でも食べて、テレビの特番を見るよ」

「家族旅行か。どこに行くんだ？」

兄が訊ねた。子供ながらに光士は感心した。兄は大人だ。

琢磨は、待ってましたとばかりに満面の笑みで答える。

「沖縄だよ。親父は最初、北海道だって言ってたんだけど、お袋が反対したんだ。寒いところは行きたくないってな。それで、沖縄になったんだ」

「沖縄かあ。一回くらいは行ってみたいな。なあ」

兄は光士の肩をポンと叩いた。光士は黙ったまま頷いた。何か言うべきだと思ったが、思うように口が動かなかった。

兄は勉強も運動も得意で、社交的だ。友達の数も多く、毎年、年賀状がたくさん届く。対する光士は友達が少ない。勉強は好きだが運動は苦手だ。サッカーやドッヂボールの際に、兄のように大きな声を上げて喜んだり、他人に指示を飛ばしたりはできない。

引っ込み思案な光士を見兼ねたのだろう。兄は自分の友達と遊ぶとき、光士を誘ってくれる。だが、光士は、何度も一緒に遊んでいる琢磨とすら、ほとんど口を利いたことがない。

「沖縄でキャンプして肩を鍛えてくるよ。開幕する頃にはエースに昇格してるはずだ」

琢磨がピッチャーの真似をした。

「開幕？」

兄が不思議そうにした。

「新学期のことだよ。これくらいの比喩、わかってくれよ。俺がスベったみたいで恥ずかしいだろ」

琢磨は人差し指で鼻の下を擦った。

「新学期にまた雪が降ると良いけどな。伊勢でこんなにも雪が降ることなんて、滅多にないし」

兄は琢磨に片手を上げる。「じゃあな」

「またなあ。ちゃんと親にクリスマスプレゼントをねだるんだぞお」

琢磨は手を振った。光士と兄は、琢磨に背を向けて歩き始めた。

2

帰宅した光士と兄は、リビングのソファに座った。いつも通り、録画した映画をテレビで観る。ハリウッドのアクション映画で、主人公は坊主頭の白人男性だ。名前は知らないが、色んな映画に出ている。有名なのだろう。

「母さん、まだかな。俺、お腹空いたよ」

光士は、テレビの横に置かれている時計を見た。十七時半を過ぎている。

母は四日市《よっかいち》市の百貨店で働いている。お惣菜を販売する担当だ。以前は同じ百貨店で正社員として働いていた。光士を生んだタイミングで一旦退職し、後に非正規社員として同じ職場に戻った。

好きな時間に帰れる非正規のほうが楽で良い、と母は言っていた。普段なら、母は十七時過ぎに帰ってくる。急いで料理を作ってくれて、十八時頃には兄と光士、母の三人で夕食を始める。

父の帰りは遅く、一緒に夕食を食べられるチャンスはほとんどない。ひどいときだと、光士が寝た後に帰ってくる。今日の帰りも遅くなると聞いた。昨日から大阪に出張に行っている。

父は樹脂を作る会社に勤務している。特殊な樹脂で、作れる会社は世界で数社だけだ。その会社で父は研究職をしている。光士は父が誇らしかった。

「母さん、まだかな」

光士が言うと、兄は鬱陶しそうにした。

「仕事なんだから仕方ないだろ。遅いときもあるさ」

「でも、遅くなるときはいつも電話してくれてるじゃん。何かあったのかも」

光士は映画を一時停止し、窓に近付いた。カーテンを開けると、真っ白な光景が広がっていた。初めて見る景色だ。電線の上にまで雪が積もっている。琢磨と三人で遊んでいたときよりも、雪の勢いが激しくなっている。

光士の不安が強くなった。母は電車通勤だ。雪で電車が止まったのかもしれない。

「すげぇ雪だな。こんな雪、初めて見た。伊勢でもこんな大雪が降るんだな。温暖化してるんじゃないのかよ」

兄は明るい表情で窓ガラスに近付いた。

「電車が止まって帰って来れないのかもしれないよ」

「温暖化は嘘かもしれないな。俺が生まれてからずっと、夏は暑いし冬は寒い」

兄は独り言のように述べた。だが、微かに表情に陰りを滲ませている。

光士は、兄がわざと明るく振舞っているのだと気付いた。

家の裏で、どさり、と大きな音がした。屋根から雪の塊が落ちたのだろう。それでも、光士は巨大な怪物の足音を想像した。突風が吹いた。静かに降っていた雪が横に流れ、窓に叩き付けられた。

「スキーに行ったとき以来だね、こんな大雪を見るのは」

光士は、家族で長野県のスキー場を訪れた日を思い出した。

リフトに乗っている途中、吹雪に襲われた。リフトは緊急で停止し、光士は何十分も空中に取り残された。高さは十メートル以上あり、落ちれば怪我じゃ済まなかった。

光士は、ガタガタと揺れるリフトがそもそも苦手だった。安全バーも雑な作りだ。大きく揺れたら、人間など簡単に隙間から落ちてしまう。

「今の内に伊勢の安い山を買っておくか。将来、スキー場を経営するんだ。一生、遊んで暮らせるぞ」

兄はニヤリと笑った。

「俺たち、今も遊んで暮らしてるけどね。たまに勉強もしてるけど」

「今遊んでるからって、将来は仕事しなきゃダメだって決まりはない。楽して生きていけるに越したことはないだろ。今の内に、親にねだって山を買ってもらおうぜ。クリスマスプレゼントだ」

兄は真顔で言葉を並べ立てた。どこまで本気なのか光士にはわからなかった。

光士と兄は、黙って窓の外を眺めた。強い風が吹き、降り積もった雪を巻き上げる。

――こんな中、電車は走れない。雪風の強さと共に、光士の不安も増した。

電話が鳴った。

「母さんかもしれない」

光士は電話のある台所に走った。兄もついてくる。受話器を取ると、母の声が聞こえた。

「光士？　私、お母さんだけど」

母の声を聞き、光士は安心した。隣に立つ兄も肩の力を抜いた。

「すごい雪が降ってて――」

光士が話そうとすると、母が遮った。深刻な声音だ。

「淳士もいるよね？　ちょっと代わってくれる？」

「……わかった」

光士は微かな悔しさと悲しさを感じた。渋々、兄に受話器を渡す。同時に、大事な話があると悟った。

「代わったよ。淳士だ」

兄は軽い口調で述べた。

「淳士、大丈夫？　変わったことはない？」

母の声が受話器から漏れ聞こえてきた。緊張を帯びている。

兄は呆れた様子で息を吐く。

「大丈夫だよ。変わったことって何だよ？　普通だよ」

「そう、なら良いんだけど……」母は数秒の間を空けた。「実は、まだ四日市駅にいるの。雪で電車が止まってて帰れないの。タクシーに乗ろうかと思ったんだけど、すごい行列になってて」

「電車の再開は何時なの？」兄もやや冷静さを失い、表情を強張らせた。「何時に帰ってくるの？」

「わからない。この調子だと電車はしばらく止まったままだと思う。タクシーにもなかなか乗れないから、遅くなるかもしれない。でも、できるだけ早く帰るようにするから待ってて。お腹が空いたら冷蔵庫のものは何でも食べて良い。お菓子も今日は特別に、好きなだけ食べて良いから」

「わかった。また時間がわかったら連絡して」

兄は耳から受話器を離した。

光士は慌てて手を伸ばす。もう一度、母と話したかった。だが、兄は首を横に振った。すでに母は電話を切っていた。兄は受話器を置いた。

「なんだよ。あれくらいの話、俺でも良かったじゃん」光士は不満を口にした。「なんで兄ちゃんに代わらないとダメだったんだよ」

「急だったから母さんも困ってたんだろ。いちいち気にするなよ」

「いつも母さんはそうなんだ。兄ちゃんを特別に扱ってる」

兄はしかめっ面をした。

「何言ってるんだよ、二人しかいない兄弟なんだから、どっちも特別だろ。バカだな、お前。そういう性格、直したほうが良いぜ」

兄は食器棚を開け、ポテトチップスの大きな袋を出した。マグカップにココアの粉末を入れ、牛乳を注いで溶かす。光士はモヤモヤとした気分のまま、兄を真似てココア牛乳を作った。

二人はリビングに戻り、ソファに座った。間にポテトチップスの袋を置き、ココア牛乳を飲みながら映画の続きを観た。

主人公の男がバイクに飛び乗った。物凄い勢いで走りながら後ろを振り向く。黒塗りの車で追い掛けてくる敵に向かって銃を放つ――。

普段なら固唾をのんで見守るシーンだが、今は集中できなかった。ポテトチップスとココア牛乳を交互に口に運ぶが、ほとんど味を感じなかった。

再び電話が鳴った。光士は台所に走った。大急ぎで受話器を取る。

「光士か、父さんだ」父はゆっくりと話す。「母さんと話したよ。電車が止まってて帰れないみたいだな」

「父さんは？　父さんは帰って来れるの？」

光士が訊ねると、父は迷いを滲ませた。

「いや、どうかな……。まだ大阪にいるんだ。今日中に帰れるかどうかわからない」

「じゃあ、今日は俺と兄ちゃんの二人だけってこと？　クリスマスイブなのに」

「そうだなあ……」父は残念そうに言葉を区切った。「埋め合わせはどこかでするよ。年末に家族で焼肉にでも行こう。出張手当ももらったし、国産の黒毛和牛を食べさせてやる。だから、今日のところは家でお菓子を食べてててくれないか？」

「今日中には本当に帰って来れないの？」

つい、父を責める口調になった。兄が横から光士の肩を叩いた。「やめろよ」と口を動かしている。

「いや、雪がやめば父さんも母さんもすぐに帰る。兄ちゃんも一緒だし、できるだろ。ちょっとの辛抱だ」父は光士を励ますように告げた。光士が黙っていると、父が続けた。「もう一回、母さんと電話で相談してみるよ」

「わかった」

光士が返事すると、父は電話を切った。

「おい」兄が目付きを尖らせた。「父さんや母さんを責めたって仕方ないだろ。悪いのは雪なんだ」

「わかってるけど、兄ちゃんは平気なの？」

「お前はホントに気の小さいヤツだな」兄は呆れ顔を見せた。「一日くらい、親がいなくたって平気だろうが。お前、今、四年生だろ。来年は夏にキャンプに行くんだぜ。キャンプには母さんも父さんも俺も行かない」

光士が通う小学校では、五年生の夏休みに一泊二日のキャンプに行く。六年生になれば二泊三日の修学旅行にも行く。

光士は友達が少ない。楽しみよりも不安のほうが強かった。仲の良い友達と別のグループになったら、と想像すると怖かった。テントの片隅でポツンと座っている状況を思い描き、ゾッとした。いっそのこと、お腹が痛いと言って休もうか――。

「今はキャンプの練習だと思っとけば良い。住み慣れた家だし、俺もいる。一晩くらい親がいなくても大丈夫だろ？」

兄は優しそうに笑った。光士は頷いた。冷静に考えれば兄の言う通りだ。

親がいなくても大きくは変わらない。お菓子を食べて風呂に入って寝るだけだ。自分よりもっと小さな子供でもできそうだ。実際、三年前――光士が一年生で兄が三年生だったとき、両親ともいない夜があった。光士と兄は、近所に住む父方の祖母の家に泊まりに行った。

あのときは平気だった。夜、寝る前に母に電話して話す約束をしていたが、それすらも忘れて寝てしまった。そこまで考えたとき、ふと思い付いた。

「ばあちゃんの家に行かない？」

一瞬、兄は驚きを見せた。良い案だ、と言ってくれる気がした。しかし、兄は眉間に皺を寄せた。

「この大雪の中か？」

「雪が降ってても歩けるでしょ？　電車は止まってても歩くことはできる」

祖母の家は歩いて十五分の距離だ。

兄は黙ったまま窓に近付いた。カーテンを開け、外を眺める。

光士は隣に立った。先ほどよりも雪が弱くなっている。風も吹いていない。日は暮れているが、雪明りのおかげで暗くもない。

「行けるかもしれないな」兄は頷いた。強い口調で続ける。「ただし、少しでも危険だと判断したらすぐに引き返す。問題ないとは思うけど、何が起きるかわからないからな。伊勢でこんなにも大雪が降るのは、史上初だろうし」

「知ってる道だから大丈夫だよ」

光士は興奮を隠せなかった。久しぶりに祖母に会える。一、二ヵ月前に、一緒にお寿司を食べに行った日以来だろうか。

電話が鳴った。兄が受話器を持ち上げた。

「淳士？　今、お父さんと話したところなんだけど——」母は焦った様子で一方的に話した。「お父さんも私も帰れないけど大丈夫だよね？　冷凍庫にチャーハンがあるから、それを温めて食べて。それか、ピザの宅配を頼んでも良い。時間は掛かるだろうけど、届けてくれると思う」

「俺たち、今からばあちゃんの家に行こうと思ってるんだ」

兄は静かに告げた。電話越しに、母が絶句した様子が伝わってきた。

「今、外を見たら、雪はだいぶやんでたし、暗くもなかった。歩いて行けるよ。家で冷凍チャーハンを食べるより、ばあちゃんに晩御飯を食べさせてもらうほうが良い気がする」

「でも、いくらやんでるとは言っても、雪がたくさん積もってるでしょ。危なくない？」

母が心配そうに訊いた。

「積もってるけど、歩けないほどじゃないよ。第一、俺たち、昼間は雪で遊んでたんだぜ。雪が理由で外に出られないってのは矛盾してる」

「だけど……」母は優柔不断な態度を見せた。「お父さんともう一度、相談しても良い？　また後で架け直すから――」

「そうやってる間に時間が過ぎてくんだよ」兄は苛立ちを露わにした。「遅くなればお腹も空くし、危険も増えていく。俺たち、大丈夫だから。信じてよ」

――兄ちゃん、頑張れ。母さんを説得してくれ。光士は手を固く握り、兄を応援した。

母はなおも逡巡していたが、兄が押し切った。

「俺、あと数ヶ月で中学生になるんだよ。雪が降ったくらいで中学生が外出禁止なんて話、聞いたことないって」

3

祖母には光士が電話した。

祖母は祖母で、一人暮らしで寂しい思いをしているのかもしれない。ご飯を準備して待っている、と歓迎してくれた。

光士と兄は、コートを着て家の外に出た。兄が玄関の鍵を掛けた途端、強い風が吹いた。窓から眺めていたときよりも、雪も風も激しい気がする。光士は、コートのチャックを一番上まで上げた。傘を差す。突風で飛ばされそうになった。

「危ないな。傘は置いて行ったほうが良い。雪は払えば良いし」

兄は光士の傘を奪い、畳んで玄関ポーチの傘立てに入れた。

「凄いね、映画みたいだ。何だったっけ？　氷河期が来る映画」

光士は空を見上げた。大粒の雪が次から次へと落ちてくる。

「『デイ・アフター・トゥモロー』だろ」兄はポケットに手を突っ込んだ。「巨大な雹が降ってこないように祈らないとな」

光士と兄は並んで歩き始めた。スニーカーを履いた足を前に出す度に、ギュッと雪が潰れる音がした。少し前を行く兄の肩が、あっという間に白くなっていく。

車が擦れ違うのがやっとの狭い道だ。両脇には畑と田んぼが広がっている。

「ばあちゃん、何を作ってくれてるかな？」

光士は兄の背中に問い掛けた。

「すき焼きだろ」兄は前を向いたまま答えた。「ばあちゃんの家に行ったときは、いつもすき焼きだ」

「肉、準備してあるかな？」

「ないかもな。突然、晩ご飯を食わせてくれって言って行くんだから、何だって良いだろ。ちょっとは遠慮しろよ。臭い漬物が載ったご飯かもしれないぜ」

兄は光士を振り返り、ニヤリと笑った。光士は漬物が嫌いだ。

「もしそうだったら、漬物をのけて白飯《しろめし》を食べるよ」

光士は兄の前に出た。

タイヤでも置かれているのだろう。道路脇に円柱状の盛り上がりがある。足先で雪を払いのけると、案の定、軽トラック用の古いタイヤが現れた。光士はタイヤに乗って前にジャンプした。

続いて兄もタイヤから飛び降りた。直後、兄が短い叫び声を上げ、前のめりに倒れた。降り積もった雪のせいで、道路との境界がわからなくなっていた。兄は側溝に嵌って転んだ。不運は重なる。転んだ先に金属製の蓋が敷かれていた。兄がぶつかった箇所だけ雪が取れて、錆びた赤茶色の蓋が見えている。

光士は兄に駆け寄った。兄のコートは右前腕、肘と手首のちょうど真ん中でスパッと切れていた。グレーのトレーナーが覗いている。しかも、微かにではあるが赤く染まっている。

「大丈夫?」

「これくらい平気だ。ちょっと切っただけだ。買ったばかりのコートだから、母さんに怒られるかもしれないけどな。うまい言い訳を考えといてくれ」

強がりだ。兄は笑顔を作ったまま唇を震わせた。だが、光士は嘘に気付かないフリをした。

「ばあちゃんに縫ってもらえば良いよ。ばあちゃんは裁縫が得意だ」

「良い案だな」兄は親指を立てた。「それか、早めにお年玉をもらって、明日の朝一で同じコートを買いに行くか」

「同じコート、まだ売ってるかな?」

「置いてなかったら取り寄せてもらうさ。事情を説明したら、店員さんが何とかしてくれるだろ」

兄は他人事のように述べた。身体の雪を払い、再び歩き始める。

光士は兄を追い掛ける。

「でも、それだとコートが届くまでに時間が掛かるよね?」

「母さんには隠し通せないだろうな」兄は納得した様子で頷いた。「やっぱ、ばあちゃんに縫ってもらうか」

世界が青白い。見知らぬ雪国に迷い込んだかのようだ。擦れ違う人はおらず、道路に轍《わだち》はない。

突然、雪が勢いを増した。激しい風に煽られ、光士はふらついた。咄嗟に右手を伸ばす。兄が左手で掴んでくれた。

兄が何か叫んだが、聞き取れなかった。吹雪だ。数メートル先も見えない。払っても払っても身体に雪が降り積もっていく。首元から雪が入り込み、冷たかった。

兄も辛そうだ。風上に身体を傾けて踏ん張っている。

一際強い風が吹き、顔に雪がぶつかった。殴られたかのように痛い。耳がちぎれそうだ。光士は顔を手で覆い、目を瞑った。

光士は自分を呪った。祖母の家に行こうなどと言わなければ――。暖房の効いた家で、映画の続きを観ていれば良かった。物置にはカップ麺もあったし、冷凍庫にはチャーハンもあった。ポテトチップスも、まだ何袋か残っていた。無理して祖母の家に行かなくとも、食べ物には困らなかった。

風が弱まったタイミングで光士は目を開けた。向かって右手に竹林が見えている。手前は緩やかな上り斜面になっており、古びた小屋が建っている。今は使われていない農作業用の小屋だ。壁はレンガでできている。所有者が誰かは知らない。

「兄ちゃん、一旦、避難しよう」光士は小屋を指差した。「こんな吹雪じゃ、ばあちゃん家《ち》まで辿り着けないよ」

「クリスマスイブにお化け屋敷か。悪くないな」

兄は不敵な笑みを浮かべた。

4

木製の引き戸を閉めると、風の音が少し弱くなった。

窓には鉄格子が嵌っている。最初からそうだったのか、割れたのかはわからないが、ガラスはない。冷たい外気が中にも入ってくる。反面、差し込む雪明りはありがたい。小屋の中は完全な暗闇ではなかった。

光士は窓から外を眺めた。斜面の下に、光士と兄が歩いてきた道が横に走っている。その向こう側には歯車工場が見えている。すでに年末休暇に入ったのか、時間が遅いからなのか、明かりは消えていた。駐車場に車も見当たらない。工場の周囲には畑と田んぼが広がっており、民家はない。

光士は窓から離れ、雪風から逃れた。小屋の中央に立つ。

小屋の広さは、光士の部屋と同じくらい――およそ六畳だ。電気も水道もなく、床はひび割れたコンクリートだ。

ホームレスでも寝泊まりしていたのか、汚らしい毛布が落ちている。隅には缶やペットボトル、コンビニの弁当の器が散乱していた。ホームレスが料理をしたのか、石を並べて作られた窯まである。中には焦げた枝があり、底が変形した鍋が置かれている。

光士は壁に寄り、積み上げられたレンガに触れた。長く建っているだけあり、しっかりしている。試しに拳で叩いてみた。

「何してるんだ?」

兄が怪訝そうに眉根を寄せた。

「頼りない気がしたからさ。吹雪で壊れたら嫌だな、と思って」

兄は得心の色を浮かべ、壁を押した。

「俺が物心ついたときから、この小屋は今のままだ。ちょっとやそっとの吹雪じゃ大丈夫だろ。毎年の台風にも耐えてるんだから。——一応、注意しとくけど、お化け屋敷に入ったことは母さんたちには内緒だ。絶対に怒るから」

「言うわけないじゃん。俺が兄ちゃんを誘ってここに入ったんだから、怒られるのは俺だもん」

光士は何度も首を縦に振った。

危険だから入るな、と命じられている小屋だ。地元の子供たちは「お化け屋敷」と呼ぶ。

由縁は何十年も昔に遡る。農作業に疲れた老婆が休憩のために中に入った。水筒のお茶を飲んで座っていると、いないはずの女の人の声を聞いた。途端、誰かに肩を掴まれた気がした。振り向いても人はいなかった。

恐ろしくなった老婆は、慌てて外に出て帰宅した。その日の晩、老婆は自身が経験した恐怖を家族に語った。家族は気のせいだと老婆を笑ったが、老婆は二度と小屋を訪れないと誓った。翌日、老婆は畑仕事に出掛けたまま帰ってこなかった。心配した家族が畑まで様子を見に行ったが、老婆の姿はなかった。もしや、と疑って小屋を覗くと、老婆が倒れていた。恐怖で顔を歪め、心臓が止まっていた――。

子供を怖がらせ、廃墟と化した小屋に近付かせないための作り話だろう。だが、この場で老婆が死んでいたら、と想像すると怖かった。

「雪が弱くなったら早めに出発しよう」光士は窓の外を見た。しかし、吹雪が収まる気配はない。

「遅いとばあちゃんが心配する」

「早く晩ご飯も食べたいしな」

兄は頷いた。苦し気な表情をして、左手で右腕を押さえている。

痛むのだろう。光士が心配して眺めていると、兄は笑った。

「大丈夫だ。もう血は止まってる。ばあちゃんの家に着いたら、お湯で流して消毒してもらうよ」

5

「そろそろ出発しようぜ。これ以上待っても雪は収まらない。風がやんだだけマシだ」

兄が立ち上がった。光士も腰を上げ、窓の外に視線を遣った。兄の言う通り、風は弱まっている。他方、見た覚えがないほどの量、雪が降っている。

「そうだね。あんまり遅くなると、ばあちゃんも心配するだろうし。今、何時？」

「十九時《しちじ》だ」兄は腕時計を確認した。「急ごう」

家を出たのは十八時頃だった。一時間近く小屋にいる計算になる。

光士は引き戸に手を掛けた。瞬間、小屋が軋む嫌な音が聞こえた。恐怖で身体が硬直した。引き戸に手を掛けたまま動けなくなった。レンガの壁に亀裂が入り、稲妻のように走る。

「危ないっ！」

兄が叫び、光士の腕を引いた。光士は、兄に抱きかかえられるようにして床に倒れ込んだ。

直後、レンガの壁が崩れ落ちた。地震のような鳴動が起き、レンガの破片が落下する。コンクリートの床に打ち付けられたレンガが砕け、砂埃が舞い上がった。雪の重みに耐えられなくなったのだろう。小屋の一部が倒壊した。

恐怖のあまり、光士は何も発せられなかった。兄も強張った表情をしている。兄はゆっくりと立ち、身体の砂を払った。周囲を見回して告げる。

「危なかったな。もうちょっとで下敷きになるところだった。大丈夫か？」

光士は自分の両手、両足を眺めた。無事だった。床に座ったまま返事する。

「平気だよ。ありがとう、助かった。兄ちゃんも大丈夫？」

「何とかな」兄は照れ臭そうに笑った。「案外、ボロい小屋だったんだな。雪が積もったくらいで崩れるなんて。間一髪、助かったから良かったけど」

「だけど、兄ちゃん……。俺たち、出られないよ」

小屋のおよそ半分が崩れ、唯一の出口が塞がった。レンガと屋根瓦が積み重なっている。天井には小さな穴が開いており、雪を降らす雲が見えている。

レンガと瓦でできた斜面は急峻で登れない。積み重なったレンガを取り除く勇気も湧かなかった。絶妙なバランスで現状を保っているように映った。下手にレンガを抜けば、崩れてしまいそうだ。そうなれば、今度こそ光士と兄は生き埋めになるだろう。

6

「もっと強く引っ張れないか？」

兄は身体を「く」の字にして鉄格子を引っ張った。

「精一杯やってるよ。これが限界！」

光士も同じように引いた。だが、太い鉄の棒は頑丈で、少しも曲がらなかった。

光士は手を放した。掌がジンと痛んだ。鉄棒の痕が付いている。手袋をしてくれば良かった。

鉄棒は硬い上、氷のように冷たい。

「無理だよ。他の方法を考えよう」

光士は息を吐いて両手を温めた。

「仕方ないな。ちょっと危険だけど、壁を壊すか」

兄は右足で思い切り壁を蹴った。崩れ去った側とは反対の壁だ。光士は恐怖に全身を貫かれた。

叫びながら兄の身体を掴んで制止する。

「ちょっと、やめてよ！　これ以上崩れたらどうするんだ！」

「他に方法がないんだからしょうがないだろ」兄は鬱陶しそうに光士を払い除けた。「それとも、お前、ここで凍え死にしたいのか？」

光士は言葉に詰まった。家を出なければ良かったと、再度、後悔した。

こんな場所で凍え死にしたくはない。一刻も早く脱出したい。しかし、兄の行動はあまりにも危険だ。壁を蹴って壊せたとして、生き埋めになっては本末転倒だ。

「誰かが通るのを待って、助けを呼んでもらおう」

悩んだ挙句、光士は声を絞り出した。

「誰かって誰だよ？　ここには誰もやって来ない。家を出てこの小屋に着くまで、誰とも擦れ違わなかっただろ。一時間以上ここにいるけど、目の前の道を通った人もいない。自力で脱出しなけりゃ、明日の朝までここで過ごすことになるぜ。朝になったら人が通る保証もないけどな」

「朝になれば誰かが通るよ。あそこに工場があるじゃん」光士は道路の向こう側を指差した。

「年末で休みだとしても、一人か二人は会社にやってくるのが普通だと思う。父さんも母さんも、二十九日まで仕事だって言ってたし」

「会社によって休みの時期は違うんだよ。明日になれば人が来るなんて、ただの希望的観測だ。第一、俺は明日までここにいるのはゴメンだ」

光士は迷い、何と答えるべきかわからなかった。光士が判断できずにいると、兄は壁に向き直った。再び前蹴りをした。

今にも天井が崩れ、瓦が頭に落ちてくるのでは。生き埋めになり、誰にも気付かれずに死ぬかもしれない。冷たいレンガと瓦に身体を押し潰され、何時間も激痛が続いた挙句、意識を失う――。恐ろしい想像が頭に浮かんだ。

兄は何度も壁を蹴った。だが、足が痛くなったのかやめた。

「ダメだな……」

光士はホッと胸を撫で下ろした。考える時間が得られた。ところが、兄は窯に置かれていた鍋を拾い上げた。

「座して死を待つよりは出て活路を見出さん、だ」

「何それ、どういう意味？」

光士が訊くと、兄は鍋でレンガの壁を叩いた。

「ぼうっとして何もせずにいるより、頭を使ってピンチから抜け出せって意味さ」

初め、兄は右手で鍋を持って壁を叩いた。だが、傷が痛むのか、左手に持ち替えて叩き続けた。レンガの粉がパラパラと床に落ちた。

兄は希望を込めた光を目に浮かべ、叩き続ける。

「お前も手伝ってくれよ。ばあちゃんが、すき焼きを作って待ってる」

7

光士のお腹がギュルギュルと鳴った。体育座りを続けているせいで、お尻が痛い。氷の上に座らされているかのようだ。全身が冷え、指先は血が通っていないかのように真っ白だ。

兄も床に座り、俯いている。先ほどまで、壁を蹴ったり鍋で叩いたりしていたが、諦めたのだろう。壁が壊れる気配はなかった。

――俺と兄ちゃんは、このまま凍死するのかもしれない。暗い小屋の中、光士は不安に襲われた。自然と涙が溢れてきた。

光士と兄を嘲笑うかのように、雪風は激しさを増した。

「二十時《はちじ》か……。さすがにばあちゃんも、おかしいと思ってるだろうな」

兄が無表情で呟いた。

ふと光士は思い至った。

「ばあちゃんは、たぶん、何回か俺たちの家に電話してるよね」

「やっぱり来るのをやめたんじゃないかと疑って、電話しただろうな」

「でも、電話は繋がらない。そうしたら、次にばあちゃんはどこに電話を架けると思う？」

光士は興奮を隠せなかった。兄の顔を覗き込む。

だが、兄の反応は淡白だった。

「父さんと母さんの携帯だろ。それで、父さんと母さんも俺たちの家に電話する。でも、俺たちは出ない。三人とも心配してるだろうな」

「違うよ。俺がしてるのは、その後の話だよ。ばあちゃんは――父さんや母さんかもしれないけど――警察に電話したはずだ。それなら、今頃、警察がこの辺りを捜索してくれてるかもしれない」

兄は驚きの色を浮かべた。しかし、諦めを滲ませて首を横に振った。

「警察がそんなにも早く動くと思うか？　子供が数時間、見当たらないくらいじゃ動いちゃくれない」

「そんなことないよ」光士は苛立った。「日本の警察は優秀だもん」

「無駄なことをしないから優秀なんだよ。よく考えてみろよ。警察が迷子を探してたら、凶悪な犯人を捕まえる人員を確保できなくなるだろ」

兄は、ぼんやりと虚空を見詰めて応じた。ビー玉を思わせる瞳をしている。壁を壊そうと夢中になり、体力を失ったのかもしれない。

希望を打ち砕く兄の発言に、光士はがっかりした。なぜ警察を信じないのか。一方で、兄の言い分は尤もな気もした。警察が光士たちを探すとしたら、翌朝になってからだ。

「一か八か、入口の瓦礫を取り除いてみるか」

兄が怠そうに立ち上がった。

「それだけは絶対にやめてよ。ジェンガみたいに崩れて、俺たち死んじゃうよ。それよりは、明日までここにいるほうがマシだよ。警察は来てくれなくても、ばあちゃんが心配して探しに来てくれる」

光士は恐怖で頭が真っ白になった。生き埋めだけは絶対に嫌だ。両手を広げ、兄の前に立ちはだかる。

「俺は、さっさとすき焼きを食べて風呂に入りたいんだ」

兄は鬱陶しそうに光士を押し退けた。崩れて斜面状に積み重なったレンガを掴み、取り除いた。

「やめてよ！　危ないって！」

光士が叫ぶと同時に、斜面が崩れた。上から次々とレンガが転がり落ちてきて、床に当たって砕けた。建物全体が軋む音に続き、屋根瓦が降ってきた。瓦は光士の鼻先を掠めて落下した。ツンと鼻の奥に痛みを感じた。光士は両腕で頭を抱え、しゃがみ込んだ。

――お願いだ！　こんなところで死にたくない！

光士は固く瞼を閉じた。周囲でレンガと瓦が割れる音が続いた。光士は、今にも頭に無数のレンガが降り掛かってくるのでは、と怯えた。

数秒後、小屋が崩れる気配がやんだ。光士はそっと瞼を持ち上げた。光士と同じように、兄が頭を抱えていた。怪我はなさそうだ。自身と兄が無事だと知り、光士は安堵した。だが、小屋は半分以上が崩れていた。もはや、光士と兄が生き埋めになるのは時間の問題だ。

なぜ兄は危険な真似をするのか。光士は兄に怒りをぶつけた。

「どうして待てないんだよ！」

光士は兄を睨み付けた。兄の反応は乏しかった。困った様子で首を傾けただけだ。

光士は苛立ちを募らせた。兄を詰《なじ》る文言を思い付き、口を開き掛けた。だが、右腕に左手を添える兄を見てピンときた。

「腕が痛いの？」

早く治療を受けたい一心で、無理な脱出を図っているのでは――。だが、兄が負った切り傷は小さかった。

「平気だ。そりゃ、ちょっとは痛いけどな」

「見せて」

「なんで見せなきゃダメなんだよ。平気だって言ってるだろ」

兄は面倒臭そうに頬を歪めた。

だが、光士は譲らなかった。

「平気なら見せてよ」

光士はじっと兄を見詰めた。

兄は小さく息を吐いた。嫌そうにコートを脱ぐ。トレーナーの袖を捲り上げ、右腕の傷を見せてくれた。雪明りの下、切り傷が露わになった。

ちょうど肘と手首の真ん中だ。三センチほどの傷が横に走っている。少し腫れてはいるものの、血は止まっている。それほど酷い状態には思えなかった。光士の思い過ごしか。

「寒い。もう良いだろ」兄は乱暴に告げた。トレーナーの袖を戻し、コートを着る。「だけど、いよいよ手がなくなったな。これ以上、無理をして本当に生き埋めになるのはマズいし……」

兄は瓦礫の斜面を前に、険しい表情を見せた。何を考えているのか。

光士は、また兄が恐ろしい行動を取るのでは、と冷や冷やした。

「助けを待とうよ。きっと、警察が探しに来てくれる」

「警察は来ないって言ったろ」

「だとしても、ばあちゃんが来てくれる」

光士の家から祖母の家までは、何通りかしか道がない。見付けてくれるはずだ。

ただし、祖母は膝が悪い。雪道を歩けるかどうかはわからない。同じ懸念を抱いたのだろう。兄は暗い顔色を見せた。だが、光士を安心させようとしたのか、否定しなかった。

「そうだな、ばあちゃんが来てくれると思う。近所の人に声を掛けて、皆で探してくれるかもしれな――」

鋭い雪風が兄の声を掻き消した。凶暴な猛吹雪だ。これでは、健康な大人でも出歩くのは無理だ。光士は頭を振り、現実を直視しないようにした。

8

翌、十二月二十五日。窓から差し込んだ光に照らされ、光士は目覚めた。

コンクリートの床は冷たく、身体が痛かった。全身が冷え、手足が動かしにくい。隣では同じように兄が寝ている。兄の腕時計を覗き見ると、午前六時だった。日の出にはまだ少し時間がある。だが、周囲が明るくなり始めている。

光士は汚い毛布をのけ、身を起こした。こんな毛布に包まって寝たと知ったら、母は発狂するだろう。

光士は、天井と壁を眺めて胸を撫で下ろした。眠っている間に崩れ、下敷きになる夢を見た。

他方、昨夜と状況は変わっておらず、絶望は続いている。

光士は立ち上がり、窓に近付いた。思わず「あっ」と声を漏らした。

「兄ちゃん、雪がやんでる」

昨夜の吹雪が嘘のようで、空に雲はない。道路の雪も大した量ではない。

「兄ちゃん、これなら電車は動くよ。父さんも母さんも帰って来れる。夜の間に雨に変わって、積もった雪を溶かしたのかもしれない」

光士は希望を抱き、興奮を隠せなかった。しかし、兄は返事しなかった。まだ寝ている。こんな環境で、よく平気で寝ていられるな。

「兄ちゃん、起きてよ」

光士は屈み、兄の身体を揺すった。瞬間、ギョッとした。兄の身体が熱かった。

兄は目を閉じたまま、口を開けて苦しそうに息をしている。

「大丈夫？」

光士が訊ねると、兄が薄目を開けた。すぐに閉じ、辛そうに口元を歪める。

「腕が痛い……。破裂しそうだ」

光士はコート越しに兄の右腕に触れた。そっと手を当てただけだ。しかし、兄は呻き声を上げて身を捩《よじ》った。光士は慌てて手を離した。

「……どうなってるか確認してくれ」

兄は左手でコートのチャックを開けた。

光士は迷った挙句、兄のコートを脱がせた。トレーナーの右袖を捲り上げる。

衝撃のあまり光士は硬直した。兄の右腕は、ソーセージのように腫れ上がっていた。傷口からドロリとした白い液体が溢れ出ている。傷口の周囲は赤黒く変色し、ところどころ水疱ができている。水疱のいくつかは割れ、中にある暗紫色の肉を露出させている。腐った卵のような匂いがした。

「どうなってる？」

兄は仰向けのまま、目を瞑って訊ねた。

「だ、大丈夫だよ」光士は咄嗟に嘘を吐いた。「ちょっと腫れてて血が滲んでるけど、そんなにも悪くない」

「そうか……。なら安心だな」

言葉とは裏腹だ。兄は光士を信じていない様子だ。怖いのか、目をぎゅっと閉じて自身の右腕を見ようとしない。

光士はトレーナーの袖を元に戻した。途中、水疱が潰れて、血と膿の混じった液体が流れ出た。荒い呼吸の最中、兄が苦痛そうに声を漏らした。

傷口から菌が入り、炎症を起こしたのだろう。早く助けを呼んで手当てをしなければ――。光士は鍋を拾い上げ、壁を叩き始めた。

9

一時間後、七時。

光士の手は真っ赤になっていた。掌の皮がむけ、血が滲んでいる。何もせずとも手が震えた。皮肉にも、入口は雪の重みで崩れたにも拘らず、レンガの壁はいくら叩いても壊れそうになかった。

「光士……。もう無理だ。やめとけ」

兄が弱々しく発した。兄の頬は赤く、目は虚ろだ。苦し気に胸を上下させている。状態は刻々と悪化していく。放っておけば数時間で――。

「誰かが来てくれるまで待てば良い……」兄は小さな声で告げた。「ばあちゃんが警察に電話したはずだ。雪はやんだんだろ……。警察が探しに来てくれるはずだ」

「ちょっと待って！」光士は叫び、耳を澄ませた。遠くから氷を削るような音が聞こえてきた。

「車だ！　兄ちゃん、車が来た！」

光士は胸を高鳴らせ、窓に飛び付いた。

右手から黒いセダンがやって来た。こっちに向かってくる。

「助けて！」

光士は両手で鉄格子を掴み、声を張り上げた。このチャンスを逃すわけにはいかない。光士は何度も叫んだ。

段々と車が大きくなってきた。乗っているのは運転手一人だけだ。運転手はハンドルを握ったまま、真っ直ぐに前を向いている。光士には全く気付いていない。

「おおい！　助けて！」

光士は思い切り息を吸い込み、吐き出した。あらん限りの声を出す。喉が痛かった。

このまま気付かれなかったら――。光士は恐怖した。

次に車や人が通るのは何時間先かわからない。兄の容体は一刻を争う。今すぐに病院に連れて行かなければ死んでしまう。光士は鉄格子の間に顔を突き出し、縋り付くようにして助けを求めた。

車と光士との距離は五十メートルもない。残り時間は数秒だ。数秒以内に、光士と兄の存在を運転手に知らしめなければならない。

光士は、床に落ちていた缶を拾い上げ、鉄格子の隙間から放り投げた。だが、缶は道路まで届かず、手前の斜面に落ちた。

運転手は前を向いたままだ。もう猶予はない。光士は、泣きそうになりながら瓶を拾い上げ、全力で投げた。自分でも驚くくらいうまく投げられた。この調子で池に雪玉を投げていれば、琢磨にも兄にも負けなかったろう。

弧を描いて飛んだ瓶は、車のボディに当たって割れた。

――やった。光士は拳を握り締めた。

車が急停止した。運転手が怪訝そうに周囲を見回す。光士と目が合った。

「おおい！」

光士は、鉄格子の隙間から手を伸ばして振った。

運転手は目を細くした。奇妙な物を見る目付きで、不思議そうにした。

「おおい！」

光士は喉を震わせた。激痛が走り、血の味がした。

――お願いだ、助けてくれ！　光士は祈った。

運転手はしばらく光士を見詰めていたが、シートベルトを外してドアを開けた。二十代後半くらいの男性だ。スーツを着ており、きちんとした仕事をしている人に見えた。

これで助かる。光士は安堵し涙を流した。横たわったままの兄を振り返って告げる。

「兄ちゃん、助けが来たよ。助けが来た！」

「そうか、助かったか……。良かった。これでおいしいすき焼きが食べられるな」

兄は瞼を下ろしたまま目尻に皺を寄せた。

スーツ姿の男が小屋に近付いてきた。鉄格子の嵌った窓越しに、光士と対面する。

「どうしたんだ？」男は険しい目付きで訊ねた。「こんなところで、こんな時間に何をしてる？」

男が口を開いた瞬間、光士は奇妙な臭いを嗅いだ。ツンと鼻を突く異臭だ。

男の顔や髪は脂ぎっている。昨日から風呂に入っていない様子だ。光士や兄と同じく、家の外で一晩過ごしたのかもしれない。

「昨日の夜、吹雪に遭ったんです。俺たち、ばあちゃんの家に行こうとしてたんですけど。兄ちゃんが怪我をして――」

光士は焦り、まともに説明できなかった。もっと順序立てて説明しなければ。わかってはいたが、頭は働かず口は動かなかった。

状況が正確に伝わらず、立ち去られてしまったら――。絶望的な未来が脳裏に過《よぎ》り、それ故に、さらに口が回らなかった。しかし、男は崩れた小屋を見て目付きを鋭くした。窓から中を覗き込む。荒い呼吸をする兄を認め、視線は厳しさを増した。

男は光士の肩を掴み、毅然とした態度で告げた。

「電話があるところ――近くのコンビニに行って、救急隊を要請してくる。必ず助けを呼ぶから待っててくれ」

「どうして？　今すぐに助けてよ」

光士は失望に身を貫かれた。一秒でも、この場に取り残されるのは嫌だ。

「俺一人じゃ無理だ。素人が下手に触って崩れたら大変だし。それに……」男は気まずそうに目を逸らした。「すまないな、ケータイを持ってないんだ」

光士は不安に支配された。救急隊がやって来るまで兄は無事だろうか。小屋は崩れないだろうか。

「絶対に助けを呼んでくる。約束する。待っててくれ」

男は光士の肩から手を放し、右手を差し出した。光士は黙って右手を出した。

男は光士の手をギュッと握り締めた。温かい、大きな大人の手だった。

光士は男の瞳をじっと見詰めた。男の目力は強く、ぎくりとするほど険しい光を宿していた。情熱に溢れたこの人の瞳は、一生忘れない。この人なら信じられる。この人なら助けてくれる。希望の光だ。

「わかった」光士は首を縦に振った。「待ってる。助けを呼んで来てください」

「頑張れ。もう少しの辛抱だ。必ず助けを呼んでくるからな。俺も電話したらすぐに戻ってくる」

男は深く頷いて光士の手を放した。車まで駆けて乗り込み、勢いよく発進させた。

10

「なんで戻ってこないんだよ。なんで誰も来ないんだよ！」

光士は喚いた。気が狂いそうだった。

「……もうちょっとで来るはずだ。雪で道路の状態が悪いんだ」

兄の声は、聞き取れぬほど小さかった。兄は仰向けで瞳を閉じたまま、苦痛そうに胸を上げ下げしている。

「雪はそんなにも積もってないんだよ！」

光士は窓の外を指差した。道路の雪は、ほとんど解けている。遠くの山は白いままだが、小屋の周囲は普段の景色を取り戻しつつある。

「……ここがそうなだけで、他の場所がどうなってるかわからないだろ」

「だけど、もう一時間以上も経ってる」

男が車で走り去ったのは七時過ぎだった。光士は、兄の腕時計を見て歯軋りした。すでに八時半を回っている。なぜ男は戻ってこないのか。救急隊がやって来る気配もない。

光士はもう一度、窓の外を眺めた。車一台、人っ子一人、通らない。黒塗りの車に乗ったあの男は、現実に存在したのだろうか。地獄の中で光士が見た幻覚だったかもしれない。

「大丈夫。絶対に来てくれる」

兄はカッと目を見開いて口元を引き締めた。

——来ない。咄嗟に否定の言葉が浮かんだが、吐き出しはしなかった。光士は兄の傍に腰を下ろし、兄の左手を握った。

「来てくれる……。来てくれるよね？」

「ああ、絶対に来てくれる。もうちょっとの辛抱だ。さっきの人が救急隊を呼んで、助けに来てくれるはずだ……。小屋から俺たちを助け出すには、色んな機材が必要だ。その機材を集めるのに時間が掛かってるんだ」

「そ、そうだよ！」光士は兄の意見に飛び付いた。「時間がちょっと多めに掛かってるだけだ！」

兄は満足そうに顎を引き、瞼を下ろした。

「俺の腕がどうなってるか確認してくれないか。破裂しそうなんだ。動かそうと思っても肘から先は動かないし……」

「わかった」

光士も兄の右腕が気掛かりだった。さっきよりも酷くなっていたら——。

光士は生唾を飲み込み、兄のコートを脱がせた。慎重にトレーナーの袖を捲り上げる。膿と血を吸った袖は、ぐっしょりと湿っていた。

――兄ちゃんはもう、助からない。

光士の身体がガタガタと震えた。寒さとは別の理由だ。兄の右腕は、傷口がどこかわからないくらい大きく腫れ上がっていた。水疱が破裂し、臭い液体が流れ出ている。前腕全体に広がった暗紫色の中、大小様々な赤黒い斑点が浮かんでいる。

「どうなってる……。大丈夫か？」

兄は消え入るような声で訊ねた。

光士は頭を抱えた。表現する言葉を見付けられず、兄の腕から顔を背けた。

「大変なことになってないか？　すごく痛いんだ」兄は苦しそうに頬を歪めた。「もしかすると、化膿してるかもしれない……」

化膿なんてレベルじゃない――。光士の両目から涙がこぼれた。

「す、少し化膿してる。赤く腫れてるよ。でも、病院で薬を塗ってもらえば治ると思う」

兄は、光士の嘘など簡単に見抜くだろう。光士は、訊かれる前に兄の服を戻した。バレぬよう涙を拭いた。

同時に、走り去った男に対するどす黒い感情が渦巻いた。あの男は、光士たちを見捨てたのだろう。救急要請すると約束したが、途中で面倒臭くなったのかもしれない。だが、面倒に思うような人なら、そもそも立ち止まって光士の話を聞かなかったのではないか。

いや、そうとも限らない。光士が投げた瓶は車に当たった。男は、叱るつもりで光士に近寄ってきたのかもしれない。しかし、光士と兄が閉じ込められていると知り、怒りを鎮めた――。

一方で、男を信じたい気持ちも残っていた。

男は、絶対に助けを呼んでくる、と約束してくれた。使命感に溢れた情熱的な目の光が、偽りだったとは思えない。光士は、あの瞳の輝きを一生忘れないだろう。

ならば、なぜ――。兄の指摘通り、道路の状況か何かで遅くなっているのか。

怒り、不信感、疑問、希望。光士の中で、様々な感情が生まれては消えた。

11

十時。

「兄ちゃん、ダメだ……。助けは来ない」

光士は体育座りをし、膝の間に顔を埋めた。兄は返事しなかった。イビキをかいて寝ている。

普段、兄はイビキをかかない。危険な状態にある気がした。

突然、兄のイビキが消えた。

呼吸が止まった――。光士は慌てて兄の顔を覗き込んだ。兄は魚のように口をパクパクさせた後、再びイビキをかき始めた。

まだ生きていた。光士はわずかな安心を得て、兄の隣に寝転んだ。

「兄ちゃん、俺たち、ここで死ぬのかな……」

返事はない。光士は首を捻り、兄を眺めた。

兄は目を半開きにし、感情を失った表情でイビキを続けている。

光士は兄の左手に触れた。冷たかった。お腹や胸、額はゾッとするほど熱いにも拘らず、指先は死人のように冷たい。身体の隅まで血を送り届ける力が残っていないのだろう。

光士は兄の手をギュッと握った。微かに握り返してくれた。数分前に同じようにしたときには、もっと強く握り返してくれた気がする。兄の命は段々と失われていった。

光士は、穴が開いた天井を見上げた。青い空が覗いている。

不意に、家族で志摩スペイン村に出掛けた日の思い出が蘇った。光士が何歳のときだったろうか。スペイン村は、自宅から車で三十分の距離にある。

土曜日の夕方、父と母が突然、スペイン村に行こうと言い出した。光士と兄は大喜びした。誕生日でもないのに遊園地に連れて行ってくれるなんて、と感動した。素晴らしい両親の下に生まれて幸運だ。

光士の家は、貧乏ではないが金持ちでもない。遊園地にフラッと足を運べるほどの余裕はなかっただろう。車を買うときも、父と母は二つの車種で散々迷った挙句、安いほうを選んだ。それでも、両親は光士と兄をスペイン村に連れて行ってくれた。光士は両親の優しさに感謝した。

だが、光士と兄は崩れかけの小屋で死ぬ。育ててくれた両親に申し訳なかった。

父と母は悲しむだろう。もしかすると、母は悲しみのあまり、光士と兄を追って自殺するかもしれない。そうなれば、父も自殺するかもしれない。日沖家の悲劇だ。

光士は、スペイン村から帰る途中を思い返した。

夕方の薄暗い中、温泉街の旅館が綺麗だった。色とりどりの提灯が優しい光を放ち、川沿いの小道を照らしていた。饅頭やコロッケを売る屋台に、浴衣を着た客が群がっていた。ノスタルジックなゲームの世界のようだった。

光士は、車のシートに座ったまま幻想的な灯りを眺めた。大人になって就職し、初任給をもらったら、父と母を良い旅館に泊まらせてやる、と決意した。

不意に光士は、頬を殴られたような衝撃を受けた。冷たい床に仰向けになったまま、目を見開く。

――そうだ。俺はまだ、両親を温泉宿に連れて行っていない。

このまま死ぬわけにはいかない。立派な大人になって、きちんとした仕事に就いて、両親に恩返しするんだ。こんな場所で兄を死なせるわけにもいかない。

光士は涙を拭い、身を起こした。入口とは反対側の壁――窓の隣に狙いを定めた。大きく空気を吸い込み、息を止める。全力で床を蹴り、左肩から壁に体当たりした。激痛が走り、指先まで痺れた。

構わなかった。兄の右腕に比べれば、大した痛みではないだろう。

光士はもう一度体当たりした。ガキンと甲高い音がした。肩の骨が飛び出た部分が、レンガにぶつかった。

脳裏に稲妻が走り、息ができなくなった。だが、やめる気はなかった。

肩の骨が粉々になる代わりに、壁が壊れてくれたら良い。一生、腕が上がらなくなっても構わない。もう一度、両親に会いたい。兄を死なせたくない。腕の一本くらい失っても平気だ。

光士は再び壁に体当たりした。破壊的な痛みに襲われた。電流を流されたかのように左半身が痙攣した。

光士は呻き声を漏らし、左肩を押さえて蹲った。しかし、諦めるわけにはいかない。左肩が壊れても右肩が残っている。光士は真っ直ぐに立ち、壁を睨み付けた。

レンガの染みが光士を嘲笑っているように映った。笑いたければ笑え。

光士は雄叫びを上げ、助走をつけて右肩をぶつけた。レンガの壁は頑丈で、光士を弾き返した。耳鳴りがした。吐き気に襲われ目が回った。光士は俯せに倒れ込んだ。埃っぽい床に頬と唇を付けた。唾液に砂が混じり、嫌な味がした。

「兄ちゃん、ダメだ……。俺たち、もう無理だ……」

光士は手を伸ばそうとした。脱臼でもしたのか、思うように動かない。光士は芋虫のように身をくねらせ、兄の左手に触れた。兄の手は硬く、まるで蝋人形だった。

いつの間にか兄のイビキが止まっていた。

光士は、ぼんやりとした頭で兄を眺めた。兄の胸が小さく上下していた。小刻みに顎を震わせ、か弱い呼吸を連続させている。

こうやって人は死ぬのか。光士は怖れや悲しみを忘れ、現実を受け入れた。

このまま兄は死に、その後、光士も死ぬだろう。光士の最後はどんなだろうか。餓死するか、凍死するか、兄を死に追いやったのと同じ菌に蝕まれ、残酷な終わりを迎えるか。いっそのこと、天井が崩れて楽に死ねたら良いな、と願った。

父と母、祖母は悲しむだろう。

琢磨は今頃、沖縄へ向かう飛行機の中か。光士と兄が死に瀕しているのに、幸せなヤツだ。後に知ったら驚くだろう。

光士は痛みや寒さを感じなくなった。自然体で終わりを待った。そっと目を閉じる。

——淳士、光士。

幻聴が聞こえた。父と母の声だ。夢の中、両親が助けに来てくれた。

「淳士、光士！」

ハッと気付く。幻聴ではない。光士は瞼を持ち上げ、身体を起こした。全身を鈍痛が駆け回った。歯を食い縛り、窓ににじり寄る。

遠くに父と母の姿があった。光士と兄の名を呼びつつ、歩いてくる。

光士は叫ぼうとして失敗した。喉がカサカサに乾燥していた。唾を飲み込み、声を張り上げる。

「母さん、父さん！」

父と母が一瞬、動きを止めた。周囲を見回し、再度、光士と兄の名を呼ぶ。

「こっちだよ！」

光士は鉄格子の隙間から手を伸ばし、力の限り振った。

父と母が気付いた。驚愕の色を浮かべ、駆け寄ってきた。窓越しに光士と向き合う。

「どうしてこんな場所にいるの？　なんでこんな場所に……」

母は動揺し、眼球を左右に揺らした。

父も混乱を露わにし、焦った様子で光士を問い質す。

「淳士はどうしたんだ？　どこにいるんだ？　ここで何をしてた？」

光士は泣きながら父と母を交互に見た。床に寝転がる兄を指差した。

「良いから、早く救急車を呼んで！　兄ちゃんが死んじゃう！」

父と母は兄を見て、顔面を真っ青にした。

12

救急隊が鉄格子を切断し、光士と兄を助け出してくれた。救急車は二台やって来た。兄と母、光士と父、と二台に分かれて乗った。搬送先は伊勢赤十字病院だった。

光士はレントゲンを撮られ、左鎖骨の骨折と診断された。右肩は打撲で済んだ。両肩に包帯を巻き付けられた。背中で交差させて「8」の字を描く形だ。その上、三角巾で左腕を固定された。

診察室の外に出ると、通路の椅子に父が座っていた。腕組みし、難しそうにしている。光士が声を掛けると、父は顔を上げた。眉間に刻んだ皺を緩める。

「光士、大丈夫か?」

「平気だよ。鎖骨が折れてたみたいだけど、包帯を巻いてもらったから大丈夫。もう痛くない。それよりも、兄ちゃんはどうなったの?」

ほんのわずかな時間、父の顔に陰りが生じた。光士に悟られないようにしたのだろう。父は微笑を浮かべ、力強く頷いた。

「お医者さんが診てくれてるから、ひとまず安心だ。何とかしてくれるはずだ。光士は自分の身体を気遣ってれば良い」

——そんなはずがない。光士は父を信じられなかった。

兄の右腕は尋常ではなく、死はすぐ傍まで迫っていた。控え目に表現して、兄の右腕は腐っていた。いくら医者でも、あんな状態の腕を治し、短時間で全身状態を安定させられるはずがない。

「兄ちゃんは今、どこにいるの？　腕はどうなったの？　熱は？」

「淳士は今、集中治療室にいる。状況はわからない。でも、お医者さんたちを信じよう。絶対に治してくれる」

「治療はうまく進んでるの？」

光士は父をじっと見詰めた。父は目を逸らした。

光士は直感的に悟った。兄の容体はかなり悪い。光士は真実を隠す父に失望し、怒りをぶちまけた。

「きちんと説明してよ！　俺が子供だから教えてくれないの？」

「違う、父さんは光士を信頼してる。光士はまだ子供だけど、しっかりしてる」

「なら、ちゃんと教えてよ」

光士は叫び、感情を吐露した。

通路を歩いていた患者たちが、不思議そうに光士を眺めた。しかし、光士には気を配る余裕がなかった。

「俺は兄ちゃんと一緒に小屋で過ごして、兄ちゃんが段々と弱っていく姿を見たんだ。俺に事実を隠すのは変だよ！」

父は両腕で頭を抱え、顔を顰めた。苦しそうに声を絞り出す。

「……淳士は、これから手術を受ける。その先は父さんも知らない。本当だ」

「手術って、どんな手術？」訊ねた後、ピンときた。「兄ちゃんは腕を怪我してた——。傷のところを切って膿を出して、縫うんだね？」

「いや……」父は固く目を瞑り、短い呼吸を繰り返した。「わからない、わからないんだ……。父さんだって、よくわからないんだ。なんでこんなことに……」

兄は、よほど恐ろしい手術を受けるらしい。光士は腹の底が冷えた。

13

光士と父は母と合流し、手術室の前の待合室に入った。途中、タクシーで祖母もやって来た。四人は無言のまま、手術が終わるのを待った。

待合室の正面には、手術室へと続く大きな鉄のドアがある。開く度に、兄が現れるのでは、と期待して光士は顔を上げた。

病院に到着してから六時間近く経過している。すでに夕方だ。父が院内のコンビニで食べ物を買ってきてくれた。ウインナーの挟まったパンやサンドイッチ、カレードーナッツ、中にチョコレートが入ったクロワッサン。光士の好きなパンばかりだ。だが、いくら噛んでも喉を通りそうになかった。

父と母、祖母も、ほとんど手を付けなかった。

「遅いなあ」母が痺れを切らした。「どうなってるのかな……」

「うまくいってるに決まってるだろ。もうちょっと待つんだ」

父が苛立った声を出した。

しかし、母はソファから腰を上げた。

「でも、心配でしょ。私、看護師さんか誰かに訊いてこようかな」

「やめとけよ。看護師さんだってよくわからないだろうし、知ってたとしても教えてくれるとも限らない。面倒な家族だと思われたら嫌だしな」

「そんなふうに思われるわけがないでしょ。だって、淳士はあんな状態なんだから……。私、これ以上、じっとしていられない」

母は父の制止を無視し、受付へと歩き出した。直後、手術室に繋がるドアが開いた。清潔な白いベッドが現れた。

――兄ちゃんだ。

ベッド脇のスタンドには、点滴バッグが二つぶら下がっている。一方の中身は透明な液体だが、もう一方は赤黒い。輸血だろう。術衣姿の医師と看護師が、ベッドを光士たちのほうへ押してくる。

光士たち家族四人は並んで立った。

心臓が高鳴り、胸が痛かった。光士は軽いめまいを感じた。手術は成功したのか――。知りたい欲望と、悪い結果だったらと恐れる気持ちが交錯した。

「お待たせしました。手術は無事に終わりましたからね。まだ麻酔から完全には覚めてませんけど、話すこともできますよ」

医師が優しい声で告げた。四十歳くらいの男性だ。名札には「佐武隆夫《さたけたかお》」と記されている。佐武の帽子には汗が滲んでいる。長時間の手術を終えたばかりで疲れているだろう。だが、光士たちを気遣う態度で微笑んだ。

光士はベッドに駆け寄った。

兄は仰向けで寝ており、酸素マスクを当てられている。心電図や血圧計、パルスオキシメーターのコード、点滴チューブが布団の中へ伸びている。兄はゆっくりと瞼を持ち上げた。弱ってはいるが、眼球に輝きを残している。

「兄ちゃん、手術は成功したんだね。良かった。俺たち、あの地獄から帰ってきたんだよ。無事に生き抜いたんだ」

光士が告げると、兄は小さく頷いた。酸素マスク越しに掠れた声を出す。

「光士……お前は大丈夫なのか？　風邪ひいてないか？」

「ひいてない」光士は鼻の奥がツンと痛くなった。「兄ちゃん、ごめん。俺がばあちゃんの家に行こうなんて言ったから……。小屋に避難しようなんて言わなけりゃ、こんなことには……」

「違う。俺は自分で転んで傷を負っただけだ。光士は悪くない」

兄は大きく目を見開き、頭を持ち上げた。

無理をしたからか。モニターの数字が九十台から八十台に下がり、アラームが鳴った。兄は辛そうに頭を下ろし、胸を上下させた。唇が青白い。

光士は焦り、佐武の顔を見た。佐武は厳しい目付きでモニターをチェックした。兄の肩に手を当てる。

「大きく息を吸ってくださいね。あんまり喋らないで」

佐武の指示に従い、兄は深呼吸を繰り返した。

数字が九十台に戻り、アラームが消えた。心なしか、兄の血色も良くなった。

「まだ不安定な状態ですから、あんまり興奮させないでくださいね」

佐武は光士に告げた。

「わかりました、すみません」

父が代わりに謝った。光士も頭を下げる。

「……小屋に閉じ込められたのだって、光士の責任じゃない。あんなところに、ボロい小屋を放置してた人が悪いんだ。……いや、悪いのは大雪か」

兄は瞼を下ろし、声を絞り出した。首筋の筋肉を浮き上がらせ、ハアハアと呼吸を繰り返す。

再び数字が下がっていった。一瞬だけアラームが鳴った。

このまま喋らせていると、兄は死んでしまうかもしれない。光士は焦った。

「わかった、わかったから。もう喋らなくて良いよ」

兄は顎を引き、口元を柔らかくして笑みを作った。元気だった本来の姿からは程遠く、痛々しかった。兄が布団の中から左手を伸ばし、光士に触れようとした。だが、途中で動きを止めた。

兄には布団をのける体力すら残っていなかった。

布団は分厚く重たい。兄の呼吸を妨げ、命を縮めているように映った。光士は布団を捲り上げた。

時が止まった。世界が回転する。光士は吐き気を催した。

「兄ちゃん、手術って……」

兄の右腕は、肘から先がなかった。肩から肘に掛け、幾重にも包帯が巻かれている。

涙で兄の姿が歪んだ。光士は床にへたり込んだ。

14

十二月三十日——光士と兄が小屋から助け出されてから五日後。

「急いで、光士。起きて着替えて」

突然、母に身体を揺すられた。

光士はベッドに寝転んだまま、枕元の目覚まし時計を見た。

「まだ四時じゃん」

「早くして。病院に行くから。お医者さんから連絡があったの」

母の声は緊張を帯びていた。

光士は飛び起きた。一気に目が覚めた。いよいよやって来たのだ。

昨日の夕方、見舞いに訪れた際、それまでにも増して兄は体調が悪そうだった。集中治療室の中、何本ものチューブやコードが取り付けられていた。チューブの中には赤黒い血が満ちており、大きな機械に繋がっていた。父に訊くと透析器だと教えてくれた。

「父さんは?」

光士は大急ぎで着替えながら訊いた。

「車を準備してる」

母は、ハンドバッグに携帯電話や財布を放り込みながら答えた。

着替え終えた光士は、階段を駆け下りた。靴を足に引っ掛け、玄関を飛び出す。ちょうど、父がお湯を張ったバケツを持ち上げた瞬間だった。父は、険しい顔付きで車のフロントガラスにお湯を掛けた。三菱のデリカだ。

フロントガラスに弾き返されたお湯が、父の脚に掛かった。父はバケツをガレージの隅に放り投げ、運転席に乗り込む。

光士と母は後部座席に座った。父は乱暴にデリカを発進させた。ディーゼルエンジンの音が住宅街に響いた。

「兄ちゃん、大丈夫だよね」

光士は問わずにはいられなかった。母は無言で光士の手を握り締めてくれた。母の手は冷たく、震えていた。

早朝の暗い道をヘッドライトが照らす。チラチラと雪が舞っていた。

15

光士たちは集中治療室へ走った。通路で擦れ違った看護師が目付きを尖らせたが、気にしなかった。兄の病室に駆け込んだ。

医師の佐武が、硬い面持ちで立っていた。

兄は死人のように真っ白な顔をしていた。酸素マスクを押し当てられた部分だけが、赤く腫れている。高濃度、高流量の酸素を流していても苦しいのか、兄は肩で息をした。時折、痰が絡まったような濁音を発し、その度にモニターの数値が下がった。

透析器から伸びた太いチューブが痛ましい。中を通る血液は、昨日までよりも汚い色をしていた。

母が顔をクシャクシャにして兄に抱き付いた。

兄は無反応だった。目は開いているが、天井を見上げたままで視線は合わない。眼球は作り物のようで灰色だった。

光士は、もう一度、兄に笑ってほしいと願った。深い後悔に苛まれた。一生、背負っていかなければならない罪だと考えると、死を選ぶほうが遥かに楽に思えた。

「俺が悪いんだ……」

光士は涙を流した。鼻水が垂れて口に入り、しょっぱかった。

大雪の中、祖母の家に行こうと誘ったのは光士だった。小屋に避難するよう提案したのも光士だった。

あんなことを言わなければ──。自宅に留まり、お菓子を食べながら映画を観ていれば──。兄は今も普通に暮らしていただろう。時を戻してほしかった。

何かに気付き、母が顔を上げた。兄が口を動かしている。義眼を連想させる瞳のまま、酸素マスクの下で口をパクパクとさせている。

母が兄の口元に耳を近付けた。怪訝そうに首を傾げた。

光士も耳を寄せた。だが、酸素が流れる音のせいで聞き取れなかった。

佐武を眺めると、ジェスチャーで酸素マスクを外しても良いと教えてくれた。光士は、恐る恐る酸素マスクをずらした。刹那、ナイフで心臓を突かれたような衝撃を受けた。

「……俺たちは助かる」兄は掠れた声で呟いた。「…………絶対に助かる……出られるんだ……」

兄は今も冷たい小屋の中にいる。

光士は嗚咽を漏らした。兄の左手を両手で取り、自身の頰に押し当てた。兄の手は硬く乾燥していた。

「……くれるはずだ……んでくれるはずだ」

兄が能面のような表情を浮かべたまま繰り返した。

「兄ちゃん、何を言ってるの？」

「……はずだ……呼んでくれるはずだ……」

光士は気付いた。光士の頭に、小屋から走り去った男の顔が浮かんだ。永遠に忘れないだろう。

五十年後に大都会で擦れ違ったとしても気付くだろう。

「……あの人が呼んでくれるはずだ……救急隊を……」

光士は涙が止まらなかった。父と母も号泣した。

心電図モニターのアラームが鳴った。表示された波形が平坦になった。

第四章
彼らは密室で再会した

Ⅰ

十二月三日、水曜日、十二時五十五分。

日沖光士は白衣を羽織って診察室に入り、椅子に腰掛けた。電子カルテにログインする。ペットボトルを開けてお茶を飲み、ペーパータオルで額の汗を拭った。

「ずいぶんとお疲れですね。午前中の手術、難しかったんですか？」

ベテラン看護師の小林雅子《こばやしまさこ》が訊ねた。

雅子は太っており、髪は短い。安そうなメガネを掛け、サンダルは薄汚れている。昼休みにはいつも、手製の弁当を二つ持参し、甘いジュースと共に食べている。

若い頃は、もう少し外見に気を遣っていただろう。そうでなければ、既婚者である事実が説明できない。日沖は失礼な想像を働かせた。コンビニのパンを齧りつつ、午前中の手術を思い返す。

「八十七歳の女性の人工股関節置換術だ。ＢＭＩ四十の高度肥満で、麻酔の導入に時間が掛かった上、脂肪が邪魔でアプローチが難しかった」

通常なら、人工股関節置換術の所要時間は二時間弱だ。九時過ぎに手術が始まれば十一時には閉創《へいそう》でき、十三時からの外来診療までの間、ゆったりと過ごせる。院外に出て、学生やサラリーマンに混じってコスパの良いランチを楽しむ日もある。

だが、今日、日沖が手術室を出たのは十二時四十分だった。パサついた菓子パンを買うのがやっとだった。

「八十七歳だぜ。手術なんかしなくて良いんだよ。併存症に高血圧、脂質異常症、糖尿病がある。その内、心筋梗塞か脳梗塞にでもなって死ぬだろ。股関節なんか治しても無意味なんだよ。認知機能もちょっと怪しいし。元気になって徘徊するようになったら、家族は蒼褪めるんじゃないのか」

日沖はお茶を飲み干し、ペットボトルをゴミ箱に投げ捨てた。冗談と本音が半分ずつだ。

先月、八十三歳の男性に同じ手術を行った。畑仕事の途中、転倒して大腿骨頸部《けいぶ》を骨折した患者だった。手術は問題なく成功し、患者と家族は喜んでくれた。リハビリも順調に進み、高齢者にしては短い日数で退院まで漕ぎ付けた。

退院の日、患者は日沖に深々と頭を下げ、感謝の言葉を掛けてくれた。今度、採れた野菜を持ってくる、と約束してくれた。日沖も嬉しい気持ちになり、医者になって良かったと思った。ところが、二日前、同じ患者が再びやって来た。夜中にトイレに起き、敷居をまたぐ際に躓いて転倒したらしい。レントゲンで、前回と反対側の大腿骨転子部《てんしぶ》骨折と診断された。

日沖を含め、整形外科のスタッフは皆がっかりした。患者も意気消沈し、手術は受けないと言い出した。説得はできず、病棟のベッドで寝転ぶだけの日々を過ごしている。

「何歳でも手術くらいしてあげたら良いじゃないですか」

雅子は軽い口調で述べた。

日沖は苦笑いする。

「手術くらいって言うけど、結構大変なんだぜ」

「それはわかりますよ。手術前の先生たちはピリピリしてますし。休憩もなしに何時間も立ちっ放しで手術されてて、すごいなって感じます」

「そこまで理解してくれてるのなら、高齢者の予約はこっそり断っといてくれよ。俺は前途有望な若者を診たくて医者になったんだ。ところが、病院に押し掛けてくるのは余命わずかな老人ばかりだ」

日沖はパソコンの画面を眺めた。予約患者の一覧表が表示されている。

八十一歳男性、八十九歳女性、八十八歳女性、九十歳女性、七十三歳男性――。日沖は愕然とした。どこまでスクロールしても高齢者が続いていく。最後のほうになって、ようやく一人、四十五歳の男性を見付けた。

「じゃあ、老人お断りのクリニックを開業して、私を雇ってくださいな」雅子は腕まくりした。

「張り切って働きますよ」

「良いぜ。その代わり俺はケチだ。給料はここの半分だからな」

2

「お大事にしてくださいね」

日沖は、車椅子に乗った八十五歳の男性を送り出した。

男性は、診察室に入ってから出るまでの間、一度も声を発しなかった。視線は合わず、ぼんやりと虚空を見詰めていた。男性の車椅子を押していったのは、八十二歳の妻だ。

八十五歳の夫と八十二歳の妻。二人暮らしで市内に親族はいない。一人娘が名古屋に住んでいるものの、脳血管性認知症の夫の介護をしており、簡単には手伝いに来られない。

日沖は、どっと疲れを感じた。

「婆さんもフラフラだったな。帰りに車に轢かれないよう願うよ」

「国を挙げて介護ロボットの開発をしないと、日本はダメになりますね」

雅子が神妙な面持ちをした。

「いつか破綻するとわかりつつ老人が老人の介護をして、予想通り共倒れする。結果、どこかの施設に放り込まれる。たまにハズレが混じってるけど、ホテルみたいに快適なところも多いから、自宅で老々介護で踏ん張ってるより、生活の質《QOL》は上がるけどな」

「でも、住み慣れた場所で最後までって考えるのが普通なんじゃないですか。私の親だって――」

「老人以外に話題はないのか」日沖は雅子を遮った。「この国は老人ばっかりだな」

雅子は声を上げて笑った。

日沖は次の患者――倉城憲剛のカルテを開く。本日唯一の高齢者ではない患者だ。過去に桑名総合病院を受診した記録はない。

診療情報提供書――紹介状の持参がある。「桑名総合病院　整形外科　外来ご担当医」と題された手紙だ。スキャナーで取り込まれ、電子カルテ上で見られる状態になっている。紹介元は前田整形外科だ。桑名駅の裏側にあるクリニックで、七十代の前田昌弘が院長を務めている。同業者からも患者からも評判の良い医師だ。

「腰椎椎間板ヘルニアの診断で、職業は警察官か」

日沖は紹介状を読みながら呟いた。

倉城は、自動車事故を切っ掛けに椎間板ヘルニアを患った。症状は強くなく、消炎鎮痛剤の内服で、その場しのぎの治療をしていた。ところが、五年ほど前から経時的に腰痛が悪化し、右脚の痺れが出始めた。前田から手術を受けるよう勧められたが、仕事が忙しいことを理由に先送りしてきた。

五年の時を経て症状が強くなり、ようやく覚悟を決めたのだろう。

「犯人を捕まえるときに腰が痛かったんじゃ、困るでしょうね」

雅子は笑いながら診察室のドアを開けた。倉城を中に呼び入れる。

日沖は電子カルテに視線を注いだまま、倉城をチラと見た。警察官らしい真面目そうな風貌だ。黒い背広を着ており、紺色のネクタイを締めている。革靴はよく磨かれている。眉間に刻まれた深い皺からは、長年の苦労が透けて見えた。全身にこびり付いた硬い印象は、ちょっとやそっとでは拭えなさそうだ。

「倉城憲剛です。よろしくお願いいたします」

倉城は大きな声で挨拶し、頭を下げた。腰が痛むのか、頬をピクリとさせた。

「どうぞ、楽にしてくださいね」日沖は椅子を指し、座るよう勧めた。「担当させていただきます日沖光士です。よろしくお願いいたします」

腰を下ろした倉城が、目を見開いた。驚愕の色を浮かべ、日沖の顔を食い入るように見詰める。

日沖は怪訝に思い、倉城を見返した。直後、身体の内奥から激情が迫り上がってきた。恐怖、憤怒、後悔、悲哀、愛情、疑念――。あらゆる感情が同時に噴き出し、思考が停止した。

この瞳――。十八年前に見た覚えがある。情熱に溢れ、怖れを抱かせるほど険しい光を宿した瞳だ。見る人に希望を抱かせ、絶望の淵から救う能力を備えた瞳だ。

だが、全ては偽りだった。十八年前、男は日沖を地獄の底に突き落とし、兄の元へ死神を招いた。

日沖は息苦しくなった。目の前が回転する。

日沖は、倉城が兄と自分を見捨てた人物だと確信できなかった。いや、信じたくないだけか。壊れかけの寒い小屋に子供を残し逃げ去った冷酷な男が、人を守ることを職務とする警察官だったと、認めたくないだけか——。

日沖は直球で問いたい衝動に駆られた。しかし、横では雅子が不思議そうに首を傾げている。

「……前田先生からの紹介ですね。今は、どんな症状がありますか？　詳しく教えてください」

日沖は冷静さを保つのに必死だった。

3

痛みや痺れはいつからあるのか、どういうときに増悪するのか、程度はどれくらいか、他に症状はあるのか——。日沖は型通りに問診を進めた。

だが、頭には何も入ってこなかった。キーボードを打つ手が震えた。

倉城も同じだろう。ピンと背筋を伸ばして丸椅子に腰掛け、拳を握り締めている。いつ叱られるのか、と怯える子供のように俯いている。

「ちょっとごめんなさいね」雅子が割って入ってきた。日沖の耳元で囁く。「受付に呼ばれたので、一、二分だけ外します。何かあったら呼んでください」

雅子は、日沖の返事を待たずに診察室を出て行った。狭い空間に日沖と倉城は取り残された。

既往歴や併存疾患、アレルギーの有無、常用薬——。訊くべき内容は、まだまだ残っている。身体診察もしなければならない。治療法の選択肢を並べ、それぞれのメリットとデメリットを提示しなければならない。手術を希望された場合には、術前検査の日程を決め、同意書を取る必要もある。

だが、キーボードを打つ手が固まって動かなかった。自然と、十八年前の答え合わせが口から出た。

「……伊勢で大雪が降った日を覚えてますか？」

倉城は目をギュッと瞑った。苦悶の表情を浮かべ、全身を震わせた。椅子から降り、埃っぽい床で土下座する。ほんのわずかに見せた、腰を庇う態度が日沖を苛立たせた。

倉城は額を床に擦り付けた。

「本当に申し訳ありませんでした！　自分は警察官として失格です。……いや、人間としても最低だ。許してくれとは言いません。自分は一生、自分の行いを恥じて生きていくつもりです。本当に申し訳ございませんでした！」

倉城は土下座したまま鼻水を啜り上げた。

わざとらしさを感じ取り、日沖の中で不快感が渦巻いた。倉城の後頭部を眺め、残酷な殺し方を考えた。十八年ぶりに再会し、即座に殺すと決意した自分に感激した。

日沖は十八年間ずっと恐れていた。自分たちを見捨てた男に対する怒りと、兄を失った悲しみが薄れやしないか、と。

何の問題もなかった。日沖は嬉しくなり、口元を緩めた。静かに立ち上がり、物品棚にある十八ゲージの太い注射針を手に取った。

「先生、何をされてるんですか？」

戻ってきた雅子が深刻な声を出した。怖気を露わにした視線を日沖に注ぐ。

俺は化け物か――。日沖は最高に愉快な気分になり、満面の笑みを浮かべた。注射針を白衣のポケットに隠し、椅子に腰を下ろす。

「オペを成功させてくれと頼まれたんだ」

日沖が嘘を吐くと、雅子は安堵した様子で肩の力を抜いた。しゃがんで倉城の両肩に手を置く。

「大丈夫ですよ。土下座なんかしなくたって、日沖先生はキチンと手術してくれますから。優しくて、とっても良い先生なんです。若いですけど、腕だって確かです」

「違うんだ……違うんだ……」

倉城は噎《むせ》び泣きした。

「面談室、空いてるかな？」

日沖は立ち上がった。倉城と二人になりたい。

「空いてると思いますけど、使うんですか？」

「かなり不安がってるみたいだし、治療方針を詳しく説明したいからね」

「今からですか？」

雅子は、壁に埋め込まれた電光掲示板をチラと見た。

「5」と表示されている。受付を終え、受診を待っている患者の人数だ。「6」に変わった。まだ増えるかもしれない。

「どっち道、こんな状況じゃ診察は続けられないだろ。そんなにも長くはならない」日沖は倉城に視線を移す。「場所を変えます。静かなところで話しましょう」

4

日沖と倉城は面談室に移動した。四畳半程度の狭い部屋だ。事務机が一つと丸椅子があるだけだ。机には、電子カルテが入ったノートパソコンが置かれている。

日沖と倉城は向き合って座った。倉城は俯いて日沖と目を合わさなかったが、日沖は倉城を真っ直ぐに睨み続けた。兄を見殺しにした男がどんな人間か、目に焼き付けた。

「あんた、さっき、俺が名乗ったときに顔色を変えたな。俺の名前を知ってたのか？　十八年前、俺はあんたに名乗った覚えはないんだが」

「失礼ながら、気になって調べていた時期がありましたので……」

倉城は申し訳なさそうに答えた。

十八年前の悲劇は、新聞やローカルテレビで幾度も報道された。世間ではすでに忘れ去られた事件だが、今でもネットで検索すれば記事は出てくる。

「すると、俺のプロフィールもある程度は知ってるってわけか。医者の経歴なんて、調べれば簡単にわかるもんな。病院によっちゃ、ご丁寧に顔写真まで掲載されてたりする。個人情報もクソもあったもんじゃない」

幸い、桑名総合病院のホームページでは個人情報は伏せられている。院長や部長クラスの医師名は記されているものの、日沖のような若手医師の名は明示されていない。

日沖の名前を検索しても、桑名総合病院は出てこない。前に勤務していた大阪の大学病院のホームページがヒットする。

だからか――。日沖は納得した。倉城は、日沖が桑名総合病院で働いていると知らなかったのだろう。前田整形外科からの紹介状も、「ご担当医」宛てになっていた。全くの偶然が、日沖と倉城を再会させた。

「毎年、墓に献花してるのはあんたか？　墓の場所も調べたんだな。あんたは警察官だ。いくらでも調べる術はあるだろう。ストーカーみたいな奴だな。気持ち悪い」

日沖は吐き捨てた。

倉城は苦し気に声を絞り出す。

「せめてもの償いの気持ちとして、させてもらっています」

「今年からはもうやめてくれ。不快だ」

倉城は黙って頷いた。だが、本当にやめるかどうかはわからない。もし花が供えられていたら、踏み付けて捨ててやろう。

日沖は憤怒の情を抑え切れなかった。倉城を詰り、罪深さを糾弾し、脅迫する文言を必死で考えた。しかし、確かめずにはいられない疑問が前に出た。十八年間、答えを見付けられなかった疑問だ。

「あんた、どうして俺たちを見捨てた？」

「見捨てるつもりはなかったんです。信じてください」

倉城は勢いよく顔を上げた。眼球に力強い光を宿していた。

ここにきて言い訳をするか――。やっぱりこいつは人間のクズだ。

「じゃあ、どうして現れなかった？　あんた、救急隊に連絡する、絶対だと約束して俺たちのもとを離れただろ。それなのに、どうして現れなかったんだ」

走り去った男など存在しなかったのかもしれない。絶望した日沖が見た幻覚なのではないか。そう思った時期すらもあった。

にも拘らず、男は実在し、平然と嘘を吐き真実を隠す。

「申し訳ありません……」

倉城は涙を絞り出した。よくもこんな演技ができるものだ。

「幸い、あんたが走り去った三時間後、俺たちは両親に見付けてもらえた。だけど、この三時間が命取りになったんだ」

日沖はゆっくりと立ち上がり、倉城の後ろに回った。両手を首筋に当てる。頚静脈を圧迫し、顔面をうっ血させてやった。

「兄は小屋に入る前、右腕に怪我を負い、それが原因で壊死性筋膜炎になった。壊死性筋膜炎は、急速に進行して命を奪う恐ろしい病気だ。兄は病院に運ばれた後、右腕を切断する手術を受け、集中治療室で全身管理された。だが、助からなかった。小学六年生で人生を終えたんだ」

おそらく、三時間早く救出されていたとしても、腕の切断は免れなかったろう。しかし、命は助かった可能性が高い。

日沖は両手に力を込め、倉城の首を絞めた。倉城が悶え苦しんだ。

日沖は手を放した。こんなにも簡単に殺すつもりはない。日沖は椅子に座り、倉城を真っ直ぐに見た。

「――あの人が呼んでくれるはずだ、救急隊を。これが兄の最後の言葉だった。兄は寒い小屋に閉じ込められたまま死んだんだ」

「本当に申し訳ないです……」

倉城は目を真っ赤に充血させた。ぜいぜいと呼吸を繰り返し、透明な雫を落とす。

「俺も兄も、あんたを信じていた。あんたは希望の光だったんだ。ところが、あんたは俺たちを置き去りにし、何もしなかった。救急隊を呼ぶと約束したのにな。しかも、警察官だというから驚きだ。瀕死の病人を前にした医者が、看護師を呼んでくると言って逃亡するようなものだ」

こんな皮肉な話があるだろうか。

日沖と兄は、救急隊を呼ぶと約束した男を待ち続けた。男が善良な市民――いや、ごく普通の市民だと信じて。ところが、その男は警察官だったのだ。

「あんた、家族はいるのか？」

「……います」

倉城は短い逡巡の後に答えた。恐怖を帯びていた。先ほど、日沖が首を絞めたときには表出しなかった感情だ。日沖の嗜虐性が刺激された。

「子供を見殺しにした過ちを隠し、自分は幸せな家庭を築いてたってわけか。あんたの妻や子供が同じ目に遭ったらどうする？　俺が、あんたの妻や子供の腕を切断して殺したらどうする？——想像してくれ。鈍い光を放つメスを表皮に押し当てて切開し、真皮を貫いて皮下組織を破っていくんだ。血管を切る度に赤い血が溢れ出してくる。もちろん麻酔なんかしない。あんたの妻や子供が泣き叫んでも俺は容赦しない。嫌だ、痛いと絶叫し、助けてくれと懇願する妻や子供の——」

「やめてくれ」

倉城が首を左右に振り、耳を塞いだ。

「幸い俺は整形外科医だ。腕はうまく切断してやるよ」

「家族に手を出すのはやめてくれ。私自身になら何をしても良い。だから、頼む。お願いします！」

倉城は床に正座し、再び無防備に土下座した。

日沖は白衣のポケットから注射針を取り出した。キャップを外し、右手で固く握る。後頸部を貫いてやれば、一撃で脊髄を損傷させられるだろう。日沖は針を掴んだ右腕を振り上げる。

倉城は気付かず、額を床に擦り付けたままだ。

「ただの想像だ、安心しろ。俺はあんたの家族には興味がない」

日沖は右手を下ろし、針を机に置いた。

5

仕事を終えた日沖は、歩いて病院を出た。近所にあるチェーン店で牛丼を食べ、一人暮らしのマンションに辿り着いた。必要最低限の家具が置かれただけの一室だ。

日沖が中学生のとき、一家は伊勢から桑名に引っ越した。父親の仕事の都合だった。今も両親は桑名市内に住んでいる。広い一軒家で、病院までは車で十五分だ。

だが、日沖に両親と同居する気はない。患者が急変した際など、夜中にバタつくこともある。六十歳を目前にした両親の生活リズムを乱したくはない。身体は大丈夫か、と心配されるのも面倒だ。

いや、本音は別にある。仮面を被って送る人生は疲れる。兄が亡くなった日から、日沖家には暗い空気が蔓延した。日沖は真の意味で笑わなくなったし、父と母は悲哀に満ちた表情を浮かべるようになった。

これではマズいと考えたのだろう。兄が死んで半年ほど経った頃から、両親は妙に明るく振舞いだした。父は日沖を連れて海に行き、見たこともない魚を釣り上げた。母はツヴィリングの包丁で魚をさばき、刺身にした。三人は「すごくおいしいね」と言って食べた。翌週には三人でキャンプに行き、松阪牛を火で炙って食べた。「すごくおいしいね」と言って、失敗して焦げた肉を頬張った。

日沖は両親が演じていると気付いていたが、素知らぬ顔で子供時代を過ごした。作り笑いを浮かべ、同じく作り笑いをする父と母の肩を揉み、家事の手伝いをした。

まるで劇だ。日沖は小学生、中学生、高校生の間、家族ごっこの子供役を果たした。

もちろん、両親には感謝している。兄と日沖を生み、愛情を注いで育ててくれた。

一年前、老衰で亡くなった祖母にも感謝している。認知症が進み、晩年は日沖と兄の区別がつかなくなっていた。最後に会ったときには、「淳士は立派なお医者さんになった」と嬉しそうに目を細めていた。

日沖は静かなマンションで服を脱ぎ、シャワーを浴びた。冷蔵庫から缶ビールを出して呷《あお》る。アサヒのスーパードライだ。

医者になってすぐの頃は、高いワインを買って飲んだ。都会のワインショップに行き、店員に勧められるがままにヴィンテージワインを買った。だが、一人で飲んでも虚しいだけだ。仕事柄、毎日酔うわけにもいかない。自宅でボトルを開けても、半分も飲み切らない内にシンクに流す羽目になる。

結果的に、冷蔵庫には学生時代と変わらぬ缶ビールが入っている。

日沖はパソコンの電源を入れた。「倉城憲剛」をネットで検索する。

県警のリクルート用のホームページが見付かった。倉城の顔写真と、就活生向けの紹介文が掲載されている。どうやら、倉城は機動捜査隊の刑事らしい。写真の倉城はスーツ姿で腕を組み、遠くを睨み付けている。眉間に刻まれた皺が、真面目な人間であると偽装していた。

日沖は呆れつつ、就活生に宛てた美しい文言を目で追った。

――警察官の仕事は、自分が生まれ育った街の安全と安心を守ることです。刑事は、犯罪の被害に遭われた方々の魂を救済せねばなりません。非常に困難ではありますが、その分やりがいがあります。私は刑事になって――。

白々しい。日沖は読むのが嫌になり、ページを閉じた。二本目のスーパードライを開け、検索を続けた。

伊勢国新聞の記事が出てきた。十八年前の十二月二十五日――日沖と兄が小屋から救出された日の記事だ。

二人の悲劇は、新聞やローカルテレビで繰り返し報道された。またその記事を読まされるのか、と気が重たかった。しかし、倉城の名前でヒットする理由は何か。日沖は不思議に思い、ページを開いた。

読み進めるにつれ、急速に酔いが醒めた。

――二十五日、午前七時十五分頃、伊勢市の宮川《みやがわ》沿いの市道で、伊勢警察署刑事課の倉城憲剛巡査部長（二十七）が運転する車両が、車線をはみ出して歩道に乗り上げ、堤防から転落した。事故を目撃した歩行者が救急要請し、倉城巡査部長は伊勢赤十字病院に搬送されて治療を受けた。署は倉城巡査部長の無事を確認するとともに、前日からの大雪が事故の原因とみて調べを進めている。事故に巻き込まれた車両や歩行者はなかった。

事故を起こしていたのか――。

記事には事故車両の写真が添えられていた。横転し、ガラスにヒビが入った黒いクラウンの写真だ。

「俺たちを見捨てたわけじゃなかったのか……」

日沖の中で怒りが消えていった。長年、苛まれた重圧から解放された気がした。

日沖は、涙を流して床に額を擦り付けた倉城を思い返した。十八年間、倉城も苦しんできたのだ。次に会ったら、倉城に許してやると伝えよう。

だが、いつ、どこで会えるか。倉城はもう日沖のもとにはやって来ないだろう。ヘルニアの手術は別の病院で受けるに違いない。あるいは、手術は受けず、今まで通り痛み止めで誤魔化し続けるか――。

日沖はパソコンの電源を落とした。大きく息を吐き、残ったビールを飲み干した。空き缶を机に置き、ぼうっと天井を眺める。長風呂の後のような虚脱感に襲われた。

誰でもミスは犯す。日沖も、手術中に大事な血管を切って冷や汗を掻いた経験がある。研修医の頃には、致死的な疾患——大動脈解離《だいどうみゃくかいり》を見逃して先輩医師にこっ酷く叱られた。いずれも患者は死ななかったが、余命の幾分かは奪ったかもしれない。

　刑事も同じだろう。運転のミスもするだろうし、重大な証拠を見落として犯人を野放しにしてしまうこともあるだろう。

　だからこそ、刑事も医師もチームで仕事を進める。誰かのミスは誰かがカバーする。だが、助けを求めて小屋から走り去ったとき、倉城は一人だった。

「何だったんだよ……」

　日沖は消えたパソコンの画面を眺めた。疲れた自分の顔が映り込んでいる。

　十八年間も自分が保ち続けた怒りは、いったい何だったのか。

　日沖はビールの缶に手を伸ばした。飲もうとして空だと気付いた。残っていた数滴を口の中に落とす。途端、身体中の血液が音を立てて流れた。冷たい血が体内を駆け巡り、心臓を通った瞬間に熱くなった。

　空き缶を机に置こうとして失敗した。床に転がった。拾い上げる余裕はなかった。

「……あいつ、嘘を吐きやがった」

　ビールの空き缶から漂う臭いを、日沖は十八年前に嗅いだ。鉄格子を挟んで対面したとき、倉城は全身からアルコールの臭気を発していた。倉城は飲酒運転をしていたのだ。

　大雪のせいで自宅に帰れなくなった倉城は、知人の家か飲食店で酒を飲んで夜を明かした。夜の間に雪はやみ、代わって降った雨が道路の雪を解かした。朝、酒に酔ったまま車を運転した倉城は、日沖と兄が閉じ込められた小屋の前を通った――。

大方、こんなところだろう。

十中八九、あの日、倉城は携帯電話を持っていた。しかし、その場で救急や警察の応援を要請すれば、誰かが倉城の酒臭さに気付いただろう。警察官が飲酒運転をしていたとなれば、大問題になる。発覚を恐れた倉城は、嘘を吐いて現場を走り去った。

おそらく、日沖と兄を見捨てる気はなかっただろう。そこまでの悪人ではないはずだ。曲がりなりにも警察官をしている男だ。

見捨てるわけにはいかないが、その場で救急や警察の応援を呼ぶわけにはいかない。悩んだ果て、倉城は匿名で通報することを思い立った。そうすれば、日沖と兄を助けられ、なおかつ自身の飲酒運転を隠匿できる。

倉城は、コンビニかどこか、公衆電話がある場所を目指しクラウンを走らせた。途中、事故を起こした――。

ただの日沖の想像だ。しかし、概ね正しいだろう。細部が違っていようが構わない。

……あの人が呼んでくれるはずだ……救急隊を……。兄の最後の言葉が蘇った。

俺と兄は、こんな最低な人間を頼りにしていたのか。日沖は悔しさに襲われ、下唇を嚙んだ。血の味がした。墓の前で、どうやって兄に説明すれば良いのか。大泣きした父と母、亡くなった祖母にどう説明すれば良いのか。

「……兄ちゃん、俺、あいつを殺すよ」

日沖は兄に誓った。

第五章 過去は彼らを惑わした

I

桑名総合病院の中、コンビニの前。紀平徳人と近藤沙織は、数メートルの距離をおいて日沖光士と向き合った。

日沖は、面倒くさそうに白衣のポケットに手を入れた。欠伸して黙って立っている。

今日は大晦日だ。院内のコンビニに客はおらず、いつの間にか店員もバックヤードに消えていた。

紀平のスマホが鳴った。発信者は捜査一課の鵜飼だ。紀平は、日沖を見張るよう沙織にアイコンタクトした。沙織の首肯を確認し、紀平は日沖から離れた。電話に出ると、興奮した鵜飼の声が聞こえてきた。

「やっぱりそうだ。お前の言った通り、倉城さんは、十八年前の十二月二十四日に居酒屋で夜を明かしていた」

「どこの店だ？」

「『伊勢人《いせじん》』。宮川沿いにある個人経営の店だ」

思い当たる店が一軒ある。宮川――伊勢湾へと続く清流の堤防沿いにある店だ。前を通る度に、黒い背景に白い文字で「伊勢人」と記された看板が目に付いた。

「倉城さんの行き付けの飲み屋だったみたいだな。十八年前の十二月二十四日、車で訪れた倉城さんに酒を提供したと、店主が白状しやがった」

鵜飼は下品に嘲笑した。

「十八年も昔のことなのに、よく覚えてたな」

「倉城さんは、翌日――二十五日の朝、車を運転して帰った。途中、事故を起こして救急搬送された。新聞にも載ったし、覚えてて当然だ」

「自分の出した酒を飲んだ常連客が、翌朝、事故して死にかけた」なるほど、と紀平は頷いた。「責任の一端が自分にあると思い、長年、後悔してたってわけか」

「訪れた捜査員によれば、こっちが申し訳なくなるくらいビビって全部教えてくれたそうだ。どんな間抜け面をしてたか俺も見たかったな。さすがに、伊勢まで行くのは辛いから断念したけどな」

紀平は『伊勢人』の店主を知らないが、顔を真っ青にする姿が想像できた。

「だけどさ」鵜飼が妙に真面目な声を出した。「ああ見えて、倉城さんも昔は結構な悪だったんだな。あの堅物が飲酒運転で事故か」

「倉城さんは結構な量を飲んでたのか？」

「さすがに店主もそこまでは覚えてなかったな。ただ、倉城さんが酒を口にしたのは日付が変わる前までだった、と断言したようだ。嘘は吐いてないと思う。さっきも言ったみたいに、店主は相当ビビってたらしいからな」

店主には、嘘を吐いたり誤魔化したりする余裕がなかったか——。紀平は聴取の場に居合わせておらず、店主の顔色の変化や態度を見たわけではない。鵜飼の話を聞いただけでは判断できなかった。

しかし、倉城を信じたい気持ちがどうしても前に出る。

「倉城さんが事故を起こしたのは七時十五分頃だった。酒を飲んだのが〇時前までなら、運転時、酒は抜けてたんじゃないのか？」

「それは何とも言えないだろ。飲んだ酒の量にもよるし」

鵜飼の意見は尤もだ。量に加え、酒の種類や個人の体質、体調にもよる。

七時間十五分のインターバルでは少し短い。酔いは醒めていたかもしれないが、アルコールが残っていた可能性は捨て切れない。そもそも、車で居酒屋を訪れて酒を飲んだ時点で分が悪い。

押し黙った紀平の胸中を悟ったのか、鵜飼が言葉を続けた。

「倉城さんが店を訪れたのは、元々は酒を飲む目的じゃなかったみたいだな。倉城さんは車で帰る途中、猛吹雪に襲われた。このまま運転を続けるのは危険だと判断し、急遽、帰り道にあった行き付けの居酒屋に寄ったんだ」

当初は酒を飲もうとしていたわけではなかった。この事実は大きい。大雪に運転を阻まれ、それならばと、朝まで店に留まる予定で酒を口にした。翌朝、再度運転することを見越し、日付が変わってからは飲まなかった——。

無論、真実はわからない。

「難航するかに思えた捜査も終わりが見えたな」鵜飼は声を明るくした。「お前が言うように、犯人は日沖光士で決まりだ。あとは証拠を見付けるだけか」

「どういうことだ」

「いや、証拠ならすでに掴んでるんだ。安心しろ、後は俺が全部やっておく」

紀平は電話を切った。鵜飼が混乱を滲ませた。「まさか、お前、抜け駆けして——」スマホをポケットにしまい、沙織の隣まで歩いた。再び日沖と対峙する。

日沖は変わらない姿勢で、涼しい表情をしている。

紀平は日沖を真っ直ぐに見据え、推理を語る。

「倉城さんは長年、墓参りを続けていた。二人の少年に対する償いのためだ。ところが、一つ不思議な点があった」

「倉城さんがお供えしていた花は、一人分だったんです」沙織が続けた。険しい顔付きをしている。「二人の少年に対する償いにも拘らず、花は一人分。この事実が意味するところは何だったんでしょうか。単純です。二人の少年が関わる事件が起き、一方が亡くなったんです」

日沖は沙織をチラと見た後、視線を紀平に向けた。澄まし顔のまま動かない。

何を考えているのか。警戒しつつ、紀平は再び口を開いた。

「二人の少年とは、お前と、亡くなったお前のお兄さんだ。十八年前の伊勢国《いせこく》新聞の記事に、お前たち兄弟の悲劇が載っていたよ。……当の本人に向かって事件の概要を説明する必要はないだろう」

日沖は口を閉ざしたままだ。場が静かになった。

沙織が沈黙を破る。

「同じ新聞で、倉城さんの起こした自動車事故が報じられていました。あなたたち兄弟が閉じ込められた場所と、倉城さんが事故を起こした場所。これら二つは車で五分と離れていません。しかも、あなたと倉城さんは、現在——倉城さんの生前、医者と患者という立場にありました。刑事でなくたって関係を疑うのが自然でしょう」

「十八年前、小屋に閉じ込められていたお前たち兄弟と倉城さんは出会っていたんだ」

「小屋に閉じ込められていたあなたたち兄弟は、倉城さんに助けを求めた。ところが、倉城さんは車を運転する何時間か前に、アルコールを飲んでいました。その場で警察の応援を呼ぶわけにはいかなかったんです」

「おそらく、倉城さんは現場から離れ、匿名で通報するつもりだったんだろう。そうすれば、自分が酒を飲んで車に乗った事実を隠したまま、子供たち——お前たち兄弟を救うことが可能だった」

「だけど、応援を呼びに行く途中、倉城さんは事故を起こしました」沙織は遠慮がちに述べた。

「……積雪による悪路の中、急いだことが原因だったんでしょう」

事故の現場は、宮川沿いの狭い市道だった。倉城は車線をはみ出して歩道に乗り上げ、堤防から転落した。

このとき、倉城が事故さえ起こしていなかったら——。日沖が倉城を殺す事件は起きなかったろう。

日沖が長い息を吐いた。不愉快そうに首を横に振り、呆れた様子で告げる。

「警察が身内に甘いってのは本当なんだな。酒を飲んで酔っ払い、事故を起こした。これだけの単純な話だろ。雪が降ったことや運転を急いだことは、一因に過ぎない。お前たちの話が事実だったとして、だがな」

日沖の主張も理に適っている。

真実はわからず、今となっては調べることは難しい。何を信じるかは、生前の倉城との関係による。日沖の考えを覆す術を、紀平は持っていない。

日沖は、倉城が自分たちを見捨てたと思い、十八年もの間、恨みを募らせていた。兄を亡くしているのだから、ある意味で当然だ。殺してやりたいと思った気持ちも、理解できなくはない。

長年、恨み続けていたにも拘らず、今になって殺人を実行した理由は何か。

日沖は、十八年前に自分たちを置き去りにした人物が何者であるか、ずっと知らなかったのだろう。これからも、日沖と倉城は、互いに交わることのない人生を歩んでいくはずだった。ところが、何の偶然か二人は再び引き合わされた。

いや、必然だったのかもしれない。十八年前に起こした事故で、倉城は椎間板ヘルニアを患った。徐々に悪化したヘルニアは、倉城を、事故を理由に助けられなかった当時の少年の一人――日沖と巡り合わせた。

紀平は感情を殺し言葉を並べる。

「お前は、倉城さんが、現場に一番に駆け付ける機動捜査隊という立場の人間であることを利用した。右腕を切断された死体がある、と偽の通報を入れ、倉城さんを誘き寄せたんだ」

一度目は十二月十七日だった。日沖は、スーパー『ハッピー桑名』の駐車場に倉城を呼び寄せた。だが、現場に向かったのは、紀平と倉城のペアではなく、若曽根と沙織だった。

二度目は十二月二十日、閉鎖された『風の子保育園』だった。このときは紀平と倉城が現場を訪れた。しかし、日沖は犯行を断念した。目撃者がいたからだろう。事実、和菓子屋を営む沢登信治が、同日、不審な者を見たと証言した。

「お前は、三度目の正直で殺人を成功させた。場所はＰＡＬビルだ」

奇しくも、日付は十二月二十四日――日沖兄弟が小屋に閉じ込められた日と同じだった。

「現場に到着した俺と倉城さんは――」

紀平は口を噤《つぐ》んだ。入院用の寝巻を着た患者が二人、楽しそうに会話しながら歩いてきた。

「場所を変えよう。邪魔されたくない」

2

紀平と沙織、日沖は患者用の待合室に移動した。

目の前には左右に通路が伸びている。夜間、明かりはセンサーで点灯する仕組みになっている。通路の奥は暗く、人が近付いて来ればすぐにわかる。

「ＰＡＬビルに着いた俺と倉城さんは、立体駐車場の階段を上がった。下から順に確認していき、四階と五階の間にある踊り場まで到着した瞬間だった。電気が消えた。お前がブレーカーを落としたんだ」紀平は悔しさを思い出した。「突然の暗闇に混乱した俺は、不意を突かれた。突き飛ばされ、床に後頭部を打ち付けて気絶した」

紀平は踊り場から階段の下まで落下した。意識を失っただけで済んだが、打ちどころが悪ければ死んでいた。

「目を覚ました俺は、瀕死状態の倉城さんを発見した。お前は知らないだろうが、倉城さんは死の間際、一つ嘘を吐いた。どんな嘘か想像できるか」

紀平が訊ねると、日沖は口元を歪めた。

「せいぜい、十八年前の飲酒運転を誤魔化す見苦しい言い訳か何かだろう」

「倉城さんは、最後の力を振り絞ってこう言ったんだ。——奴は上に向かった」

日沖がひとかけらの驚きを走らせた。

五階へと階段を上った先には、T字に通路が伸びている。右はすぐ行き止まりで、左には屋上へと続くドアと窓がある。ドアの鍵を開けるためには、プラスチック製のカバーを割ってサムターンを回す必要があった。だが、カバーは割られていなかった。窓にはクレセント錠が掛けられていた。

倉城の嘘が密室の謎を生んだ。実際には、日沖は五階ではなく階下へと向かったのだろう。現場は密室ではなかった。

「倉城さんは自身の過去を悔いて、お前を逃がすために嘘を吐いたんだ」

紀平は拳を握り、掌に爪を食い込ませた。

——こっちのほうが大きな間違いなんじゃないのか。十八年前の過ちよりも、日沖を逃がすために吐いた嘘のほうが罪深い。そのせいで捜査は難航し、日沖は第二の事件をも犯した。

竹内は伊勢国新聞の記者だ。紀平たち捜査員よりも早く、過去の記事にアクセスしていたに違いない。紀平よりも一足早く、犯人の正体に気付いたとしてもおかしくはない。

おそらく、竹内が真相に至る切っ掛けとなったのは論文だ。『臨床整形外科』に日沖が投稿した論文、「壊死性筋膜炎で上肢を切断した一例」だ。壊死性筋膜炎というキーワードから、伊勢国新聞の過去の記事を検索し、日沖兄弟の悲劇に辿り着いた――。

だが、竹内は、日沖が犯人である証拠は掴んでいなかった。だから、日沖と直接対峙する危険な選択をしたのだろう。結果、日沖に殺されかけた。

竹内は今も集中治療室で眠っている。脳保護作用や頭蓋内圧の低下を期待した低体温療法は、今も続いており、予断を許さぬ状況だ。

「竹内さんを殺そうとする必要はなかったんじゃないのか。一人の記者が真相に辿り着けたんだ。俺たち刑事がお前の正体を見抜くのは、時間の問題だった。竹内さんを襲って罪の上塗りをしても意味はなかったはずだ」

「ちょっと待てよ。勝手な想像で話を進めるな」日沖は涼しい顔色を見せる。「俺が犯人だという証拠はあるのか?」

「残念ながら、そういう駆け引きが通用する段階は終わってるんだ」

紀平は、スーツの内ポケットから紙を取り出した。折り畳んだ一枚のコピー用紙だ。日沖に差し出す。

日沖は怪訝そうに受け取った。警戒した目付きで紙を開く。

「さっき、研修医の糸居先生に頼んで電子カルテを見せてもらったんだ」

「あいつ――」

日沖は目付きを尖らせた。

「安心しろ。見せてもらったのは俺自身のカルテだけだ。その紙も、糸居先生が書いた俺のカルテのコピーだ。患者本人にカルテの情報を開示しても法的な問題はない。糸居先生は何ら間違った行為はしてないはずだぜ」

紀平が説明すると日沖は怒りを鎮めた。視線を紙に落として読んだ後、不思議そうに顔を上げた。紙を乱暴に紀平へと返す。

「これがどうした？　ただのカルテだ。研修医にしちゃよく書けてるけどな」

「注目すべきは、現病歴について記された箇所だ」

【現病歴】

十二月二十四日、二十時四十八分、本患者（紀平徳人）は、倉城憲剛を搬送する救急車に同乗し、当院の救急外来に来院した。来院時は意識清明で自力歩行しており、外観も良好だった。

※当院スタッフは、救急隊より、受傷者は倉城憲剛のみと報告を受けていたため、当初、本患者（紀平徳人）に対する診察や治療は行っていなかった。

二十時五十分頃、倉城憲剛がハイブリッド手術室に移動される姿を見送った本患者（紀平徳人）は、意識消失し、床に転倒した。転倒の直前に糸居（研修医）が身体を支えたため、転倒時に頭部の打撲はなかった。

状況から、迷走神経反射による失神の疑いが強いと思われた。ただし、頭蓋内病変の精査は必要と考え、生理食塩水で点滴ルートを確保すると共に採血を行い、ＣＴ検査の準備を進めた。同時に心疾患の否定目的で、心電図、心臓超音波検査を――。

カルテの記述はまだ続いていくが、これ以上読んでも意味はない。紀平は紙を折り畳んでポケットに戻した。

「公文書であるこのカルテが、皆が知る真実だ。ところが、事実は異なる」

日沖はまだ理解できていない様子だ。表情を引き締めて説明を待っている。

紀平は、日沖の発言を正確に思い起こし、声に出した。

「そういや、お前、もう大丈夫なのか？　三日前に階段から落ちて意識を失ったばかりだろ。――同窓会の後、二人でバーに行った帰り、タクシーが出る直前にお前が言った言葉だ」

日沖の発言した内容こそが事実だ。紀平は犯人に突き飛ばされ意識を失った。その後、目を覚まし倉城と共に病院に移動し、再び意識を失った。

しかし、紀平は、一度目の意識消失について医療スタッフに話していない。糸居のカルテの記載内容が、医療スタッフの持つ情報の全てだ。紀平の一度目の意識消失について知る者は限られる。紀平自身と、捜査本部の捜査員と、犯人だけだ。

「お前が、俺が階段から落ちて意識を失ったと知る理由は何か。単純だ。犯人だからだ」

「お前のただの思い違いの可能性だってあるだろ。俺には、そんなことを言った記憶がないぜ」

日沖はせせら笑いした。

哀れなヤツだ。紀平は冷めた気分になった。ＩＣレコーダーを取り出し、再生ボタンを押す。

「——そういや、お前、もう大丈夫なのか？　三日前に階段から落ちて意識を失ったばかりだろ」

日沖の声が流れた。

日沖は、普段の何割か増しに目を見開いた。いつから疑っていた、と問いたそうな顔をしている。紀平は種明かしする。

「偶然、録音してたんだ」

同窓会に行く前、紀平は前田整形外科を訪れ、前田から話を聞かせてもらった。その際にレコーダーを回したまま、電源を切り忘れた。

——記録を残しておけば、自分の身に何かあっても誰かに引き継げる。

倉城の教えだ。倉城は、関係者と話すときはいつもＩＣレコーダーを回していた。

日沖から驚きの色が抜けた。小さく口角を持ち上げ、観念したように息を吐いた。言い逃れできないと悟ったのだろう。清々しい表情をしている。

「竹内さんが目を覚ましたら、お前が犯人だと証言するだろう」紀平は追い打ちを掛けた。「こっちの事件に関しても、今の内に罪を認めたほうが得策だぜ」

第二の事件——竹内が襲われた事件の証拠はまだない。しかし、時間の問題だ。

低体温療法が終われば竹内は目を覚ます。無論、竹内が無事に目を覚ますとは限らない。復温しても意識障害が遷延し、コミュニケーションが取れない可能性もある。

「あんまり俺を舐めるなよ。俺は用意周到な人間だ」

日沖は片側の頬を吊り上げた。

「どういう意味だ？」

「間抜けな記者は今、集中治療室で無防備に眠っている。俺は医者だ。悪戯目的にベッドに近寄っても、誰も気に留めない」

日沖は満足そうに相好を崩した。

紀平はギョッとして問うた。

「竹内さんに何かしたのか？」

日沖は答えず、紀平に背を向けて歩き始めた。白衣のポケットに手を入れたままだ。

「待て、動くな」

紀平は拳銃を出し、日沖に向けた。

日沖は首だけを捻って振り向いた。拳銃を見ても表情を変えなかった。無言でポケットから手を出し、小瓶《アンプル》を床に放り投げた。プラスチック製の空の小瓶だ。赤字で「カリウム」と記されたシールが貼られている。

紀平は総毛立ち、思考が停止した。遅れて迫り上がってきた恐怖で声が震えた。

「まさか、お前――」

「さっき、竹内の点滴にそいつを混注《こんちゅう》してきた。早くしないと心臓が止まるぜ」

日沖は嫌らしい笑みを浮かべた後、床を蹴って走り出した。

クソっ。紀平は舌打ちし、拳銃をしまった。

「竹内さんを見に行ってくれ！　日沖は俺に任せろ！」

紀平は沙織に指示を飛ばし、日沖を追った。

3

紀平は日沖を追って、屋上へと続く階段を駆け上がった。日沖がカードリーダーに名札を翳し、ドアのロックを外した。重たい鉄のドアを押し開けて屋上に出る。

「待て！」

紀平は叫んだ。ドアが閉まる直前、右足を隙間に捻じ込んだ。激痛が走る。

この程度の痛み、大したことはない。腕を切断された倉城は何倍も痛かったろう。

紀平は呻き声を殺した。荒い呼吸をし、ドアを押して屋上に出た。ジャケットを脱いで丸め、ドアの隙間に挟む。紀平は右足を引きずって歩いた。数歩が限界だった。立っているのが精いっぱいだ。

だが、痛みのおかげで頭が冴えた。不必要に日沖を追い回す必要はない。屋上はフェンスに囲まれただけの空間だ。逃げ場はない。紀平は冷静に屋上を見回した。

夜の屋上は寒く、暗い。ヘリポート用の白い照明が幽暗に照らしているだけだ。

日沖はフェンス際まで走り、紀平のほうを振り向いた。何を考えているのか――。日沖は凪いだ水面のように落ち着いている。

紀平は呼吸を整え、語り掛ける。

「お前のお兄さんが命を落としたことは、本当に残念だったと思う。だが、倉城さんはお前たち兄弟を見捨てたわけじゃなかったんだ」

「見捨てたも同然だ。その場で応援を呼ぶこともできたはずなのに、飲酒運転を隠蔽する目的で現場を走り去ったんだ。結果、事故を起こして、俺たちを助けると言った約束を破った」

日沖の瞳に怒りが現れた。無表情でいられるよりはマシだ。

「倉城さんが本当に飲酒運転していたかどうかはわからない。居酒屋の店主は、酒を提供したのは日付が変わる前までだったと証言した」

「どうして信じられる？　疚しいことがないのなら、その場で救急要請したはずだ」

「仮にそうだったとして、殺されなければならないほどの罪じゃなかったはずだ」

「俺と兄を地獄に取り残し、兄の命を奪ったんだ。死んで償うべき罪だ」

日沖は汚い物を見る目付きをした。

「倉城さんは十八年間、苦しんで自分なりに償いをしてきた。俺が知る限り、倉城さんは酒を一滴も口にしなかった。県警一の堅物と呼ばれるほどに真面目になったんだ」

「人の死を切っ掛けに心を入れ替えたってわけか」日沖は冷笑を浮かべた。「そりゃ感動ものだな」

「人は誰でも間違いを犯す。やり直しはできるんだ。倉城さんは自らの過ちを悔いて、刑事としてやり直してたんだ。それをお前は――」

紀平の声が揺れた。悔しさに胸を満たされた。なぜ伝わらない。

日沖は灰色の瞳で冷たい言葉を並べた。

「倉城は俺の兄を殺し、俺の兄はもう生き返らない。人を殺した人間に、人生をやり直す権利なんかないんだ」

「倉城さんは、お前のお兄さんを殺してなんかいない。よく考えろ。倉城さんが、その場ですぐに応援を呼んでいたとして、お前のお兄さんが助かった保証なんか――」

「黙れ！」

日沖が大声を張り上げた。全身に怨念をこびり付かせ、怒気を放った。殺人者の目をしている。

言葉が通じない。紀平は無力感に襲われ、口を噤んだ。

屋上が静まり返った。寒い風が吹く。右足の痛みが増した気がした。

ギイと金属が軋む音が聞こえた。視界の端で人影が動いた。紀平は、日沖に気取られぬよう眼球だけを動かした。ジャケットを挟んだドアを確認する。

鵜飼がいた。ドアの内側に身を潜め、様子を窺っている。良いところにやって来た。紀平は希望を取り戻し、鵜飼に目配せした。

「俺は、十八年前に俺たちを見捨てた男――倉城憲剛を恨むことで今まで生きてきた。兄を殺した男を殺した今、俺は人生の目的を果たしたと言える」

日沖は清々しい表情を見せた直後、紀平に背を見せた。フェンスを上って向こう側に飛び降りた。再び紀平に顔を向け、屋上の縁に立つ。

紀平は焦りと恐怖に身を貫かれた。

「待て、何をする気だ！」

「言っただろ。人を殺した人間に人生をやり直す権利はない」

日沖はニヤリと口角を持ち上げた。

「待て、罪を償えば人生はやり直せる。倉城さんだって、お前が死ぬことは望んじゃいないはずだ」

「バカが。ヤツがどう思おうが関係ないんだ」日沖は不快そうに眉を動かした。「ヤツは人を殺した生きる価値のない人間だ。そんな人間から何を期待されようが、知ったこっちゃない」

「ご両親はどうなんだ。お前が死んだら悲しむんじゃないのか」

頼む、言葉よ届け。紀平は祈った。

「人殺しの息子の顔なんか、見たくないだろう」

日沖が両手を広げ、一歩、後ろに下がった。

紀平は反射的に日沖へと駆けた。だが、右足が思うように動かなかった。紀平は短い叫び声を上げ、バランスを崩して倒れた。神経を串刺しにされたような痛みが走った。

日沖を救えない自分が情けなかった。悔し涙で視界が歪んだ。

助けてくれ。紀平は縋る気持ちでドアのほうを見た。だが、鵜飼の姿はなかった。

どこに行ったんだ、役立たずが！　紀平は心中で罵り、日沖に向き直る。

「お兄さんはどうなんだ。お前に長く生きてもらいたいと願ってるんじゃないのか。こんなところで死なずに、罪を償え！」

「本当に何にもわかってないんだな……」日沖は憐憫の眼差しを紀平に向けた。「俺だけが生きてるわけにいかないだろ。俺が殺したのは――」

紀平は気付いた。日沖はわかっていたのだろう、ずっと。

「紀平、幸せになれよ」

日沖は純粋に笑った直後、後ろ向きに倒れていった。

4

年が明けた。幸い、ドアに挟まれた紀平の右足は、折れていなかった。ただの打撲だ。鈍い痛みは残っているものの、歩くことも車を運転することもできる。

紀平と沙織は集中治療室に入った。

竹内が仰向けで寝ている。左右の手首に点滴の針が刺さっており、痛々しい。だが、酸素マスクは外れており、顔色も悪くない。低体温療法は今日までだ。紀平が顔を覗き込むと、竹内は目を開けた。

「元日からお見舞いですか。幸先が良いですね」

竹内は真顔で冗談を述べた。

「竹内さんこそ」紀平は安堵の息を漏らす。「死の淵から戻って来られて、最高の気分なんじゃないですか」

「年は越しても三途の川は越えませんでした」

竹内は表情を明るく咲かせた。

「それ、笑えませんから」沙織が眉間に皺を寄せる。「本当に危ないところだったんですから」

「確かに。斧で頭を切り付けられて生きていたのは幸運です。一生ものの武勇伝になりました」

「斧だけじゃありません。カリウムの件もありました」

「何の話です？」

竹内は不思議そうに首を傾げた。沙織は返事しなかった。

竹内の点滴にカリウムは混ぜられていなかった。紀平と沙織は、日沖にまんまと騙された。

「だけど、なぜ日沖と直接対峙するような危険な行動を取ったんですか？」

紀平が訊ねると、竹内は軽い口調で答えた。

「僕は記者ですから。取材をするのが仕事です。相手が殺人犯だからといって、仕事を放棄するわけにはいきません」

「それにしたって、一言くらい相談してくれれば良かったじゃないですか」

「次回からは気を付けますよ。だけど、僕もまさか、いきなり斧で攻撃されるとは予想していませんでした。だって、現場は病院のカフェですよ。それなりに人の目もありましたし、防犯カメラも設置されてましたし」

竹内は平然と言葉を並べ立てた。それどころか、瞳の奥には情熱の火を灯している。

新聞記者の仕事を誇りとしているのだろう。真実を追求するためには、自らの危険をも厭わない——。しかし、そこまでする必要があるのか。

紀平と同じ疑問を抱いたのだろう。沙織が訊ねる。

「竹内さんは、どうして記者になろうと思ったんですか」

「近藤さんは、どうして刑事になろうと思ったんですか」

竹内は微笑して問い返した。

沙織が戸惑いの色を滲ませる。

「私ですか」

「他に誰かいますか」

竹内は、沙織の動揺を楽しむように訊いた。

沙織は頬を赤らめ、目を泳がせた。数秒の逡巡の後、覚悟を決めたらしい。キリっとした顔で口を開いた。

「女の世界は自分に向いてないと思ったからです」

「そうですか?」竹内は片眉を持ち上げた。「むしろ、刑事のほうが不似合いな気がしますけど。男社会に生きる刑事は、激務やパワハラ、セクハラに耐えなければならないでしょう。デジタル化も進んでおらず、時代に取り残された職業に思えます。いくらでも、もっと簡単で楽しい仕事があるはずです」

「そんなことはありません。簡単ではないですけど、刑事は楽しい仕事です。それに、パワハラやセクハラだってイメージほど多くはありません。むしろ、女社会にこそ蔓延しています」

「かもしれませんね」

「私の姉は看護師ですから、女社会の怖さはよく知ってます。どこの病院でも、陰湿なイジメやパワハラが伝統のように続いています」

沙織は眉間に皺を刻み、不快感を滲ませた。想像できる話だ。

職業柄、紀平はしばしば病院を訪れる。怪我を負った被害者や、入院中の関係者に話を聞く目的だ。その度、暗い雰囲気を纏った若い看護師や看護学生を目にする。指導する立場にある看護師は偉そうにふんぞり返り、意地悪そうに彼女たちを監視している。たまに交じっている男性の看護師や学生も、居心地が悪そうにしている。

「お姉さんは、大きな病院で看護師をされてるんですか」

竹内が訊ねた。

「新卒のときからずっと大学病院で働いてましたよ。今では結婚して専業主婦になりましたけどね。姉は、辞める最後の瞬間まで嫌がらせを受けてました。たぶん、妬まれたんだと思います。姉の顔と全裸モデルを合成した写真が、病院中にばら撒かれました。最後の出勤日の話です」

紀平は耳を疑った。パワハラと聞いて思い描く内容とは次元が異なる。中には、合成写真だと気付かない者もいたかもしれない。

「だから私は、そういう下らない女社会とは真逆の警察官を選んだんです」

沙織は険しい光を宿して言い放った。

「医療業界の闇ですね」竹内は神妙な面持ちを見せる。「取材して公表しましょうか。もちろん、お姉さんの件には触れず、一般的なパワハラやセクハラに焦点を当てます」

「ぜひお願いします。殺人犯に突撃するのは私たち刑事に任せて、業界の闇を暴いてください」

沙織は頬の緊張を緩めた。「次は竹内さんの番ですよ。どうして記者になったんですか?」

「なりたかったからなったとしか言いようがありませんね」

竹内は涼しい顔で惚けた。

沙織がムッとした声を出す。

「何ですか、それ。ズルいですよ」

「別にズルくはありません。人が何かを目指す理由なんて、その程度ですよ。それに、近藤さんだって答えているようでいて答えていません。女社会が嫌だから警察官になったというのは、ずいぶんと飛躍があります」

沙織は気まずそうに目を逸らした。

竹内は悪戯っぽい口調で指摘する。

「本当は、女性刑事が活躍するドラマを見てカッコいいと思ったから、だったりして」

沙織が頬を朱色に染めた。

まさか、図星か——。紀平は愕然とした。やっぱりこいつは刑事に向いていない。

5

紀平と沙織は、クラウンで伊勢自動車道を南下する。

紀平はハンドルを握りながら、イライラと前方を見た。無数の車が連なっている。皆、伊勢神宮を参拝する目的だろう。カーナビに表示された予定到着時刻は、どんどん遅くなっていく。焦っても無駄だ。紀平はサービスエリアに寄った。

「電車で来れば良かったな。ちょっと休憩だ」

紀平は、沙織の返事を待たずクラウンを降りた。売店に入り、眠気覚ましのガムとお茶を手に取った。レジに並ぶ。

——ここでも渋滞か。紀平は苛立ちを募らせた。人手不足なのか、客が列をなしているのにレジは一台しか稼働していない。

ふと、レジ横のラックに置かれた新聞が目に付いた。全国紙に混じって伊勢国新聞が売られている。竹内——自社の記者が襲われた事件だけあり、日沖が起こした事件を大々的に取り上げている。一面に桑名総合病院と日沖の写真を載せ、煽情的な見出しを付けている。

紀平は日沖の写真を見詰めた。白衣を着て、実直そうな顔で写っている。

結局、日沖は死ななかった。日沖は屋上の縁に立ち、後ろ向きに倒れていった。直後、鵜飼が日沖の腕を掴んだ。鵜飼は足音を殺して日沖に忍び寄り、自殺を食い止めた。一歩間違えば自らも落下する危険があり、勇気ある行動だった。

紀平は鵜飼の評価を改めた。上司の顔色を窺ってばかりの、点数稼ぎしかできない男だと勘違いしていた。

伊勢国新聞に手を伸ばす直前、前が空いた。店員に促された紀平は、新聞を取らなかった。ガムとお茶だけを買った。

クラウンに戻ると、沙織が助手席で待っていた。伊勢国新聞を広げている。

「なんだ、お前。買ったのかよ」

「到着までだいぶ掛かりそうですし、暇潰しです」

沙織は紙面を眺めたまま答えた。

「退屈なら運転、代わってくれよ。渋滞のときって結構疲れるんだぜ」

紀平は愚痴りながらエンジンを掛け、シートベルトを締めた。サービスエリアを出て本線に合流する。時速十キロで走り続ける苦行の再開だ。

沙織が顔を上げた。

「竹内さんが記者になった理由を、紀平さんは知ってるんですか」

「なりたかったからなったと本人が言ってたろ。それで良いじゃないか」

「そんな説明で納得できるはずがないでしょう。私は警察官を目指した理由を話したんですから、竹内さんだけ誤魔化すのはズルいです」

沙織は不服そうに口を「へ」の字にした。

「確かに、フェアじゃないよな」

六十五キロ。伊勢インターチェンジまでの距離を示す看板を目にし、紀平はうんざりした。気晴らしに話してやるか。紀平はお茶を飲んで口を開いた。

「竹内さんは、父親の敵討ちのために記者になったんだ」

「どういう意味ですか」

「竹内さんが中学三年生のとき、お父さんがちょっとしたトラブルに巻き込まれたんだ。忘年会のシーズン、職場の飲み会の帰り、電車で小橋川《こばしかわ》という男に絡まれた」

「同じ職場の方ですか？」

「いや、たまたま同じ電車に乗り合わせただけの男だ。竹内さんの父親は外車のディーラーで働く営業マンで、小橋川は当時五十五歳の無職——言っちゃ悪いが、落ちこぼれの人生を歩んできた人間だ」

住む世界が異なる二人が交錯したとき、悲劇は起こる。切っ掛けは些細な出来事だ。誰にでも起こり得る小さな感情の動きや偶然が、大きな事件を生む。

「高いスーツを着てたのが気に入らなかったみたいだな。小橋川は突然、座っていた竹内さんの父親の脚を蹴飛ばした。結果、二人は車内で口論になった。両者が言い合いをする姿を、複数の乗客が目撃していた」

沙織は、黙って難しそうな顔をした。

相変わらず渋滞は続いている。紀平はブレーキペダルに右足を置いた。打撲した部分が微かに痛んだ。

「その後、竹内さんの父親は、最寄りとは違う駅で電車を降りた。トラブルを避けるためだ。ところが、これが仇になった。竹内さんの父親が電車を降りた直後、小橋川が車内で失神して倒れたんだ。次の駅で、乗客から連絡を受けた駅員が救急と警察に連絡した」

何という不運か。小橋川が倒れるタイミングがもう少し早かったら。あるいは、もっと遅かったら——。竹内の父は、あらぬ嫌疑を受けなかったろう。

「念のため確認しますけど」沙織が慎重な態度で訊ねた。「竹内さんのお父さんが手を出したわけじゃないですよね?」

「俺は出してないと思う。真実はわからん。車内に防犯カメラは設置されていなかった。何を信じるかは人による。中には、お前と同じ想像をした人間もいた」

「そんな、私はただ——」

沙織が頬を強張らせた。

「いや、責めてるわけじゃない。倒れる直前に口論してた相手がいれば、誰だってそいつを疑う。刑事なら尚更だ。俺だって、捜査に加わってりゃ竹内さんの父親をしつこく追い掛けたはずだ」

沙織が安心した様子で息を吐いた。

「気の毒なことに、竹内さんの父親を疑った人間は記者だった」

「そんな事件を、わざわざマスコミが取り上げたんですか？」

沙織が怪訝そうに眉根を寄せた。

「いや、違う。口論を目撃した乗客に、ウェブメディアの記者が混じってたんだ。竹内さんの父親は高級車を扱う営業マンで、小橋川は社会の底辺に沈む人間だ。記者は面白おかしく憶測で記事を書き立てた。竹内さんの父親が小橋川を殴り昏睡させた可能性がある、とな」

無実の罪で糾弾された竹内の父は、どれだけ苦しかったろうか。あらぬ疑いで社会から爪弾きにされた父を見て、竹内はどれほど傷付いたろうか。

偽りの記事は今もネット上に残っている。被害はいつまでも続く。

「でも、そんなのすぐに嘘だとわかるでしょう？　病院で検査をすれば、失神の原因が何だったか特定できるはずですから」

沙織が憤りを表に出した。

車が動き始めた。紀平はアクセルペダルを踏み、返事する。

「搬送先の病院で、小橋川は外傷性のくも膜下出血と診断された」

「外傷性――」沙織が驚きを滲ませた。「でも、竹内さんのお父さんは手を出してないんですよね」

「よく考えろ。小橋川は意識を失って倒れたんだ」

「頭を床にぶつけたんですね」

沙織は得心の色を浮かべた。

「そうだ」紀平は頷いた。「くも膜下出血が原因で意識を失ったわけじゃなく、意識を失って倒れ、くも膜下出血を起こしたんだ」

「だけど、それじゃあ、そもそもどうして小橋川は意識を失ったんですか?」

「ウェルニッケ脳症だ」

病名に聞き覚えがないのだろう。沙織は不思議そうに首を傾げた。

「ウェルニッケ脳症は、ビタミンB1の欠乏で起こる、記憶障害や意識障害が生じる病気だ。悪阻《つわり》で飯が食えない妊婦や大酒家に多いみたいだな。要は、栄養不足になると起こるんだ。小橋川はアルコール中毒で、まともな食事をしていなかった」

「竹内さんのお父さんの嫌疑は晴れたってことですね」

「話はそう単純じゃないんだ。わかるだろ。お前のお姉さんの件と同じだ。写真が偽物でも名誉は失われ、二度と回復しない。竹内さんのお父さんも同じだった」

紀平は悔しさを噛み締めた。

車内に防犯カメラがなかった以上、竹内の父が手を出さなかった証拠はどこにもない。記事を面白おかしく書き立てて金を稼ぐだけの記者は、竹内の父親の人生になどお構いなしだ。

高級車を扱う営業マンと無職の男。男が失神する直前の口論。外傷性くも膜下出血。点と点を強引に結び付け、いかに読者の興味を掻き立てるかを主眼にし、事実がどこにあるかは気に留めない。記者という肩書きの人間のクズだ。

紀平はいつの間にか、ハンドルを固く握っていた。鼻から息を吐き、肩の力を抜く。

「竹内さんの自宅には悪戯電話が入り、ポストには匿名の手紙が連日投函された。いずれも竹内さんの父親を罵る内容だった。竹内さんの父親は精神を病み、仕事を辞めて家族の元を離れた。それがさらに誤解を招いた。姿を消したのは疚しい点があるからじゃないか、と邪推されたんだ」

この過去を語ったとき、竹内は悔し涙を流していた。

竹内の父親は、十五年前に家を出た後、今も戻っていない。おそらくすでに――。

「それで、竹内さんは記者を目指したんですね。お父さんの敵討ちか……」

沙織は遠くを見詰めた。何を考えているのか、神秘的な目の色をしている。

「立派だよ。普通なら、くだらない記事を書いた記者を恨むのにな。いや、もちろん恨みはしただろう。でも、エネルギーを別の目標に向けたんだ。正しい情報を発信する真の記者になるという目標にな」

6

到着した。道路に面した、雑草の生えたなだらかな斜面だ。上った先には竹林が広がっている。道路の反対側には畑があり、その向こうには古い歯車工場が見えている。何枚か窓ガラスが割れており、ガムテープで補修してある。

斜面に白いコンパクトカーが一台駐まっている。紀平は隣にクラウンを駐めた。お供えの花束を持って降りる。

花福の湯田妙子に作ってもらった立派な花束だ。妙子は最初、渋った。三年も前に廃業している上、正月から働かされたくなかったのだろう。だが、紀平が丁寧に説明して頭を下げると、了承してくれた。

自宅の庭に咲いていた花を摘み、店に残っていた包装紙で包んでくれた。

「さすがは一月だ。寒いな」

寒風が吹いた。紀平はコートを持ってこなかったことを後悔した。昼前に出たにも拘らず、夕闇が迫ってきている。遠くの山は真っ白だ。

「伊勢って寒いんですね。桑名より南にあるから、もっと暖かいと思ってました」

沙織も車を降りてきた。寒そうに身を小さくする。

二人は並んで斜面を上った。雑草が生えていない、土が露出した場所で立ち止まる。一辺が三メートルほどの四角い空間だ。

「十八年前、ここに小屋が建ってたんですね……」

沙織が悲哀を含んだ声を出した。

周りには何もない。夜になれば灯りはなく、人も車も通らない。怖かっただろうな。紀平は、地面にそっと花束を置いた。

紀平と沙織は手を合わせ、目を閉じた。

途端、強い風に吹かれた。紀平は寒さに耐え、祈りを捧げた。目を開けると、隣に倉城典子が立っていた。陽太を抱きかかえている。眠っているのか、陽太は典子の胸に顔を埋め、ぴくりとも動かない。

地面に置かれた花束が、二つに増えていた。

「夫は、十八年前にここで罪を犯したんですね……」

典子は複雑な表情で虚空を見詰めた。日沖を恨み切れないでいるのだろう。

「俺は、罪というほど大袈裟な過ちだとは思いません」

「だけど……」典子は辛そうに頬を歪めた。「夫は、お酒を飲んで車に乗っていました」

「いや、飲酒運転だったと確認されてるわけじゃありません」

紀平は首を横に振った。

しかし、典子に纏わり付いた悲しみや苦しみを解消するには至らなかった。典子は、生前に倉城が味わった苦しみに苛まれている。紀平は、典子に前を向いて生きて欲しかった。亡くなった倉城の願いも一緒だろう。

「倉城さんは、事件の後、酒を一滴も口にしなくなりました。失敗を糧にして多くの事件を解決してきました。大勢の人の幸せに貢献してきたんです」

「そうですよね。夫は、良い警察官だったんですよね……」

典子は縋るように紀平を見た。紀平は真っ直ぐに典子を見詰めた。目を逸らさず、力強く頷く。

典子は、ほんのわずかに安堵の色を浮かべ、鼻水を啜り上げた。

いつの間にか陽太が目を覚ましていた。典子を不思議そうに眺めている。この子もいつか大人になり、物事が理解できるようになる。典子には、倉城が殺された事件について説明しなければならない日が訪れる。そのとき典子には、自信を持って陽太に伝えてもらいたい。倉城は良い警察官だった、と。

日沖兄弟が不幸になった事実はある。だが、倉城が直接の引き金になったわけではないはずだ。日沖は、やり場のない怒りを倉城にぶつけただけだ。

——いや、こう考えるのは少し冷淡か。紀平もまだ完全には答えを出せていない。

紀平も、日沖と同じ思考に陥っていた可能性がある。竹内が、紀平の母の異変に気付いて救急要請してくれていれば——。今でも、そんなふうに考えることがある。

日沖は、倉城がその場で応援を呼んでくれていれば、と考えた。

だが、両者とも結果は変わらなかっただろう。

竹内が救急要請していたとしても、紀平の母が助かった可能性は低い。倉城がその場で応援を呼んでいたとしても、日沖の兄が助かった可能性は低い。腫大した脾臓の破裂も壊死性筋膜炎も、致死率は極めて高い。

あのときああしておけば、誰かがこうしてくれていれば——。そうやって、人は可能性に思いを巡らせる。

冷たい風が吹いた。空からは雪が降ってきた。

十八年前、二人の少年が浴びた雪風は、もっと冷たかったかもしれない。

選評

島田荘司

商業ビルの立体駐車場の階段に、右腕を切断された死体があるという通報が入り、機動捜査隊の刑事二人が急行するが、それらしい死体はなく、駈けつけた刑事自身が右腕を切断された死体となる。こうした残酷で皮肉な展開の妙は、冒頭の掴みとしては力があり、引き込まれた。この皮肉とショックのトリッキーな絵づらは偶然か、それとも犯人が意図したものか。もしそうなら、その理由は何か。この趣向は、かつて乱歩の言った「奇妙な味」の小説の範疇にも入りそうだ。

しかしこうした不可解な殺人事件の構図は、奇をてらって冒頭に置かれた見世物ではなく、全編を貫く核であることが次第に知れる。片腕にされ、やがて病院で命を落とす真面目で有能な刑事の見え方は、次第に予想を越える奥行きを見せはじめ、奥行きは目を見張るほどに延びていって、雄大な一点透視図法の絵画に似てくる。冒頭に現れた不可解な加虐こそは、遠い過去から時空を越えてきた怨みの構図であった。

右腕のない骸の存在こそは、この奇怪な事件の太い軸であり、この不可解な犯罪の構図を支える屋台骨であった。まずはよく計算され、設計されたこの構造体の緻密に大いに感心したし、選者が昔述べた、「冒頭に魅力的なショックを置くことは、作が読まれることに有効である」を、この書き手はよく示したと思って、好感を持った。

　先輩刑事の死因は、右腕を切断されたことによる出血性のショックだったが、捜査の過程で、主人公の若い刑事の高校時代の同級生で医師の日沖が、「臨床整形外科」という専門誌に、腕の「壊死性筋膜炎《えしせいきんまくえん》」と、その腕の切断治療に関する論文を書いて載せていたことが判明し、刑事は類似性に色めき立つが、この論文は、事件より遥か以前に書かれたものと判明し、しかも病名も異なるので、無関係かと思って落胆する。

　しかしこの小事件は重要な補助線であり、雄大なパースペクティヴの側面図ともいうべき副産物で、一貫して組み上がった装置に奉仕する緻密であって、のちにこの病こそが、一点透視図法の消点であったことが判明する。こうした辻褄の合い方は、この構造的本格もの読書のハイライトとなる。

　こうした構造設計は、トリックを中心軸とした本格の設計とは一見異なるように見えるのだが、こうした俯瞰の視線と全体把握、底面細部においての緻密な辻褄合わせの細工は、明らかに本格スピリットの産物であり、醍醐味で、わき目もふらずにこの構造体の解体に精を出す登場人物たちの熱量は、逆説的に優れた本格構造体を編み上げていく姿で、絶えずエネルギーを発散させ、読み手たるこちらの視線を惹きつけ続ける。畳み込むステディなロックのリズムに乗って進行するオペラのようなスピーディな展開は、ここ十年くらいの本格の現場で、なかなか体験した記憶がないほどに筋のよい純粋さで、大いに共感させられた。

しかし初段においては、首をかしげる表現も多々あった。細かいことだが、生真面目な先輩刑事に対し、斜にかまえて格好をつけるふうの若い刑事がいろいろと揚げ足を取り、こんなタレコミ、どうせガセですよと強引に決めつけ、サボりたがるのだが、その理由を、腕を切断された死体なんて、もう少しありそうな話を作るべきで、あり得ない、などと不平を言う。しかしこちらは、このユニークな着想にリアルを感じて読みはじめているので、どうしてそういう気分になるのかと首をかしげた。

通常の作り話なら、女性の首つり死体がビルにあるとか、酔っ払いふうの男の背に包丁が突き立った死体がある、などを言いそうで、片腕がない死体とはずいぶんとユニークで、確認に行きたい気分にさせられる。刑事という職業人が、どうしてこんなにも抵抗し、現場の確認を渋るのか、通常の業務遂行の態度でさっとすませれば早いのに、これほど嫌がること自体に、何ごとか裏の事情があるのかと疑われてくる。

サーティワンのアイスクリーム店うんぬんも、子供時代によく連れていってもらった店というのに、ここまで間違えて憶えるだろうかと感じる。どうも問答の齟齬の作り方が無理をしていて、滑っているような印象も持つ。

とある人物の電話のかけ方に関しての質問にも、普通に受話器を耳に当てて話していただけですよ、と言い、じゃ逆に訊きますけど、普通じゃない電話のかけ方ってありますか、という反論の体も、反射の無意識で行われているようだが、いくらか抵抗感がある。普通に話していた、というのは自分が言った言葉であるから、自分が選んで口にした言葉に反論するかたちになっている。誰かにひと言、「そう普通の話し方でしたね」と同意させておけば、会話も自然になりそうだが。

反射といえば、「舐めるんじゃねぇ」のヤクザ言語がやたらに飛び出してくるが、思考する文学の性質にはこれはあまり相応しくない無思考で、数の多さが少々気になる。

しかし事態が進行するにつれ、彼がまだ未熟で、問題が多い捜査官ということが知れてきて、そうならこのような後先を考えない、場の思いつきの乱暴言動も必要なことかと次第に了解する。

この物語は、二筋の若い怒りが、長い長い時間を貫いて突進し、結部でついに切ない衝突を見せるという全力疾走の物語であり、興奮的読書の過程で徐々にこうした構造が見えてくるという性格のものであるから、このような若い乱暴も、物語を動かすエネルギーとして必要かと納得もした。そして骨組みと全体の計算は、なかなかにうまくできた一級の作と感心させられた。

（選評は改稿前の本作について述べられております）

竹中篤通（たけなか・あつみち）
1988年、三重県桑名市生まれ。医師。京都大学理学部卒業。スズキ株式会社勤務を経て、名古屋市立大学医学部卒業。2024年、本作で島田荘司選　第17回ばらのまち福山ミステリー文学新人賞を受賞。

片腕《かたうで》の刑事《けいじ》

2025年3月20日　第1刷

著者…………竹中篤通《たけなかあつみち》

装幀…………welle design
（カバー画像：Adobe Stock）

発行者…………成瀬雅人
発行所…………株式会社原書房

〒160-0022 東京都新宿区新宿1-25-13
電話・代表03（3354）0685
http://www.harashobo.co.jp
振替・00150-6-151594

印刷…………新灯印刷株式会社
製本…………東京美術紙工協業組合

ISBN978-4-562-07517-1, Printed in Japan